LE CYCLE DE LA MORT

Belleville, quartier de Paris, est un carrefour de cultures où différentes communautés vivent en harmonie. Fenêtre ouverte sur toutes les villes, en mouvement perpétuel, où les gens de passage construisent, mettent en friche et reconstruisent…
Belleville éditions publie une littérature étrangère populaire. Des voix incontournables de notre temps qui nous emmènent en voyage dans les cultures d'ailleurs. Des textes humains et sans filtre pour une meilleure compréhension du monde.

Titre Original : O Gyros Tou Thanatou

Première publication par Agra.
Illustration de couverture par Stamatis Laskos.

8 bis rue Abel – 75012 Paris

Ce livre a bénéficié du soutien
de l'Organisation internationale
de la Francophonie

ORGANISATION INTERNATIONALE DE la francophonie

THOMAS KOROVINIS

LE CYCLE DE LA MORT

TRADUIT DU GREC PAR CLARA NIZZOLI

À la mémoire de mon frère Nikos Arabatzis.

Préface de la traductrice

Ce roman, porté par neuf narrateurs singuliers et peuplé de figures historiques autant que de personnages quotidiens, pourrait presque se passer de commentaires, tant ses personnages justement sont incarnés, réels, et proches de nous quelque soixante ans plus tard. Un éclairage contextuel semble cependant judicieux pour apporter aux thèmes universels du roman qui sont ceux de l'injustice, de la corruption, du déterminisme social, le relief historique et politique qui donne à comprendre *Le Cycle de la mort* dans toute sa complexité.

Chacun des neuf personnages raconte une réalité spécifique avec une voix qui lui est propre et porte symboliquement celle d'une catégorie de la population. Immédiatement identifiables en grec, ce sont des voix ancrées dans cette langue, dans ce pays, dans cette culture. Pour les traduire, j'ai créé en français des indices qui fonctionnent comme des moyens de reconnaissance, attribuant aux personnages des particularités langagières qui permettent de les rattacher à un milieu, qu'il soit social ou géographique. Pour guider les lecteurs et lectrices dans ces milieux souvent méconnus, voici trois cas très caractéristiques que l'on rencontre dans le roman : la voix du bourgeois dans le chapitre intitulé « Aversion de la basse société », celle de Lolo dans le chapitre « À la bordure de la vie » et celle de Sylva dans le dernier chapitre.

Le premier s'exprime en effet en katharevoussa, du grec *katharos*, pur, cette langue artificielle est créée en 1834, suite à l'indépendance de la Grèce en 1821, dans un objectif d'unification du pays et d'homogénéisation de sa langue. Elle se présente sous la forme d'une langue surannée, qui emprunte beaucoup au grec ancien et cherche à se débarrasser de ses mots étrangers et principalement turcs, qui rappellent la longue domination ottomane. Si c'est la langue officielle de la Grèce jusqu'en 1976, enseignée dans les écoles, utilisée dans l'administration, les discours officiels, le journalisme et dans une partie de la littérature, ce n'est pas la langue du peuple, qui parle le démotique, très éloigné de ce grec compliqué et élitiste qui ne contribue qu'à creuser les écarts entre les différentes couches de la population et, durant les périodes de dictature, à asseoir le pouvoir en place. Pendant plus d'un siècle, l'usage de la langue en Grèce est donc chargé idéologiquement et l'emploi, surtout à l'oral, de la katharevoussa relève d'un choix délibéré et significatif. Dans le roman, son usage est donc loin d'être anodin.

Presque en négatif de cette langue « pure », le langage utilisé par Lolo dans l'avant-dernier chapitre, est au contraire bigarré, hétérogène, mélangé, une langue également artificielle mais qui fait au contraire appel au turc, au rromani, au français, à l'italien, au grec commun et argotique. Ni dialecte, ni langue, le kaliarda est un sociolecte, c'est-à-dire un langage propre à un groupe social. Ici, il s'agit de ce qu'on nommerait anachroniquement la communauté LGBTQ+, dans laquelle il se développe à partir des années 1940. C'est un langage codé, qui est d'abord né de la nécessité de se cacher et de se reconnaître et qui reste encore complètement hermétique pour tout Grec non initié. Thomas Korovinis utilise d'ailleurs des notes de bas de page tout au long du chapitre pour guider le lecteur dans ce foisonnement de mots-valises, voyageurs, dévoyés. J'ai fait le choix, en français, de réinventer ce lexique en reproduisant les mécanismes à l'œuvre dans la création du kaliarda et en suivant au plus près l'étymologie des termes.

Enfin, on distinguera sans mal des expressions récurrentes dans la bouche de Sylva : interpellation familière ou formules singulières qui jouent avec la norme et déjouent la grammaire, ces manières de parler traduisent une langue typique de Thessalonique. Comme toute langue propre à une zone géographique, elle bouscule les codes de l'écrit, créant des écarts par rapport aux attentes de lecture. Ce sont ces écarts que j'ai voulu faire sentir dans la traduction, quand la langue grecque fait un pas de côté vis-à-vis des normes langagières, le français la suit.

Pour donner maintenant une perspective d'ensemble et contextualiser historiquement le roman, il faut signaler qu'il se déroule dans les années 1950-1960, c'est-à-dire à la période qui suit la guerre civile et précède la dictature des colonels. Conséquence immédiate de la Seconde Guerre mondiale et de l'occupation allemande, la guerre civile grecque divise, de 1946 à 1949, le pays entre communistes ou sympathisants et nationalistes. Pour donner un tableau général de ce conflit, il faut évoquer la création de l'EAM (Front National de Libération), sous l'égide duquel se constitue la Résistance durant l'Occupation. Il est très vite complété par l'ELAS (Armée Populaire de Libération Grecque), une branche armée dirigée par le KKE, le Parti Communiste Grec, alors illégal, et ce jusqu'à la fin de la dictature des colonels, en 1974. À la Libération, malgré la popularité de l'EAM-ELAS, le gouvernement en place de Yorgos Papandréou, soutenu par les partis politiques traditionnels et surtout par les Britanniques, fait obstacle à l'entrée des communistes dans le gouvernement. L'opposition violente entre le gouvernement de Papandréou et les forces communistes va faire éclater la guerre civile, qui laissera en 1949 un pays dévasté, divisé, appauvri.

Si cette période n'est pas directement mise en scène dans le roman, elle sert de toile de fond pour éclairer des événements, des antagonismes, des préjugés qui lui sont postérieurs et resteront longtemps vivaces – aujourd'hui encore la mémoire de la guerre civile en Grèce est sensible et divergente. Les différentes prises de parole qui jalonnent le roman montrent bien que c'est un sujet difficilement réductible à une interprétation binaire et dont les nuances sont peut-être plus facilement perceptibles dans une œuvre littéraire que dans un livre d'Histoire. En donnant la parole à des personnages parfois radicalement différents, l'auteur est en effet autorisé à faire entendre ces nuances, à faire entendre l'Histoire à travers la mémoire composite du peuple.

Cependant, les faits divers sur lesquels s'érige *Le Cycle de la mort*, se déroulent une décennie plus tard en 1959, dans la forêt de Seikh Sou, à Thessalonique, a lieu une série d'assassinats que les médias imputeront très vite au désormais célèbre « monstre de Seikh Sou ». Le tueur en série qui terrorise la ville ne sera pas arrêté et disparaîtra peu à peu de l'intérêt médiatique.

Il faut quatre ans pour que l'affaire ressurgisse, étroitement mêlée à un tout autre événement : le 22 mai 1963, le député de gauche Grigoris Lambrakis est assassiné par des fascistes alors qu'il se rend à une conférence sur la paix organisée à Thessalonique. Largement plus connu à l'international que l'affaire du « monstre », cet assassinat fait notamment l'objet du roman *Z* de Vassilis Vassilikos[1], dont est tiré le film du même nom de Costa-Gavras. Quelques mois plus tard, le 8 décembre 1963, un jeune homme est arrêté en train d'essayer de pénétrer dans l'orphelinat de filles Megas Alexandros. Il n'en faut pas plus pour annoncer triomphalement l'arrestation du « monstre de Seikh Sou ». Il a 23 ans, s'appelle Aristidis Pagratidis et sera condamné à mort et exécuté le 6 février 1968, suite à un procès bâclé. La vie d'Aristidis Pagratidis, dit Aristos, est le sujet du *Cycle de la mort*. Quel est le rapport entre ce

1 Traduction française de Pierre Comberousse, Gallimard, 1972 (toutes les notes sont de la traductrice, sauf celles indiquées par la mention NdA, qui sont de l'auteur).

pauvre gosse, orphelin, misérable, rebut de la société, et Grigoris Lambrakis, brillant député victime d'un État corrompu ? Je citerai une déclaration de l'auteur faite sur le site internet LiFO, qui donne à la fois une lecture rétrospective de l'Histoire contemporaine et l'étincelle de ce roman : « Thessalonique à cette époque est caractérisée par un État parallèle [...] qui terrorise la ville grâce à la latitude que lui laisse bien entendu la Sûreté. L'organisation Épingle, qui fait la loi, se compose de mouchards et de caïds qui se sentent encouragés et font ce qu'ils veulent. Dans son giron, elle porte les assassins de Lambrakis. Pagratidis est arrêté peu après l'assassinat du député et cela se révèle être pour la Sûreté la situation idéale pour détourner les regards des gens d'un sujet politique fort à un sujet social. »

L'État parallèle (en grec *parakratos*, « à côté de l'État ») est une organisation qui évolue parallèlement à l'État officiel, avec en général la complicité des autorités. La puissante présence de cet État parallèle, qui se développe principalement dans la police, la gendarmerie, l'armée, puis l'administration publique, témoigne de la montée de l'extrême droite en Grèce pendant toute la seconde moitié du XXe siècle, qui trouvera sa légitimité dans le coup d'État du 21 avril 1967, début de la dictature des colonels.

Lambrakis et Pagratidis sont finalement victimes d'un même système : le premier, assassiné dans l'ombre par les hommes de main de l'État parallèle ; le second exécuté publiquement par la main d'une justice gangrenée par ce même État parallèle. Je laisse le roman raconter de manière sensible les multiples réalités de l'époque, l'injustice perpétuelle et les conséquences concrètes de l'Histoire et de la politique sur la vie des individus.

Ces voix qui s'élèvent pour dénoncer une injustice, raconter une société et une époque, résonnent étrangement aujourd'hui : en 2021, un an après la condamnation en justice du parti d'extrême droite Aube dorée en tant qu' « organisation criminelle », on assiste à une montée du fascisme en Grèce toujours plus impressionnante et surtout toujours plus violente. Plusieurs attaques organisées, ciblant des militants communistes, antifascistes, des réfugiés, des membres d'associations antiracistes, ont été menées par des groupuscules fascistes et sympathisants de l'Aube dorée, à Athènes et Thessalonique. La position de la police, présente lors des attaques et pourtant passive voire complaisante, est plus que douteuse, quand on sait, outre sa violence tristement quotidienne, que cette même année, des militants anarchistes ont été torturés – et le mot est choisi – dans le commissariat central d'Athènes.

La violence, les injustices, la cruauté du déterminisme social, la corruption, sont, comme je l'ai annoncé, des motifs qui rendent le roman universel. Au-delà de la Grèce, au-delà de l'époque, je sais qu'ils trouveront encore de nombreux échos. Mais c'est aussi l'humanité des personnages, la tendresse de l'auteur envers les figures populaires et bien sûr la finesse du travail littéraire pour rendre justesse à chacune des voix, qui confèrent au *Cycle de la mort* une portée plus large que l'histoire dans laquelle il semble s'inscrire.

Références

Éléments du dossier, issus des livres de Kostas Papaïoannou *Le monstre de Seikh Sou – Un innocent sur l'échafaud*, ed. Pontiki, Athènes, 1988, et Kostas Tsarouchas, *Le monstre qui s'est enfui – Affaire Pagratidis*, Ellinika Grammata, Athènes, 2006.

L'usage et l'interprétation du kaliarda viennent du dictionnaire d'Ilias Petropoulos *Kaliarda*, Plias, Athènes, 1971.

Un grand merci à mes amis Sofia Makri et Yannis Makridakis pour leur lecture et à mes amis Kostas Akrivos, Ariadni Grigoriadou, Yorgos Exarchos, Zyranna Zateli, Stavros Zafiriou, Zissis Sarikas, Yorgos Skambardonis, Klearchos Tsaoussidis et Dinos Christianopoulos pour leurs conseils.

Le paradoxe de Zénon

A été exécuté à 7h06 précises ce matin près de la commune Exochi le monstre de Seikh Sou, pour les crimes qu'il a commis.

LES JOURNAUX

Depuis le canon des fusils
pour parvenir jusqu'à
ce reste encore de vie
il fallait parcourir
une distance de six mètres
aux balles du peloton.

Pour couvrir cependant cette
distance elles devaient d'abord
en traverser la moitié ;
juste avant, un quart,
un huitième et ainsi de suite,
au fond de l'infini et l'avant
de l'infini.

C'est pourquoi explorateur des hauts plateaux
si par hasard tu regardes
du côté où surveille
ses barrières le temps,
tu verras Aristidis Pagratidis
– monstre qui purifie les âges –
planté tout droit et les yeux bandés
à attendre encore
que rencontrent leur cible les balles
du peloton.

Depuis février mille-
neuf-cent-soixante-huit
Avec ce froid
à attendre là-bas,
à attendre
ayant tout juste sorti de sa bouche
le dernier cri
maman je suis innocent
pourtant ce cri aussi
comme le feu qui sort de ses narines
quelle distance devra-t-il parcourir ?

STAVROS ZAFIRIOU

À propos du monstre de Seikh Sou

Reportage d'époque

Je suis né en 1940 dans le village de Lagadikia, municipalité Lagadas, département de Thessalonique. Dans ce village, ma famille a vécu jusqu'en 1945, lorsque nous sommes venus pour nous installer à Thessalonique. Moi j'étais très jeune, mais comme je l'ai appris par ma mère et les gens du village, mon père Pagratidis Charalambos était Capitaine de l'Armée grecque et il a été assassiné durant l'Occupation par les communistes de l'ELAS. Après le meurtre de mon père, ma mère, moi, mon frère Pagratis, âgé de vingt-cinq ans actuellement, et ma sœur Maria, âgée de trente-cinq ans, avec un chariot dans lequel nous avions chargé nos affaires, sommes partis à Thessalonique. Tout d'abord nous nous sommes installés dans des espèces de baraquements à Vardaris et un mois plus tard dans le quartier de Saranda Ekklissiès, dans une maison qui appartient à deux veuves, ou deux vieilles filles, dans la rue Evkarpias. Dans cette maison, nous sommes restés environ sept mois et ensuite nous nous sommes installés dans la rue Agias Sofias, numéro 123.

Là-bas, nous sommes restés jusqu'en 1952 environ, si je me souviens bien. Cette année-là, ma sœur est partie pour Athènes chez mon oncle Ippokratis Pagratidis, qui est un ouvrier de Papastratos. Là-bas, elle s'est mariée. En même temps que ma sœur est parti mon frère, qui a appris l'orfèvrerie et est revenu à Thessalonique en 1958. Moi je suis resté avec ma mère qui travaillait comme blanchisseuse dans différentes maisons de la ville. À l'école, j'ai suivi une classe à Saranda Ekklissiès et, comme je m'en souviens, j'avais un prêtre pour instituteur. Quand nous sommes arrivés rue Agias Sofias, je ne suis pas allé à l'école du tout. Entre-temps, quand mes frères et sœurs sont partis, ma mère a rencontré Alexiadis Evyenios, qui travaille dans les autobus de l'OASTH comme receveur. Il était séparé de sa femme et il vivait avec ma mère. Entre-temps, il nous a emmenés tous les deux et nous nous sommes installés chez lui à Ano Toumba, 13 rue Yermanikon, où nous habitons jusqu'à aujourd'hui. À Toumba, je suis allé à l'école En Zinc, où j'ai suivi une classe de plus, la deuxième de l'élémentaire. Quand je me trouvais encore à Saranda Ekklissiès, j'ai travaillé chez le marchand de pantoufles Tassos, qui est dans la rue Evkarpias. Quand nous étions à Toumba et que j'ai arrêté d'aller à l'école, j'ai de nouveau travaillé chez un savetier qui est dans le vieux Kapani[1]. Par la suite, j'ai travaillé comme débardeur dans l'Agence de Chalcidique jusqu'à quasiment 1955, si je me souviens bien. Pendant cette année, j'ai été attrapé par la Sûreté pour vol de bicyclette et ils m'ont envoyé au tribunal.

1 Marché couvert du centre de Thessalonique.

J'ai été condamné à rester dans une école de redressement pendant un an ou deux et ils m'ont emmené à Vido[1], dans la municipalité de Corfou. En 1957, je suis sorti du centre de redressement, je suis rentré à Thessalonique et je me suis installé chez mon beau-père à Toumba. Comme ma mère est allée chez ma sœur, je l'ai suivie et j'ai travaillé avec mon beau-frère chez DEI[2], dans l'usine d'Aliveri pendant trois mois, c'était novembre-décembre de l'année 1957 et janvier 1958, aux côtés d'un contremaître nommé Lefteris. Le beau-frère s'appelle Yakoumellos, Apostolis de son prénom, et habite aujourd'hui rue Kasdanou, num. 112 au 2e étage, et il est chauffeur pour DEI à Thessalonique. Après janvier 1958, je suis parti à Athènes, j'ai habité cinq mois chez mon frère dans le quartier de Palaia Kokkinia et j'ai travaillé pendant cinq mois dans une orfèvrerie de la rue Filonos, num. 36, chez des jumeaux nommés Petros et Nikos, où travaillait aussi mon frère. En juin 1958, je suis revenu à Thessalonique et après quelques mois, mon frère aussi. À mon retour à Thessalonique, j'ai habité près de ma mère. Quand j'étais ici, j'ai travaillé de nouveau dans des agences comme débardeur et j'ai également travaillé dans le bâtiment et comme détaillant en citrons. Quand j'habitais chez mon beau-père, moi, mon frère et ma mère dormions à l'étage du bas, qui est plutôt un sous-sol, tandis que mon beau-père et ses deux nièces habitaient à l'étage du haut. Quand mon frère est venu d'Athènes, nous avons habité, lui et moi, dans le sous-sol, et ma mère, les deux nièces de mon

1 Îlot qui se trouve juste à côté de Corfou.
2 Encore aujourd'hui, principal fournisseur d'électricité en Grèce.

beau-père et mon beau-père dormaient à l'étage du haut. Les nièces de mon beau-père s'appellent Sofia et Katina et ce sont les filles de celui qui est connu comme Arkos, qui était gardien pour les anciens autobus de l'OASTH qui stationnaient à Ano Toumba. Pendant l'année 1959, j'ai habité avec mon frère dans le sous-sol de la maison, dans la même chambre, et alors qu'il travaillait dans l'orfèvrerie de Thanassis dans le caravansérail, moi j'étais dans le bâtiment. La porte du sous-sol était toujours ouverte et nous pouvions ainsi rentrer à n'importe quelle heure. Mon beau-père et ma mère ne mangeaient presque jamais avec nous et ils nous laissaient de la nourriture dans la cuisine pour que nous mangions aussi, lorsque nous rentrions le soir. Jusqu'à octobre 1960, quand je suis parti faire mon service militaire, mon frère vivait avec moi mais à ce moment, comme il s'était disputé avec ma mère, il est parti s'installer dans la rue Kassandrou avec celle qui était déjà sa compagne. En tant que soldat, j'ai été formé au Centre d'Instruction des Blindées à Goudi[3], pendant deux mois et j'ai ensuite été muté à la caserne de Karatassou[4]. Quand j'étais à Karatassou, j'ai eu vingt jours de permission, que j'ai dépassés de vingt jours et j'ai été déclaré déserteur. La permission que j'avais obtenue était à titre de convalescence car j'avais été opéré de l'appendicite à l'Hôpital Militaire 424. Quand j'étais déserteur, je traînais la journée dans le parc de la Tour Blanche et le soir je rentrais chez moi et je dormais. Ma mère pensait que j'avais des permissions de nuit, pas que j'étais déserteur. Finalement, elle l'a appris

3 Quartier d'Athènes.

4 Caserne de Thessalonique.

et m'a dénoncé à l'ESA[1]. J'ai été condamné par la Cour martiale de Thessalonique à trois mois de prison avec sursis. J'ai été réformé de l'armée en 1961 avec un ajournement de deux ans en raison de troubles psychiques.

Extrait du « rapport de l'examen de l'accusé »
À Thessalonique, le 9 décembre 1963
Pagratidis-Alexiadis Aristidis

Sont mises à prix 100 000 drachmes les têtes des auteurs des crimes de Seikh Sou et Mikra. Le dernier méfait demeure obscur. Le Comité de la Sûreté Publique s'est réuni d'urgence et a décidé leur mise à prix. L'annonce souligne la folie sadique des criminels et le risque sérieux d'une poursuite de leur action. La récompense sera donnée pour leur arrestation ou l'apport effectif d'informations. Les citoyens doivent se présenter aux Autorités pour fournir toute information. Les examens des interrogatoires se poursuivent sans relâche et dans toutes les directions. Nouvelle autopsie réalisée par le médecin légiste M. Kapsaskis.

Makedonia, 10 mars 1959

L'opinion publique de Thessalonique s'indigne à juste titre de ce troisième et ignominieux crime. Lorsque les agents de police ne veillent pas au respect de l'ordre et à la protection des citoyens de ces abominables criminels, mais qu'ils exercent leur pouvoir en vue de terroriser les partisans de l'opposition, les criminels se sentent encouragés. Quoi qu'il en soit, l'essence de l'État est annihilée.

1 Police Militaire Grecque.

Par conséquent, vous n'avez plus qu'à prendre les mesures de défense qu'autorise la loi !

Déclaration de Sofoklis Venizelos[2]
Makedonia,
18 mars 1959

Un jeune déséquilibré a pénétré dans l'orphelinat Megas Alexandros avec une pierre à la main et a tenté de violer une pensionnaire mineure endormie !

Nord Grec, 8 décembre 1963

Tous les mercredis, j'achète *Fantasia* et tous les samedis j'achète *Romantzo*, que je lis et lorsque j'en accumule un certain nombre je les vends. J'ai vendu ce genre de revues à quelqu'un qui en achète, à côté du cinéma Panthéon et à Kapani, au niveau des olives, pour 2,5 drachmes le kilo. Quant aux journaux, ni je n'en achète, ni je n'en lis. Pas plus que les romans policiers car je n'aime pas cela. Au cinéma, je n'aime pas les films policiers, seulement les films grecs et les films de guerre.

Extrait du « rapport de l'examen de l'accusé »
À Thessalonique, le 9 décembre 1963
Pagratidis-Alexiadis Aristidis

Depuis longtemps, j'ai l'habitude de me satisfaire sexuellement avec des hommes et des enfants déviants.

2 Fils d'Eleftherios Venizelos, homme politique grec, d'abord rattaché au Parti Libéral de son père puis fondateur, en 1961, avec Yorgos Papandreou de l'Union du Centre. Durant le xxe siècle, il occupe diverses fonctions importantes dans les gouvernements successifs.

L'accusé, je l'ai connu à l'âge de douze-treize ans. J'habitais à côté de l'agence de Chalcidique où il accomplissait de petites besognes et je le voyais tous les jours. Un jour je l'ai appelé pour qu'il transporte un peu du bois de chauffage qu'on avait déchargé devant chez moi et je lui ai donné pour sa peine dix drachmes. Je lui ai proposé de lui caresser les jambes et de lui donner dix drachmes de plus. C'est comme ça que ça s'est passé. Il semblait que cela plaisait à l'accusé et il est venu d'autres fois chez moi. Avec la même rémunération, je lui faisais la même chose. Jusqu'à ce qu'un jour je lui donne cinquante drachmes et que j'abuse de lui. Depuis lors, de temps à autre, Pagratidis me rendait visite et j'abusais de lui en lui donnant toujours de l'argent.

Apostolos Lytis, chimiste – témoin du procès

Quand je me suis installé à Ano Toumba, j'ai trouvé un travail dans une cantine, chez Apostolis, dans le Neo Kapani, qui a pour nom Mère Misère. Dans ce troquet, j'ai travaillé pendant un mois et c'est là que j'ai rencontré Vassilios Zinzinc, dont je vous ai parlé. Il travaillait dans une usine de fer blanc à Bexinar et c'est là qu'il me donnait rendez-vous presque tous les soirs durant ce mois-là et il me faisait mon affaire, et à chaque fois, il me donnait entre vingt et trente drachmes. Ça devait faire deux semaines que je le connaissais, Vassilis Zinzinc, quand un jour il m'a conduit derrière l'ancien stade du PAOK, dans le coin de Chortatzidès, et c'est là qu'il m'a donné une douille de haschisch que j'ai sifflée et depuis je fume tout le temps du haschisch.

D'après les aveux de l'accusé

Je connais Aristidis depuis qu'il a quatorze ans et depuis je le traîne un coup à la montagne, un coup dans le cimetière juif, un coup chez moi, et je lui fais son affaire pour quinze drachmes. Je me souviens être sorti très souvent avec Aristidis. Lui, il ne prenait pas de plaisir mais il l'acceptait pour les quinze-vingt drachmes dont il avait besoin, quand il était sans emploi. Quand il trouvait du boulot, je perdais sa trace pendant deux-trois mois. Lorsqu'il touchait un salaire, il refusait l'acte... Tel que moi je l'ai connu – et je le connais depuis tant d'années –, il n'avait pas l'air mauvais. On faisait de lui ce que l'on voulait.

Vassilis Bourdazoglou ou « Vassilis Zinzinc » –
témoin du procès

Il vendait des pastèques dans un chariot quand je l'ai rencontré, en 1957. L'été 1959, je l'ai embauché pour s'occuper de travaux manuels dans mon restaurant de campagne pendant un mois et demi. Un jour, il m'a volé deux cents drachmes et il a disparu. S'il était resté pour percevoir son salaire, il avait davantage à gagner.

Dimitrios Konstantidis, propriétaire du restaurant –
témoin du procès

Durant les années 1957, 1958, 1959, je n'ai pas trouvé de copine stable, à part cette Barbara, la Tsigane. J'allais cependant avec des filles publiques, inconnues, qui faisaient des passes derrière l'ancien stade du PAOK, à Chortatzidès, sur le port. Par ailleurs, j'allais régulièrement avec des femmes à l'hôtel Thessalia qui est dans la rue Kolomvou et dans un autre, un peu après le cinéma Attikon, dans la rue Egnatia, à côté d'une station-service.

D'après les aveux de l'accusé

— J'étais à la taverne d'Apostolis à Kapani. Pagratidis m'a approché et m'a demandé de lui donner de quoi manger. En effet, j'ai commandé une soupe de haricots et nous avons mangé ensemble. Puis couché ensemble.

— Où êtes-vous allés ?

— Dans un cabinet.

— Tu ne l'as pas payé ?

— Le payer encore une fois ? Mais je l'avais invité...

Konstantinos Marinou, 65 ans, ouvrier – témoin du procès

Qui est l'accusé, messieurs, je pense qu'il nous a succinctement exposé sa personnalité lui-même. Un individu qui, premièrement, a exercé la prostitution masculine, toxicomane, sodomite, en un mot un rebut de la société. C'est-à-dire un individu dont, d'un avis unanime, l'ensemble de la société doit se détourner et qu'elle ne doit pas soutenir. Mais de là à considérer qu'il est responsable de ces crimes ignominieux, c'est une grande méprise. Certes, l'accusé aurait pu, en s'adressant à vous, actuellement représentants choisis de la société, nous dire, messieurs, moi, à quatorze ans, j'ai dégringolé. Cet Apostolos, le chimiste, m'a poussé le premier à dégringoler. Qu'avez-vous fait, vous, contre cet homme, en tant que société organisée ? Que chacun d'entre vous donne une réponse en conscience. Nous avons intercepté ce rebut des trottoirs et nous en avons fait l'objet d'un examen intime, tandis que nous détournions nos regards de celui qui l'a conduit sur ce chemin-là. Il a une étrange sexualité. En disant ainsi que pour chaque crime apparaissait une motivation sexuelle, au sujet des crimes sur lesquels on avait enquêté, on a contribué à produire la légende et cela a pesé dans la balance à l'encontre de l'accusé.

Andonios Katsaounis, l'un des deux avocats de la défense de l'accusé

Quand je suis sorti du centre de correction et que je suis revenu à Thessalonique, j'ai rencontré Vassilis Astikos, ou Vermissos, comme on l'appelait, parce qu'il vendait des asticots, des vers, etc., des appâts pour la pêche. Je m'étais alors procuré une ligne de pêche devant le café du littoral Poséidon. Quand j'ai acheté les vers, Vassilis m'a demandé où je pêchais et quand je lui ai dit que je pêchais ici, sur le littoral, il m'a dit de monter dans sa barque et de pêcher de là. Je suis monté dans sa barque et à midi il est venu me demander si j'avais faim. Quand je lui ai répondu que j'avais faim et que j'allais aller manger, il m'a dit de rester là et qu'il allait m'apporter du fromage et du pain. Il est parti puis il est revenu un quart d'heure plus tard avec du pain, du fromage, des olives, il est monté lui aussi dans la barque et nous avons mangé ensemble. Après le repas, moi je suis resté là dans la barque et j'ai continué de pêcher. Lui, il est parti et il a continué de travailler. Vers cinq heures de l'après-midi, quand je lui ai dit que j'allais rentrer, il m'a poussé à rester et m'a donné d'autres vers. Entre sept heures et sept heures et demie, il est revenu et il a voulu me montrer les bons coins. Il a pris la barque et nous nous sommes éloignés en pleine mer et c'est là qu'il m'a fait mon affaire, il m'a donné pour cela trente drachmes.

J'ai continué de le fréquenter jusqu'à l'époque où je suis parti à Athènes, c'est-à-dire au début de l'année 1959, il me faisait souvent mon affaire pendant ce temps-là et chaque fois il me donnait trente drachmes. À cette époque, quand j'ai rencontré Vassilis Astikos et jusqu'à ce que je parte à Athènes, je n'ai fréquenté personne d'autre parmi ceux qui avaient une barque au même endroit que lui.

D'après les aveux de l'accusé

Le prévenu (considéré comme le « monstre de Seikh Sou ») et détenu dans la sous-administration de la Sûreté de Thessalonique pour tentative de viol sur la pensionnaire de l'orphelinat de filles de Thessalonique Megas Alexandros, la fillette Aikaterini Sourla, Pagratidis Aristidis, âge vingt-trois, a avoué, interrogé aujourd'hui en présence du procureur de Thessalonique, qu'il a commis par le passé les délits suivants :

1) Tentative d'homicide après vol à l'encontre de Panayotou Athanassios et Vlachou Eleonora à Seikh Sou le 18/02/1959.

2) Homicide après vol à l'encontre : a) du capitaine Raïssis Konstantinos et b) de Palioyanni Evdoxia le

6/03/1959 dans la zone agricole à proximité de l'aéroport de Mikra.

3) Homicide après vol à l'encontre de Patrikiou Melpomeni le 3/04/1959 dans la dépendance de l'Hôpital Municipal de Thessalonique.

D'après la Police, 14 décembre 1963

D'après l'acte d'accusation, Pagratidis est incriminé pour dangereux dommage corporel et vol à l'encontre du couple Panayotou-Vlachou à Seikh Sou, pour homicide et vol du capitaine Raïssis et de son amie Palioyanni dans la zone de Mikra et de l'homicide et du vol de l'infirmière Patrikiou dans l'hôpital municipal. Les trois crimes ont été commis durant les années 1958-1959, le moyen de l'exécution ainsi que le mystère autour de l'auteur, qui est resté insaisissable durant des années, avaient contribué à créer une atmosphère de terreur, particulièrement parmi les habitants des quartiers les plus éloignés de la ville. L'ombre du « monstre » planait partout, terrifiante et menaçante. Tout entières, les forces de la Police de Thessalonique se trouvaient en alerte permanente, attendant que « frappe » de nouveau le « monstre » afin de pouvoir l'attraper. La tentative faite à l'orphelinat le 6 décembre 1963 a été l'occasion d'arrêter Pagratidis et dès le premier instant de tourner contre lui tous les soupçons selon lesquels il est probable qu'il soit le « monstre », car le modus operandi était similaire aux fois précédentes. Ses aveux, après un interrogatoire de sept jours, ont constitué un bouleversement et un soulagement en même temps. Son démenti ultérieur a cependant engendré de nouveau des doutes sur la question de savoir s'il est réellement le « monstre » ou non.

Nord Grec, 11 décembre 1966

À Thessalonique, je suis rentré le 2-3 avril 1959, je ne me rappelle plus exactement la date, et je me souviens que le 6 avril 1959, j'ai trouvé du travail dans la cuve du Cycle de la mort qu'avait Ioannis Chaleplis. [...] Au Cycle de la mort, depuis le début, le 6 avril 1959, jusqu'au jour où je suis parti à l'armée, je travaillais chaque fois qu'il y avait du boulot, quand il était installé sur la place Dikastirion, je restais d'ailleurs là-bas toute la journée à travailler, et le soir je rentrais à la maison dormir. Le Cycle de la mort, à cette époque, fonctionnait tous les jours de l'été, c'est-à-dire depuis la fête de la Toussaint[1] jusqu'à la foire d'Aridaia.

D'après les aveux de l'accusé

Je ne peux pas être sûr de sa culpabilité. C'est pourquoi je propose de le condamner, non pas à la peine de mort mais à la perpétuité.

L'avocat général Michaïl Sgouritsas

J'ai embauché l'accusé dans la troupe en juin 1958. Je suis acrobate, je pratiquais moi aussi la motocyclette. En septembre, je suis tombé de ma motocyclette, j'ai été blessé et c'est ainsi que la troupe a été dissoute. J'avais de l'argent avec moi. Quarante-cinquante mille. Il n'y a

1 Dans la religion orthodoxe, la fête de la Toussaint, appelée littéralement fête de Tous les Saints, est célébrée le premier dimanche après la Pentecôte.

pas touché. J'avais aussi ma nièce. Il l'a respectée. Nous dormions souvent tous ensemble à l'intérieur d'une cuve quand nous ne trouvions pas d'hôtel. À Katerini, Pagratidis a été malade quand il a vu du sang dans les abattoirs. Après avoir vu les animaux abattus, il est revenu malade ; il s'est réfugié dans le sommeil. Quand il s'est réveillé, il m'a dit qu'il avait vu dans ses rêves un veau abattu et qu'il avait eu peur.

Ioannis Chaleplis, acrobate et propriétaire
de la troupe Cycle de la mort –
Témoin du procès

Les femmes veulent de l'argent. Et moi je n'en avais pas. Bien sûr, quand j'en trouvais une qui voulait de moi, je sortais avec elle. Il me plaisait pareillement de faire ça avec une femme ou un homme. Je ne ressentais cependant aucun plaisir quand c'étaient d'autres hommes qui me faisaient mon affaire. Mais j'étais sur une mauvaise pente et quand je n'avais pas d'autre moyen de gagner de l'argent et que les hôpitaux ne voulaient pas de mon sang parce qu'ils me trouvaient faible, j'allais avec ceux qui me donnaient dix-vingt drachmes pour coucher avec moi.

D'après les aveux de l'accusé

L'accusé m'a dit les choses suivantes : « Dès l'âge de sept ans, je clouais des grenouilles aux arbres, parce que ça me plaisait de les voir comme ça. À douze ans, j'aimais beaucoup les loukoumadès[2], les bonbons et les feuilletés au fromage. Pour cette raison, quand je n'avais pas d'argent,

2 Sorte de beignet sucré.

j'étais très malheureux. » Quand il avait quinze ans, un chimiste, Apostolis, l'a appelé pour qu'il transporte du bois et lui a donné quinze drachmes pour lui caresser les jambes. Ça lui a plu et dès le lendemain il allait le trouver et faire l'acte contre de l'argent, sans que ça ne lui procure aucun plaisir. Ensuite, il y en a eu quatre-cinq autres comme Vassilis Astikos, etc. Quand il n'avait plus de sous, il allait les trouver. « J'ai appris ensuite, m'a-t-il dit, à voler. J'ai volé un vélo. Quand j'étais dans le pétrin, je volais de l'argent à la maison. Je me souviens, quand j'avais quinze ans, j'ai frappé ma mère avec un fer à repasser dans le ventre parce qu'elle ne me donnait pas d'argent. Ma mère je l'aime, je l'adore – je ne sais pas comment j'ai pu faire ça. Ensuite j'ai regretté. Entre-temps, j'ai appris d'autres choses qui me plaisaient, à faire du voyeurisme, des attouchements et à le faire avec des hommes en étant actif. »

Il s'agit d'un individu psychiquement troublé avec de nombreuses déviances. Il a eu beaucoup de professions et est devenu voyeur, buveur, voleur, dipsomane, et homosexuel actif. Ses actes antisociaux ne l'émeuvent pas.

Agapitos Diakoyannis, psychiatre,
privat-docent habilité de Psychiatrie
de l'Université de Thessalonique –
témoin de l'accusation

Je connais Pagratidis depuis longtemps. Pendant un temps, il travaillait comme déchargeur sur le port de Thessalonique. Parfois il cirait des chaussures, parfois il vendait des citrons. Il a souvent travaillé dans les manèges et les parcs d'attractions. Il était toujours très appliqué dans son travail. Je n'ai jamais soupçonné qu'il pouvait être le « monstre ». Et quand je l'ai lu j'ai été stupéfait, parce que je l'estimais lâche et incapable de commettre de tels crimes.

Alexandros Baxevanis, déchargeur – témoin du procès

Depuis l'année 1958 et particulièrement depuis l'été, j'ai commencé à sortir avec des pédés. J'en ai d'abord connu un qui s'appelait Salomi, je l'ai rencontré ici dans le parc, en face du CHANTH[1]. Je l'ai beaucoup fréquenté pendant toute cette période jusqu'au moment où je suis parti à l'armée. C'est lui, d'ailleurs, à l'époque où je devais aller à Athènes en 1959, qui voulait me donner une adresse pour que je rencontre une tante, c'est-à-dire un pédé. Je lui ai dit que je ne voulais pas d'adresse et il ne me l'a pas donnée. Avec ce pédé, je suis allé à de nombreux rendez-vous et je me souviens que la première fois nous nous sommes retrouvés à côté du théâtre militaire, je lui ai fait son affaire derrière un mur. La deuxième fois, nous sommes allés dans une petite taverne qui s'appelle La Belle Mère, juste à côté de mon ancienne maison. Elle était fréquentée par des pédés et des enculeurs et j'ai commencé moi aussi à la fréquenter régulièrement. Nous sommes partis de là, nous sommes allés à Ladadika[2] et là

1 Confrérie Chrétienne des Jeunes de Thessalonique. Organisation principalement dédiée aux sports, branche de la YMCA, fraternité protestante américaine.

2 Quartier de Thessalonique proche du port, considéré pendant longtemps comme malfamé.

je lui ai fait son affaire. Le lendemain, là-bas dans la petite taverne La Belle Mère, j'ai rencontré un autre pédé Aleka, qui m'a proposé d'aller faire un tour. J'ai accepté mais je lui ai dit qu'il ne fallait pas que ma femme l'apprenne, car c'était comme ça que les autres appelaient Salomi là-bas. Depuis ce moment, j'ai commencé à fréquenter régulièrement Aleka et Salomi. À la même époque j'ai rencontré, encore dans la même taverne, un pédé qu'on appelait Dimitroula et qui se nommait Dimitrakis. À cause de cette rencontre-là, je me suis même disputé avec un docker, qui était alors un de mes voisins à Toumba, je me suis battu avec lui parce que ça lui est venu de m'accuser de lui avoir pris sa femme. On s'est méchamment bastonnés, c'est d'ailleurs surtout moi qui l'ai bastonné méchamment. Tous ces pédés que j'ai rencontrés et qui fréquentaient la taverne La Belle Mère, comme je vous l'ai dit, je sortais avec eux et je leur faisais leur affaire à différents endroits, comme à Chortatzidès, sur le nouveau littoral, à Salamina, dans Ladadika, derrière le Théâtre Royal et très souvent en cachette à l'intérieur du parc.

D'après les aveux de l'accusé

Je connais Pagratidis depuis qu'il est enfant, quand il habitait rue Agias Sofias, de 1951 à 1952. C'était un enfant mince et rachitique à qui les autres faisaient ce qu'ils voulaient.

Kyriakos Vosniakos – témoin du procès

L'opinion générale d'Ano Toumba ne croit pas qu'il soit le « monstre de Thessalonique ». Ce qui ressort des discussions est que ça ne peut pas être lui l'auteur de ces atroces crimes. Jamais il n'a montré aucun signe, rien de suspect n'a heurté l'intelligence de quiconque.

Anastassios Valsamidis, épicier – témoin du procès

J'ai commencé à fumer depuis l'époque où je vivais dans la rue Agias Sofias et je fume tout le temps depuis des cigarettes de la marque Ethnos légères, celles qui coûtaient cinq drachmes et qui en coûtent aujourd'hui cinq et demie. L'année 1958, j'ai rencontré Vassilis Zinzinc qui habite au-dessus des nouvelles prisons et j'ai commencé à sortir dans les tavernes et à fumer du haschisch comme il m'avait appris lui, Vassilis. J'ai fréquenté durant les années 1957, 1958, 1959, 1960 et après, surtout Vassilis Zinzinc, Zafiris le boiteux, Ilias, Pavlos Papas et Pavlos Pavlidis. Les tavernes dans lesquelles j'allais ces années-là étaient celles de la rue Irinis, soit celles de Prokopis, d'Alis et de Margaro. Aussi dans la taverne de Vassilo qui était là où est le Musée et qui a été déplacée dans la rue Konstantinou Palaiologou. Je fréquentais aussi celle de Nikolis dans le quartier gitan de Kato Toumba. Tous ces taverniers me connaissent.

D'après les aveux de l'accusé

Particulièrement avec Salomi nous allions régulièrement à la mer l'été de l'année 1958 vers Karabournaki, à côté de Nea Anaktora. Un jour, j'ai vite plongé dans l'eau pour sauver un enfant qui allait vers une noyade certaine.

D'après les aveux de l'accusé

Le tribunal, d'après l'ensemble de l'instruction, est convaincu que le présent accusé Aristidis Pagratidis a accompli les actes qui lui sont imputés en vertu de l'article 380 par. 1 et 2 du C.P., soit le vol à l'encontre d'Anathassios Panayotou, d'Eleonora Vlachou, du capitaine Raïssis et de Melpomeni Patrikiou, ainsi que la tentative de vol à l'encontre d'Evdoxia Palioyanni, vols durant lesquels il a causé de lourds dommages corporels aux deux premiers et la mort aux trois autres. Il a été prouvé que ces actes ont été accomplis avec une singulière cruauté, ils sont qualifiés de particulièrement abjects et leur auteur de danger pour la sécurité publique.

Après le retrait du tribunal pour la délibération :

Le Tribunal décide de le condamner à « La peine de mort pour chacun des actes de vol accomplis. La réclusion à perpétuité pour la tentative de vol à l'encontre de Palioyanni. Il a décrété que les dommages et intérêts "pour préjudice moral" aux victimes s'élevaient à 14 000 drachmes pour A. Panayotou, 15 000 drachmes pour chacun des parents de Raïssis et 10 000 drachmes pour le frère de Raïssis. »

Décision des cinq membres de la Cour d'Appel,
le 16 février 1966 :

« Coupable ». « Condamné quatre fois à mort ».

Président – juge d'appel Andreas Aletras

Que la foudre et le feu s'abattent sur vos têtes. Je suis innocent ! Je suis innocent !

La flamme d'une bougie tremblotait hier matin dans la forêt de Seikh Sou pendant que le secrétaire du parquet de Thessalonique tentait dans le brouillard et dans la nuit qui s'éclaircissait de lire la condamnation. Un peu en retrait, le condamné à mort l'écoutait silencieusement. Quand il eut fini, il dit :

— Je suis innocent ! Peut-être qu'un jour on arrêtera le vrai coupable.

Il se tourna ensuite vers les hommes du peloton d'exécution :

— Les gars, je vous en prie, visez-moi bien pour que je ne souffre pas.

Un commandement retentit : « En joue ». Quelqu'un demanda au condamné à mort s'il voulait avoir les yeux bandés ou les pieds liés.

— Les yeux, dit-il d'une voix faible.

Il avait l'air impassible. Il resta ensuite immobile – les derniers instants de sa vie. Soudain, il lâcha un cri :

— Maman, je suis innocent.

— Feu.

Presque en même temps que le commandement, la salve retentit. Un corps s'affaissa, tomba sur le dos. L'officier du peloton donna le rituel coup de grâce.

Vendredi, 7h06, dans la partie nord-est de Seikh Sou – lieu habituel des exécutions. Aristidis Pagratidis, le « monstre » de Seikh Sou, ne vit plus.

Akropolis, 17 février 1968

Sur le lieu de ses crimes sordides, Pagratidis fut exécuté à Seikh Sou. « Maman, je suis innocent » furent ses derniers mots. Neuf ans après l'accomplissement des terribles crimes et deux après sa quadruple condamnation à mort par la Cour d'Appel de Thessalonique, Aristidis Pagratidis fut exécuté hier à l'aube, à 7h06 précises, à Seikh Sou, le lieu qui fut associé à son nom.

Makedonia, 17 février 1968

Une enfance à Toumba

Un copain parle du terrain vague

En 1955 à Toumba, il n'y avait que des baraquements en bois et ce genre de bicoques avec des toits en tôle ou en tuiles et des petites cours blanchies. La chaux et la propreté resplendissaient au milieu de toute cette crasse. Comme décoration, on avait des vases avec des fuchsias, avec des bégonias et des géraniums et des fleurs et des arbres plantés en terre. Surtout des acacias. Ou un abricotier avec ces abricots-là, les gros, les juteux, dont le parfum nous enivrait et dont nous cassions les noyaux entre les pierres et que nous mangions avec volupté. On avait aussi des mûriers pour leur ombre abondante ; l'été, les mûres tombaient au sol et les cours devenaient noires et rouges et les abeilles se pressaient, qui avec leur bourdonnement et leurs piqûres ne laissaient jamais le monde tranquille. Quelques-uns faisaient aussi pousser des citronniers dans de grands tonneaux et ils les emmitouflaient au vif de l'hiver avec des toiles de jute ou du film plastique pour qu'ils ne gèlent pas, vu que le climat glacial de la Grèce du nord ne laissait pas debout des arbres aussi sensibles.

Les citrons étaient chers et souvent mauvais. Tout était pauvre et modeste mais soigné et accueillant. Chaque ménagère zélée dans sa courette se sentait au-dessus d'une reine. Les gens avaient l'habitude de posséder quatre ou cinq choses essentielles, là-dessus ils bâtissaient leur bonheur quotidien. C'est comme ça qu'ils étaient éduqués par leurs grands-parents. Peu de choses leur paraissait déjà beaucoup. Pas comme aujourd'hui où il en faut beaucoup pour nous combler et plus ça s'accroît plus nous sommes vidés. Beaucoup de maisons avaient des tonnelles recouvertes de salkimia[1] et de treille, et les gens s'asseyaient en dessous et sirotaient leur café et les voisins papotaient. Sur des tabourets, sur des chaises en osier que les Gitans, qui passaient de temps en temps, venaient réparer en chantant, assis en tailleur par terre. Café, papotage, koulouraki[2] le matin, café, papotage, kourabiedaki[3] l'après-midi. Les desserts, faits maison, rarement achetés à la pâtisserie, les gâteaux, seulement pour les fêtes grandioses. Au chocolat pour la plupart, puisque le chocolat était convoité. Dès que le soir allait tomber, de nouveau, mézés, papotage et raki. Quant aux chansons, on chantait les siennes, celles de l'immigration, mais on en entendait aussi à la radio, ce qui passait sur les stations nationales et celle des Forces Armées. Ceux qui en avaient un écoutaient aussi le gramophone. C'était un luxe alors. Mais les plus fervents se privaient pour se doter de cette machine diabolique qui leur retournait le

1 Du turc *salkım,* sorte d'acacia grimpant avec des grappes mauves. (NdA)

2 Petit pain au sésame de forme circulaire.

3 Biscuit sablé recouvert de sucre glace.

cerveau. Les uns avaient un gramophone à cornet qu'ils exhibaient et les autres des phono-valises. Le son sortait impec. Envoûtant. On aurait dit que le chanteur était assis à côté de toi et qu'il chantait spécialement pour ta pomme tant sa voix était claire et son souffle cristallin. Les joueurs de bouzouki pinçaient les cordes et les notes s'enfonçaient comme des balafres qui te zébraient l'âme. Nous guettions avec les copains, cachés derrière les arbres de la maison d'un voisin, le moment où il allait sortir et installer sur la table de la cour le gramophone qu'il remontait et dont il changeait l'aiguille tous les deux disques. À la radio, on passait de la variété, et on entendait retentir les chansons de Vembo mais aussi d'Attik, de Chairopoulos, de Yannidis, de Gounaris. Vembo, Danaï, de belles voix, la radio nationale, comme celle des Forces, passaient tout le temps des chansons qu'on entendait forcément. Les habitants de Toumba ne les aimaient pas tellement, la plupart étaient de fades chansonnettes ingénues, il leur manquait le tourment, elles ne disaient rien à ce sang-là, on aurait dit qu'elles étaient faites pour l'aristocratie. Ils étaient plus attirés par les chansons populaires, les chansons ardentes, les chansons des bas-fonds, les rebetika. Tsaoussakis, Bellou, Vamvakaris. Quand est enfin arrivé Kazantzidis, il a conquis leur cœur. Devant la porte de sa cour, on voyait Patra, la rébète aux gros seins, qui écoutait seulement du rebetiko brut et massif et c'était une femme mordue, chevronnée, et si elle entendait de la variété à la radio, elle insultait les voisins. « Éteins ça, tu veux, j'en ai ma claque à la fin, on ne fait plus de bonnes chansons ? »,

« Et c'est lesquelles les bonnes, hein Patroula ? », « Eh, tiens, un Mitsakis, un Tsitsanis ».

Ils avaient une tripotée de chats. Ils leur étaient utiles. Parce que dans ces bicoques, des familles de souris installaient leur nid dans les toits et faisaient la fête toutes les nuits. Ils avaient aussi des chiens, pour la plupart des petits. Les vieux pour la compagnie, les autres pour un quelconque colporteur importun, un quelconque Gitan. Les Gitans faisaient des allées et venues dans les quartiers de réfugiés. Personne ne les appelait Tsiganes, seulement Gitans. Et encore pire, plus dédaigneux, ils les appelaient Romanichels. Romanichels et Romanichelles. Les enfants turbulents, à la menace de leur mère « je vais te donner à la Romanichelle, tiens, regarde, elle vient te chercher », pleuraient sans interruption. Ils vendaient des paniers, des couffins, des moustiquaires, des tamis. C'étaient des as de la vannerie, ils utilisaient des bambous et des roseaux. Et les Gitanes ? Hormis les lignes de la main, où elles faisaient payer pour lire l'avenir, elles dansaient les meilleurs tsiftetelis. Avec un tambourin ou même sans musique. Quel envoûtement c'était, quelle grâce et quelle passion ! Elles étaient toutes jeunes, toutes croquantes ! Mais les ménagères les gardaient à distance, tout comme les Gitans, parce qu'ils avaient tous la main traînante et entraînée. La langue travaillait par-devant et la main à côté. À part ça, ces années-là, on n'avait pas peur. Durant les nuits brûlantes du mois d'août, nous dormions tous dehors sans précautions, à la belle étoile dans la cour. Et ceux qui avaient une terrasse sur le toit, sur la terrasse.

C'est comme ça que ça se passait. Vie de chien. Petites maisons de réfugiés, de l'immigration. Nous avions aussi, bien sûr, de petits immeubles qui par la suite sont devenus plus grands, et à la fin, avec la politique de la contrepartie de Karamanlis[1], le quartier est devenu méconnaissable, même pour nous qui étions des vrais de Toumba. La plupart des routes, quelles routes ?, des ruelles, étaient en terre. Seules les plus centrales étaient asphaltées. Il n'y avait pas de rues pavées. Tous les quartiers de réfugiés étaient faits de champs, de terres inhabitables. Les rues pavées, celles avec des pierres, nous les avons vues plus tard dans le centre de la ville et nous les admirions. Nous nous gavions de terre, là dans le quartier. Et la poussière, un nuage. Mais c'était comme ça, je crois, qu'étaient les zones de réfugiés dans tout le pays. L'État ne nous jetait pas un regard et les voitures circulaient à peine, faiblement. Et c'était, contrairement à aujourd'hui, de la daube, des tacots. Il était rare de voir une belle bagnole. Seulement si un homme politique passait, si un métropolite daignait nous rendre visite. Ceux-là manœuvraient, enfin, leurs chauffeurs, des modèles longs et fins, des américaines, du genre clinquantes. Ce n'était pas trop mal desservi par les autobus mais à nous, une demi-drachme, le prix du billet, nous paraissait énorme. Avec cette demi-drachme, tu achetais deux pains et il restait un peu de monnaie pour un yaourt. Une fois, en allant

1 Politique de reconstruction urbaine d'après-guerre qui consistait, pour les propriétaires, à céder le terrain où se trouvait leur maison à des entrepreneurs qui y reconstruisaient des immeubles à moindres frais. Durant cette période, Konstantinos Karamanlis a été ministre des travaux publics et 2 fois premier ministre. Il deviendra par la suite président de la République.

chez l'épicier, j'ai perdu un balle et je me suis pris une correction avec une ceinture de cuir. Du coup, sans donner notre pécule au receveur, qui était imbuvable, nous allions où nous voulions, à pied. Du flouze, en tout cas, il y en avait pas. Si on parvenait à amasser quelques ronds, on pouvait s'acheter un tas de choses. Nous, les gosses, nous jouions dans les cours des maisons, partout dans les quartiers de la banlieue et dans le ruisseau. Chez eux, les enfants ne mouftaient pas car leurs pères étaient violents et sévères, mais une fois dehors ils se chauffaient et faisaient ramdam et raffut. Et chez les voisins, nous nous tenions à carreau parce qu'à la moindre bêtise ils nous donnaient une raclée. Et s'ils nous dénonçaient à notre père ou à notre mère, pauvres de nous, c'était pire. Nous étions des enfants dégourdis, nous étions, pensions-nous, libres. Comme les ménagères nous pourchassaient parce que nous bousillions, avec les pierres et le ballon, les vitres et les tuiles, nous avions trouvé d'autres repaires, où nous nous sentions indépendants et chouettes et nous y faisions ce que nous voulions.

Dans le coin, il y avait un grand et profond ruisseau, un ravin – il existe encore –, on ne l'a pas remblayé, pas construit non plus. Ça leur a échappé, heureusement, ou peut-être que ça leur est passé par le ciboulot, parce que ce ravin, l'hiver, avec les torrents, charrie des tonnes d'eau qui se déversent dans le Thermaïkos[1] où elles s'apaisent, et si les bulldozers l'avaient nivelé, le secteur aurait été inondé et tous les habitants de Toumba noyés. Comme les banlieues d'Athènes dont on entend parler qui sont

1 Port de Thessalonique.

régulièrement englouties à cause des remblayages de ruisseaux et où se noient tant d'innocents et où sont détruits tant de foyers. Nous descendions donc sur la départementale, nous prenions un chemin à gauche de l'usine YFANET et nous nous engouffrions dans le ravin caché par la forêt. L'endroit s'ouvrait avec des Faux vernis du Japon, des roseaux et des lauriers-roses, mais plus nous nous enfoncions, plus la forêt s'épaississait et nous avions des planques dont personne n'avait idée, sans parler du fait que les adultes avaient la frousse et que très rarement, presque jamais, ils ne mettaient un pied là-dedans. Sauf dans la journée, quelque voyeur concupiscent qui matait les couples. Le lieu était beau, rempli d'immenses arbres épanouis et c'était comme vivre dans un conte de fées. Les plus grands, de seize, dix-sept ans, pouvaient fumer juste une cigarette en douce, ils les achetaient ces cigarettes – on les appelait stuka[2] – en vrac, une par une, deux par deux, au kiosque. C'était soi-disant leur oncle ou tel voisin qui les envoyait depuis le café. Nous, les plus jeunes, nous ne fumions pas mais nous jouions. Au chat, à cache-cache, à l'abiko, au cache-cache abiko[3], à saute-mouton, et d'autres jeux de notre temps. Au foot, en tout cas, nous jouions sur les terrains vagues. Et tous les garçons en étaient dingues.

2 Bombardier utilisé pendant la Seconde Guerre mondiale.

3 L'abiko est un jeu pratiqué par les enfants de réfugiés. Il consiste à frapper dans un morceau de bois ou dans une bouteille en plastique coincée entre deux tuiles jusqu'à ce qu'elle s'envole, ce qui permet au joueur suivant de la frapper pendant qu'elle est dans l'air et de la faire voltiger le plus longtemps possible. Le cache-cache abiko semble en être une variante.

Les filles n'entraient même pas en rêve là-dedans. Leurs mères ne les laissaient pas et celles qui traînaient avec des garçons se faisaient rabaisser et moquer, on les appelait « garçons manqués » ou « garcionnes ». Peut-être même « putes ». « Tu veux devenir une pute, espèce de couillonne ? Rentre à la maison, qu'est-ce que tu fabriques dans les ruelles ? » leur criaient leurs mères. Par exemple, nous avions une brune, moustachue, qui faisait deux têtes de plus que nous, un poteau télégraphique, avec une de ces crinières, qui traînait avec nous, qui nous collait la plupart du temps. Un ou deux ans plus âgée. Quand ça lui prenait, elle relevait sa jupe et elle nous montrait sa chatte toute noire. Des choses avancées. De culotte, elle n'en portait pas. Est-ce que nous avions du flouze en surplus pour les culottes et les caleçons ? Nos caleçons étaient tous rapiécés. Soit rapiécés soit troués. Et l'élastique détendu. Elle, par contre, elle se promenait exprès sans culotte. Mais elle ne nous laissait pas mettre la main, elle faisait démonstration de la chose et partait en courant. Elle relevait tout brusquement et nous, nous nous attardions sur ses charmes cachés, elle exposait un peu ses petits seins pas encore mûrs, qui étaient comme de petits citrons frais et dressés et elle nous excitait. C'était un vrai garçon manqué. Mais celle-là était une exception.

Souvent, nous nous séparions en bandes et nous nous pourchassions, nous nous cachions ensemble ou nous faisions des explorations dans la jungle du ruisseau, séparés en équipes. Nous vivions un rêve et nous imaginions que plus nous descendrions loin, plus nous aurions de chances de rencontrer un tigre ou un lion. Pour cette raison, nous tenions dans la main droite des lances, que nous fabriquions avec de grandes baguettes que nous affûtions au bout avec le canif. Nous nous battions pour savoir qui grimperait plus haut dans les arbres, nous nous accrochions aux branches, nous poussions de grands hurlements, nous imitions les cris des animaux de la jungle. Nous voulions ressembler à Johnny Weissmuller qui faisait Tarzan au cinéma et que nous admirions. Quand nous en avions assez de jouer, nous redescendions et nous nous battions amicalement.

Parfois, comme ça, d'un coup d'un seul, comme si nous nous étions concertés au préalable, nous nous arrêtions brusquement, toute la bande, nous restions debout, quatre par quatre, cinq par cinq, les uns à côté des autres, sous un arbre ou adossés à des rochers, avec les cuisses ouvertes, nous la sortions et nous l'examinions, nous la mesurions ou nous nous l'astiquions ou, pour certains, nous nous l'astiquions mutuellement, sans autres gestes, sans tripatouillages, baisers et autres actes, et sans qu'à ce moment on n'entende ne serait-ce qu'un ouf. Une église ! Nous nous vidions. Quelques-uns se battaient pour savoir qui allait lâcher le plus loin son sperme. Comme nous le faisions d'autres fois en pissant. Quand quelqu'un giclait très loin, ça provoquait l'admiration des autres. « Regarde cet enculé ce qu'il a sorti ! Il peut remplir une cruche avec son foutre ! » Dès que le dernier avait terminé, on se reboutonnait et on continuait à jouer.

Avec Aristos, nous étions amis et voisins. Nous devions alors avoir autour de quinze ans. Nous n'avions pas de connaissances sérieuses, comme beaucoup d'autres garçons et filles du quartier. Certains étaient quand même des demeurés, ils n'avaient même pas idée de comment écrire leur nom, ils n'avaient même pas terminé la première classe de l'élémentaire. En 1952, quand nous avions douze ans, nous suivions la deuxième classe de l'élémentaire à « l'école En Zinc », c'est comme ça qu'on l'appelait. Moi, je restais au même niveau et je redoublais, Aristos s'était arrêté et sa mère l'avait réinscrit, c'est pour ça que nos camarades étaient beaucoup plus jeunes que nous. Au lieu d'avoir terminé l'élémentaire – quelle honte –, nous étions encore en deuxième classe. Nous avions alors cours dans des bâtiments en rez-de-chaussée, mais le nom de l'école lui était resté d'autrefois, parce que c'était la seule et unique école élémentaire de Toumba, qui avait été construite pour les petits réfugiés et dont l'intérieur était en bois et à l'extérieur tout était fait de tôle, pareil pour le toit. Les plus anciens étaient allés à la « Baraque », c'était comme ça qu'on appelait l'ancienne « école En Zinc ». Dans la nouvelle, où nous avions cours le matin et l'après-midi, il y avait dans les soixante élèves par classe. Tous les jours, en classe, il y avait un raffut de fou, « c'est pour faire le sabbat que vous êtes là ? », nous grondaient les instituteurs. Jusqu'à la deuxième classe de l'élémentaire, nous y sommes allés Aristos et moi. Les instituteurs mais aussi les institutrices nous grondaient et nous frappaient. C'était plus des instituteurs dont nous avions peur, surtout du directeur, mais celles qui nous filaient des raclées étaient des sortes d'institutrices sanguinaires. Avec des baguettes faites de grosses branches de gattilier. Je ne sais pas pourquoi elles préféraient ce bois-là, ni où elles le trouvaient, dans quel village elles se le procuraient. Peut-être à Asvestochori ou à Chortiatis. À Chortiatis, il y avait des plantes drues à flanc de montagne, ça en jetait. On y trouve les meilleures herbes et, en automne, les plus belles châtaignes et les plus belles noix. Elles frappaient donc, les institutrices, sans pitié. Et l'hiver, nous portions des pantalons courts, nos cuisses étaient couvertes de marques. Des dégelées sévères et pourquoi on n'apprenait pas à lire et pourquoi on faisait du chahut. C'était le tohu-bohu dans la classe. En plus des baguettes, elles nous donnaient des coups de règle ou des gifles en pleine figure. À quelques-uns des coups de pied. Elles portaient, nos institutrices, des espèces de talons, pointus, des talons aiguilles comme on dit. Et aux doigts des alliances et des bagues en or. « Je vais t'envoyer à Tsotyli, au centre de redressement », étaient menacés les plus agités par les tuteurs. Nous partions, nous séchions l'école. Nous nous faisions carrément virer. Un coup où l'inspecteur était venu en visite à l'école, ils nous avaient renvoyés chez nous, pour que nous ne montrions pas l'étendue de notre couillonnade et que nous compromettions nos instituteurs. Mais nous ne rentrions pas chez nous, parce que nous morflions là-bas aussi. C'est comme ça que nous sommes restés bêtas, comme on dit, du bois brut. Et nous nous sommes vite retrouvés au turbin. Nous n'avions pas d'autre issue.

Dans le fond, c'est la rue qui nous a élevés. Avec Aristos, nous faisions des petits boulots chez l'épicier et chez le primeur et nous aidions à charger des marchandises et avec le débardage nous mettions de côté un peu de monnaie. Mais ça ne suffisait pas à rassasier notre sombre faim, insatiable, puisqu'à la maison nous ne mangions rien que du pain et des pâtes, et plus rarement un œuf, quelques pois chiches ou lentilles. Des pâtes avec du pain, pas de fromage. Pas de viande et pas de poisson ! Nous étions tous les deux orphelins de père. Et nous n'avions pas de grand-mère, parce que les grands-mères étaient mortes depuis longtemps. Ma grand-mère à moi était une belle vieillarde intelligente de Prokopi[1], en Cappadoce, qui parlait moitié turc moitié grec et qui chantait des chansons orientales, elle faisait « yareeeeem, yareeeeeem, yandim, aman »[2] et les réfugiés du quartier se rassemblaient dans la cour pour l'écouter ; je l'ai connue. Aristos n'avait lui non plus ni grands-parents, ni tontons ni tantes à ses côtés. C'est donc comme ça, délaissés et livrés à nous-mêmes, car nos mères travaillaient chez les autres, que nous avons grandi dans les rues et les terrains vagues.

Cette année-là, en 1955, nous avons aussi découvert notre ville. Et comment l'avons-nous découverte ! Aristos avait vécu auparavant à Saranda Ekklissiès, qui est juste à côté de Seikh Sou et très proche du centre, et

1 Aujourd'hui Ürgüp, ville du centre de la Turquie.

2 « Yandım » en turc, j'ai brûlé. Passé de « yanmak », brûler (NdA). « yarem », mot d'origine turque, mon amour, mon chéri. Aman interjection empruntée au turc qui peut signifier une multitude d'émotions. Souvent hélas.

ensuite dans une maison à côté d'Agia Sofia, au cœur de la ville. Lui, il était déjà expérimenté, il avait connu les recoins du marché et des places de Thessalonique avant nous tous. Il s'est donc mis, peu à peu, à nous introduire à ses secrets. Nous avons commencé, en fait, à nous échapper de l'enfermement et de l'asphyxie du quartier. Nous étions rassasiés des terrains vagues et des ruelles d'Ano et de Kato Toumba. Nos pas nous conduisaient vers d'autres lieux, à Kamdzida, qui s'appelle aujourd'hui Pylaia, à Charilaou, de temps à autre dans le centre de Thessalonique, dans la rue Egnatia, sur la place Aristotelous, sur le port. Nous entendions parler de Vardaris, de Vardari[3]. Officiellement, la place Metaxas. Ils l'avaient ainsi baptisée en l'honneur du dictateur. Je ne me souviens pas que les gens l'aient jamais appelée ainsi. Jamais. Seulement les receveurs. Car ils en avaient l'ordre de la direction. « Terminus », criaient-ils, « Place Metaxas ». Et quelques-uns les regardaient de travers. Les gens, quand quelqu'un les tient sous son pouvoir, ne parlent peut-être pas, parce qu'ils ont peur de lui, mais quand il fiche le camp, ils l'oublient, ils l'effacent. Ils le suppriment, ils ne veulent plus rien savoir de lui. On n'appelle pas place Metaxas la place Vardaris – tout le monde dit on va à Vardaris – pas plus qu'à ces pourritures qui ont descendu Lambrakis[4], on ne leur a donné de valeur ni d'importance. Gotzomanis, dit-on, celui qui

3 Deux variantes du nom d'un même quartier du centre de Thessalonique, la première au masculin, la seconde au neutre.

4 Grigoris Lambrakis, député de l'EDA (Gauche Démocratique Unie) a été assassiné par des fascistes qui conduisaient un triporteur à Thessalonique le 27 mai 1963.

était sur le triporteur, a crevé tout seul, personne dans son voisinage ne lui a donné un verre d'eau, pareil pour Von Yosmas, le collabo, pareil pour Emmanouilidis[1]. Le Tigre[2], qui était un vrai et qui a sauté sur le triporteur et grâce à qui on a alpagué les assassins, lui tout Thessalonique l'aimait et le respectait. En tout cas, nous, le fameux Vardari, nous ne le connaissions pas encore, nous n'arrivions pas jusque-là, parce que nous avions peur des condés qui faisaient la chasse aux mineurs.

Tout gosses, nous n'étions pas encore sortis de l'œuf, nous jouions déjà aux hommes et nous nous faisions déjà du mal, puisque rapidement nous avons nous aussi appris à fumer et nous grillions des cigarettes vendues au détail ou nous en taxions à diverses personnes, connues ou inconnues, ou nous ramassions les mégots que les passants jetaient et c'est comme ça que nous sommes peu à peu devenus des clopeurs acharnés et que nous avons bousillé nos foies tout propres. Des voyous nous ont donné du haschisch et nous avons essayé aussi. Le kif, si ça te convient, tu ne le lâches pas, il n'y a pas de meilleure compagnie. Il t'emmène au paradis. Moi, c'était pas mon truc, Aristos il accrochait, il s'est habitué, son organisme, semblait-il, le demandait. Sans doute avait-il déjà goûté avant, un plus grand le lui avait montré. De

1 Spiros Gotzmanidis et Emmanouil Emmanouilidis sont les assassins de Lambrakis. Xenofon Yosmas, alias Von Yosmas, homme politique d'extrême droite et collaborateur notoire est à l'origine de cet assassinat, fondateur de la Ligue des Combattants et des Victimes de la Résistance Nationale de la Grèce du Nord, qui rassemble les anciens combattants anti-communistes durant l'Occupation.

2 Manolis Chatziapostolou, surnommé depuis lors le Tigre, a sauté sur le triporteur pour attraper les assassins de Lambrakis.

l'alcool, nous n'en buvions pas au début parce que c'était interdit à notre âge d'aller dans les tavernes. Par contre, nous étions fourrés dans les cinémas. À Toumba, les gens fréquentaient deux salles de cinéma. Il y avait le Finix, et il y avait aussi l'Astir, pour l'hiver et pour l'été. Dans ces cinémas, souvent nous entrions gratos, parce que nous y allions de bon matin pour balayer et nettoyer. Il était donc tôt quand nous nous installions et nous y restions des heures pour voir des films étrangers, des westerns et des policiers. Mais aussi des drames grecs, ces films tristes, mielleux. Mais par-dessus tout, nous recherchions ces films légèrement indécents, américains, et encore plus, italiens. L'été, nous escaladions les branches d'un immense figuier et nous regardions en cachette les films du cinéma en plein air. Je me souviens d'un film italien, « Passions dans les marais », très osé pour l'époque. Le nom du film était un faux, sur l'affiche il y avait le titre original « Riz amer », entre parenthèses en petit. Une très belle actrice y jouait, dont le nom est resté, Silvana Mangano. Un propriétaire terrien, je crois, violait une fille qu'il avait à son service. Et on montrait des parties de son corps nues, et puis voilà. Je veux dire que le porno, dans ce temps-là, n'était rien d'autre qu'un peu de chair nue. On pouvait montrer une fille en combinaison ou les cuisses d'une femme ou un peu ses seins ou un couple au lit qui se caresse et s'embrasse, lui à moitié nu, elle en soutien-gorge, sans qu'ils ne passent jamais complètement à l'acte. Une fois, ils ont montré l'actrice Efi Ikonomou, qui était opulente – infinie est Sa miséricorde –, sans soutien-gorge, juste en culotte sur le lit, et en dessous les gens ont sifflé pendant dix minutes. On entendait des soupirs et des gémissements. C'était très osé alors, une révolution. Souvent, ils fermaient les cinémas, quand un cafard allait voir le procureur. Si les gens osaient montrer quelque chose de plus, ils le payaient cher. Le téton de la femme, on le cachait sur les photographies avec lesquelles on faisait la promotion du film, la censure le couvrait avec une petite étoile. Notre imagination foisonnait. C'était peu, bien sûr, qu'on nous montrait, mais ce peu pour nous était alors beaucoup, ça nous faisait perdre la tête. Il n'y a pas d'autre explication. Sinon, pourquoi petits et grands bandaient aussi facilement et à tout moment ? En tout cas, c'était une autre époque, un autre monde. Ou peut-être que ce qu'on mangeait était plus pur ? Pourquoi plus tard, quand tout a été coupé aux hormones et qu'on a fait des cultures contre-nature, l'appétit des gens pour l'amour a commencé à disparaître ? Tiens, nos grands-mères, quand elles entraient dans la mer durant les grandes chaleurs, juste au bord, y allaient avec leur jupe longue et leur fichu. Pour qu'on ne voie pas leur chair. Et nous, nous regardions en cachette jusqu'à notre grand-mère, pour voir un peu de peau nue. Voilà ce que c'était le « porno » de l'époque. À côté d'aujourd'hui, où les femmes sortent à poil dans les rues, même en plein milieu de l'hiver, ce que montrait le cinéma était du catéchisme. Mais pour nous c'était une douceur.

Sinon, parmi les femmes qu'on fréquentait, je ne me souviens pas d'une femme normale, à part une fille de joie ; elle faisait des passes dans la rue Ermou, vers la rue Dragoumi, il faisait sombre cette nuit où elle nous a trouvés, ce n'est pas nous qui l'avons trouvée, et elle nous a demandé vingt drachmes et nous avons marchandé et elle a accepté pour quinze et nous sommes allés dans une espèce de gourbi, au-dessus de la place Dikastirion, en face de l'Église Rouge. C'étaient des ruines là-bas, des colonnes et des statues et beaucoup d'arbres. Sans clôture. Avec celle-ci, nous avons fait peu de choses, nous avons fait une tentative. Je ne suis même pas sûr que nous soyons venus. Elle nous a probablement fait une branlette. Nous avons essayé de la lui mettre mais nous n'y connaissions pas encore grand-chose, ça partait tout seul. C'est comme ça, disons, que nous avons connu pour la première fois ce qu'on appelle l'amour.

Oui, mais dès qu'il paraît, cet amour est un microbe invincible et quand il pénètre chez l'homme, il ne lui laisse plus de répit. Nous avions découvert Seikh Sou, le bois avec les pins, tout en haut du quartier de Saranda Ekklissiès. Ça faisait longtemps que nous en avions entendu parler, c'était l'endroit idéal pour les jeux d'enfants qui nécessitaient un grand espace. Pour nous, en tout cas qui étions depuis toujours habitués à nous pourchasser sur la place et le terrain vague. Il y traînait des groupes plus âgés, qui avaient organisé des bandes avec une vraie structure, avec une hiérarchie, avec un chef, un sous-chef et des membres, en tout une dizaine de zigues. Les cow-boys d'un côté, les Indiens de l'autre. Je me rappelle deux gamins de dix-sept ans, des chefs, qui étaient devenus des légendes, Steeve et Nuage Furieux. C'étaient des petits voyous. Nous, tous ces exploits, nous les connaissions par d'autres qui avaient de plus petites bandes, dans le quartier, qui se lançaient des pierres et faisaient des batailles avec des épées de bois qu'ils fabriquaient. Une fois, un caïd est venu nous trouver, venez, a-t-il dit, les gars, on va monter dans la forêt de Seikh Sou, voir ce qui s'y passe. Et il nous a expliqué – c'était un garçon intelligent – qu'elle s'appelait Seikh Sou depuis l'époque de la turcocratie, ce sont les Turcs qui l'ont appelée comme ça, c'est-à-dire « l'eau du cheikh », il semble qu'une source se trouvait là autrefois, ou une fontaine avec une vasque, qu'avait construite un quelconque cheikh. En grandissant, nous avons découvert que Thessalonique était remplie de ce genre de fontaines turques, qu'on appelait tchesmé[1], surtout dans les quartiers en hauteur d'Eptapyrgio. On les a pourtant dégagées, quel dommage, et maintenant il n'en est resté que très peu. Elle était connue par tous comme Seikh Sou, et c'est encore comme ça qu'on l'appelle, ni les Mille Arbres, comme l'écrit le bus qui y conduit, ni Colline de Cèdres comme elle a été nommée par la suite. Et nous avons tracé vers la forêt un matin, à pied, à quatre, des bâtons à la main. Nous avions aussi un canif sur nous. Qui sait ce qui pouvait se passer ! Des bêtes sauvages descendaient alors des montagnes, on avait la frousse. Surtout des chacals mais aussi des meutes de loups. De Chortiatis, de Panorama, d'Asvestochori, et de l'autre côté de la ville, d'Oraiokastro, de partout les loups dévalaient et enfonçaient les clôtures pour un pauvre mouton. Une légende circulait comme quoi, les hivers rudes, descendait un loup gigantesque,

1 Du turc « çeşme », fontaine. La ville de Çeşme, en Turquie, a longtemps été appelée Krini (fontaine), par les Grecs.

embusqué, qui ravageait les clôtures et les moutons, et chaque année on pariait sur sa peau, jusqu'à ce qu'enfin un lascar le descende et récupère la récompense. Dans notre groupe proche, il y avait Aristos, un ami à nous, Michalis, moi et un autre gamin, très grand et très fort, que tout le monde appelait « le vrai petit mec », parce que toutes les équipes où il était le chef gagnaient toujours, comme John Wayne vainquait au cinéma les Indiens. Notre petite bande, nous l'avions appelée « Tarzan ». Nous sommes sortis de Triandria, il y avait un grand et profond ruisseau là-bas, nous avons fait toute la montée de Saranda Ekklissiès et nous sommes arrivés à la forêt. Nous n'avions pris ni nourriture ni rien du tout. L'eau, nous l'avons trouvée là-bas, il y avait des sources. C'était le printemps, ça sentait l'été. Nous avons exploré le coin pendant des heures. Nous avons croisé des hérissons, des tortues, des serpents, des renards. Les tortues, nous les prenions dans nos mains et elles nous pissaient dessus. Mais rien ne nous dérangeait, nous étions remplis de joie. Cependant, à un moment, nous avons été fatigués du chemin. Vers midi, nous nous sommes assis sous un arbre et nous avons entamé la conversation. À un moment le « vrai petit mec » dit « Je vais pisser et j'arrive. » En revenant, il nous fait « Chuttt, ne parlez pas et ne demandez rien, pas un mot. »« Qu'est-ce qui se passe, mec ? » ai-je demandé. « Putain, en sourdine, je vous dis, bouclez-la je vais vous expliquer. Un couple, nous dit-il en chuchotant, est en train de se tripoter, une centaine de mètres plus loin, derrière un arbre. Il lui a enlevé son tee-shirt et ils s'embrassent, ils en sont aux papouilles. Il essaie de lui enlever aussi son soutien-gorge, mais elle fait la difficile. On va se déployer, on va s'approcher prudemment, on va se cacher derrière les arbres tout proches et on va mater. Là, il l'embobine mais dans pas longtemps le lascar va la lui mettre à la nana. Une fois qu'il l'aura baisée, on va partir tout doucement et on va se retrouver au même endroit, là où on est maintenant. » Nous avons tout de suite mordu. On aurait dit qu'il avait déjà vu le film, le chacal. Nous nous sommes dispersés. Nous avons suivi ses instructions à la lettre. Aristos et moi, nous nous sommes approchés avec précaution et nous sommes cachés derrière le tronc d'un immense pin, à peu près une dizaine de mètres derrière le couple. Les autres ont pris deux arbres, sur les côtés, à une distance un peu plus grande. Ils s'embrassaient longtemps. Et quels baisers ! Elle, elle soupirait. De temps en temps, il lui léchait le cou et lui mordait l'oreille. Il connaissait des trucs le type. Il lui chatouillait le dos avec les doigts et lui pressait les seins avec art. Elle, elle gémissait de plaisir mais elle était hésitante. « Qu'est-ce qu'il y a, ma chérie ? » lui demandait-il d'une voix rauque et basse. À un moment, il a dégrafé son soutien-gorge et il a commencé à lui mordre fortement les tétons. Ça m'a rappelé certains bébés agités qui, quand on les allaite, ne veulent pas lâcher le mamelon de leur mère. « Arrête, arrête, ça suffit, j'ai peur, j'ai mal », disait la fille, alors qu'elle montrait le contraire. Nous, on avait la trique et on se la frottait par-dessus le pantalon. Le « vrai petit mec » l'avait sortie et il se l'astiquait rageusement. Le nana était petite, avec des cheveux châtains mais un beau visage. Lui était grand, costaud et brutal, un vilain type. Nous suivions le souffle coupé. Rapidement, il lui a aussi enlevé sa jupe. Elle n'a pas bronché mais elle le regardait droit dans les yeux. Il semblait que dans peu de temps il l'aurait. Quand il a mis sa main sur sa chose et qu'il a commencé à la frotter, elle a fait des ah, ah, ah de jouissance, mais quand le lascar veut lui enlever sa culotte, elle l'arrête brusquement, elle se contracte et elle lui demande d'un coup : « Je vais te laisser faire mais dis-moi, tu m'aimes ? Tu vas faire de moi ta femme ? Tu vas m'épouser ? » À ce moment, on entend de derrière un arbre les rires étouffés de l'un d'entre nous. Il faut dire que c'était très drôle. Quelle idiotie est celle des femmes, quand l'autre leur plaît, au moment où il s'apprête à prendre du plaisir, alors qu'elles lui ont déjà donné du fil à retordre auparavant, juste au moment fatidique, d'exiger mariages et compagnie et de le dégoûter ! Le vilain type se lève alarmé, en même temps la fille lâche un cri « À l'aide, à l'aide ! », nous fichons le camp. Nous avons couru comme des fous dans la descente pour lui échapper car il nous avait pris en chasse. « Vous nous matez, garnements ? a-t-il hurlé. Vous allez voir maintenant, bande de vauriens, je vais vous défoncer, sales gosses. » Il ne nous a pas rattrapés. Nous étions des flèches, et habitués à être pourchassés et à y couper. Au final, nous nous en sommes tirés mais Aristos n'a jamais oublié cet épisode, parce qu'il s'est pris une pierre sur la tête qui lui a fait mal pendant longtemps.

Ce n'était pas un enfant comme les autres. C'était une créature inquiète et tourmentée, quelque chose le rongeait sans arrêt et il ne tenait pas en place. Nous étions, nous autres aussi, comme enfants, turbulents, on avait l'esprit aux jeux, au chambard et aux folies. C'était d'ailleurs moi le pire, le plus tapageur, c'est pour ça qu'on m'a appelé « l'emboucaneur ». Mais nous n'étions pas comme Aristos qui souvent faisait des choses insensées. Peut-être parce que lui, il n'avait aucune sécurité, il ne savait pas sur quoi s'appuyer, il n'avait nulle part où se réfugier. Ce n'était pas un sale gosse, ce n'était pas le gamin qui allait t'embêter ou te voler ou faire du barouf, non, il était très poli avec les gens et très obéissant avec les adultes, il se tenait très bien. Seulement si on l'embêtait. Si on fourrait son nez dans ses affaires et ses lubies. Ou quand il se sentait menacé. Là, il se changeait en fauve. Mais c'était un enfant rabaissé, un enfant sans tendresse, qui n'avait pas senti, comme la plupart des enfants du monde, l'affection et l'amour, il n'était pas rassasié de sa soif de jeu et de la douceur des cadeaux et avant tout, ce dont il n'était pas rassasié le pauvre, c'était bien cette saloperie de nourriture. Il mendiait un peu de pain, on lui donnait dans le voisinage un pauvre morceau sec. Comme ça, même pas les chiens. Sa mère, veuve, travaillait chez les autres, que pouvait-elle faire la lavandière, elle avait aussi Pagratis. Pagratis, plus chanceux, on l'a envoyé à la capitale, il a appris un art avec son oncle, le frère de son père, et il a ouvert un magasin de bijoux. Et une sœur, elle aussi s'est vite établie. Aristos se retrouvait dans la terre, il rampait dans la boue comme un animal, il mangeait les restes des autres, il chapardait dans les poubelles, d'où « Cochon ». « Cochon », c'était comme ça que beaucoup de monde l'appelait. Et où se lavait-il ? Nous avions une voisine, gréco-américaine, mais tout le monde l'appelait « l'Américaine ». Elle avait deux garçons, Yorgos et Yannis, avec qui nous étions copains. Aristos embrigadait les enfants de cette Américaine et ils allaient régulièrement à la montagne de Kryoneri, à Ano Toumba, où il y avait une grande fontaine avec de l'eau stagnante dans laquelle ils se jetaient et se baignaient pendant des heures.

Avec Aristos, quoi qu'on dise, nous étions très proches et nous tenions l'un à l'autre. Nous sommes tous les deux des chahuteurs, c'est ça, le chahut c'était ce qui nous liait. La même année, en 1955, nous avions exactement quinze ans. Nous avons trouvé un peu d'argent avec Aristos, non, j'ai oublié, j'ai laissé mon veston comme caution – lui il ne portait pas de veston, parce qu'il n'en avait pas, il se baladait en chemise – et nous avons loué un vélo. Nous avons grimpé dessus en conduisant à tour de rôle dans le but d'arriver à Athènes. Avec des arrêts réguliers, pensions-nous, nous couvririons la distance en autant de jours que nécessaire. Personne n'était à nos trousses. Nous dormirions dans les champs, dans une quelconque bicoque ou dans un hangar. Nous étions rodés à ces choses-là, à la vie à la dure. Sur la route, à l'extérieur de Thessalonique, nous avons trouvé des pommiers sur un terrain sans clôture. Nous avons cueilli quelques pommes et nous les avons mangées. Une femme qui travaillait dans les champs nous a donné une tranche de pain noir, de campagne. Goûteux. Mais ça ne rassasie pas. Quand nous sommes arrivés péniblement à Véria[1], nous étions déjà très fatigués. Nous avions faim. Nous sentions que nous n'allions pas nous en sortir. Nous avons été obligés de nous présenter à la police. Il y avait en plus le vélo au milieu. Pour ne pas être pris pour des voleurs et recherchés avec un mandat. Aristos était déjà connu, il avait fait quelques petits larcins auparavant. Il n'y avait pas besoin de donner de motif. À la Sûreté, c'étaient des victimes qu'ils cherchaient. Là-bas, le gouverneur nous a renvoyés à Thessalonique. Le procureur a dit « vous n'avez rien fait, vous êtes nets. » Ils nous ont laissés libres. Nous avons rendu le vélo, on nous a rendu le veston. Oui, mais sa mère ! Madame Eleni, la malheureuse, avait fini par se fâcher, elle était gavée des bavures d'Aristos. Et elle a demandé qu'on nous enferme au centre de redressement. Allez, maintenant il ne manquait plus que ma mère aussi l'apprenne. Et comment allions-nous nous en sortir là-dedans ? À l'extérieur, au moins, en vendant du sang, nous pouvions vivre un moment. Nous allions souvent donner notre sang, surtout Aristos qui était un donneur régulier. On notait nos noms et la date, on nous donnait un jus d'orange et un sandwich et une certaine somme. La rémunération n'était pas négligeable. Pour nous, c'étaient alors de gros bénefs.

C'est comme ça qu'à cet âge délicat, à quinze ans, nous avons été condamnés à deux ans de réclusion pénale. On nous a embarqués sur un bateau et enfermés dans le Centre Pénitentiaire de Vido, rattaché à l'île de Corfou, dans lequel étaient reclus un tas de jeunes, des mineurs

1 Ville du nord de la Grèce, à environ 70 km au sud de Thessalonique.

qui devaient purger leur peine. En général des orphelins d'un seul ou des deux parents, ou des gamins de parents séparés qui avaient été élevés par une grand-mère, des enfants dont le père est en prison ou que leur mère a abandonnés ou dont la mère est une racoleuse. Que des enfants à la dérive et des délinquants. Dont beaucoup de maltraités. Pas un gosse de riches, pas un nanti. À Vido, c'était un centre de redressement organisé. On nous a enfermés. « Pour que vous deveniez des êtres humains », a-t-on dit. « Pourquoi, on n'en est pas ? », avons-nous demandé. « Non, et je doute que vous le soyez jamais », a dit le Directeur. Je dis « on nous a enfermés » même si ce n'était pas une prison avec des barreaux et des gardiens et que nous ne dormions pas non plus dans une cellule. Et la nourriture n'était pas mauvaise. Mais c'était coton. Surtout pour Aristos, un gamin comme lui, qui avait appris à vivre libre, qui avait appris à faire tout ce qui lui passait par la tête, tout cela ressemblait à la prison. Le gouvernement, donc, nous apprendrait un peu à lire et nous mettrait sur le droit chemin de la vertu, car celui que nous avions pris était tordu et il était difficile de nous redresser. Difficile car quand on apprend tout gamin à voler et à jurer, laisse tomber. Ensuite, l'illégalité et le péché sont plus doux car c'est dans l'illégalité et dans le péché que l'on se sent réellement libre.

Ils ne nous frappaient pas. Ils avaient des gens pour nous apprendre le catéchisme, des instituteurs, à aimer Dieu et les gens, à aller à la messe et tout le blabla. À ne point mentir, à ne pas voler, même si nous n'avions pas à manger, à prendre notre mal en patience. « Notre reine, disaient-ils, a un grand cœur, elle envoie de l'argent pour la pitance et l'habillement. » Et puis, « aimez les enfants royaux, le diadoque Konstantinos et nos dévotes princesses, Sofia et Irini. » Allez, ai-je dit à mon ami Aristos, courage, on va sortir de là. On l'avait préposé au jardin potager. Il creusait, bêchait et s'occupait des légumes et des plantes. Il s'est obstiné et a montré son bon caractère. Il ne rétorquait pas, il ne blasphémait pas, il avait quitté ses mauvaises habitudes. Nous traînions avec d'autres gamins. Il n'y a qu'un soir où nous avons fumé du haschisch avec un plus grand qui l'avait trouvé je ne sais comment. Une autre fois, avec deux autres gamins, nous sommes rentrés en cachette dans les toilettes et nous nous sommes branlés mutuellement. Une autre fois, il y avait un plus petit, chétif, un autre lui a baissé son short et l'a peinturluré. Une ou deux fois, il se l'est frottée contre ses cuisses, il a giclé et l'a taché. Moi, j'ai voulu aller par-derrière, il ne m'a pas laissé, il criait « ah » très fort, nous avons eu peur et nous avons abandonné. Aristos ne participait pas à tout ça, il regardait seulement. Comme si ça ne l'intéressait pas. Sans doute voulait-il ne pas y être mêlé, il avait peur de ne jamais sortir de là. Mais il a été libéré vers la moitié de sa peine. Il a montré la meilleure conduite et il est sorti au bout d'un an, on lui a donné le papier et on l'a mis dehors.

Avec Aristidis, j'ai perdu contact quand nous avions dix-huit ans, jusqu'alors nous étions très proches et nous avions continué à collaborer pour divers larcins. Ensuite, on m'a mis au travail, une connaissance de mon père m'a pris sous son aile et je me suis rangé et je suis devenu l'apprenti de monsieur Tassos, le peintre. Plus tard, j'ai travaillé à mon compte comme peintre en bâtiment et depuis lors je l'ai perdu de vue. À un moment, le travail a pris de l'ampleur, j'ai trouvé une fille bonne à marier, nous avons échangé les couronnes[1], et j'ai même ouvert une petite fabrique. Moi, j'ai eu de la chance, je me suis marié jeune et j'ai réussi. Aristos, une fois où je l'avais croisé dans la rue et où nous avions parlé, était mal rasé et mal vêtu, alors que moi j'étais tiré à quatre épingles, nanti et chic, et déjà j'avais trouvé ma voie. Nous, nous avions commencé à fonder un foyer, mais lui, ce malheureux, il était rongé par la faim et la rue. Il était déveinard, mon ami Aristos.

Et quand, quelques années plus tard, il a fait la une des journaux et qu'on l'a présenté comme un fauve sanguinaire, comme une bête sadique, dangereux pour la société, je n'y ai pas cru. Et personne d'entre nous n'y a cru. Cette ville, Thessalonique, ne nous sortait que des monstres et des fantômes. Nom de Dieu, elle était hantée ou quoi ? Soi-disant, dans la « maison rouge » en face de la rue Agias Sofias, les lumières s'allumaient brusquement dans la nuit et on entendait des grincements de meubles et des grondements. Soi-disant, la « maison hantée » de l'arrêt Krikela, là où était le fameux restaurant du témoin de Vouyouklaki[2], il arrivait malheur à celui qui l'achetait et le chantier ne pouvait jamais être achevé.

1 Dans la coutume orthodoxe grecque, le jour du mariage, les futurs époux portent des couronnes qu'ils échangent. La couronne symbolise donc par extension le mariage.

2 Aliki Vouyouklaki, célèbre actrice et comédienne de la seconde moitié du xxe siècle.

Soi-disant, dans l'église Agios Andonios, à côté de la place Ippodromio, on entendait quelquefois à minuit des lamentations et des malédictions et des chaînes qui choquaient et traînaient – saint Andonios est le protecteur des psychopathes et des dégénérés que leurs proches laissaient dans l'église pendant des mois – jusqu'à ce que le saint repousse les démons. Et plus anciennement, il y a eu le fameux « esprit de Vantzou » qui était, dit-on, un fantôme, une beauté de dix-sept ans qui soulevait chaque nuit sa pierre tombale dans le cimetière d'Evanguelistria et allait frôler les clients du restaurant de campagne qui se trouvait à côté. Et dernièrement on nous a sorti ces histoires de monstres. Tout le monde discutait de ça. Pendant des mois, pendant des années. La grande interrogation qui planait sur la ville. Jusqu'à ce qu'on arrête le nôtre. Aristidis était-il le monstre ? Peut-être. Sommes-nous aptes à juger ? Tout un chacun, peut-être, pourrait le devenir. Il n'en faut pas beaucoup pour dérailler. Avec la pression qu'on se prend, comment ne pas devenir des monstres ? Mais est-ce que c'était lui ? On ne nous a pas convaincus, rien n'a été prouvé au tribunal. De nombreuses pièces à conviction concernant les meurtres n'ont pas été examinées. D'autres ont été dissimulées. On l'a fait avouer. Dégueuler de force des choses qu'il n'avait pas faites. On a remué toute son enfance pour pouvoir coûte que coûte le décréter déviant. On l'a beaucoup torturé, pour qu'il leur dégueule tout sur un plateau. S'il est vrai que durant la période des interrogatoires, il léchait la pisse dans les toilettes pour étancher sa soif, qu'est-ce que je peux ajouter ? Ça aussi ça s'est dit. Il l'a lui-même dévoilé face à l'assemblée. « Je buvais de l'eau dans le seau avec les eaux usagées et je léchais les tuyaux des toilettes », a-t-il déclaré. Et qu'on lui a imposé le martyre de rester debout sur une seule jambe, la pire des tortures. Comme il était tout de même un peu affabulateur – il faisait beaucoup de baratin pour attirer l'attention –, il y avait peut-être un peu de superflu dans ses aveux. On l'avait embobiné, c'était clair et net. « Assume tout, lui a-t-on dit. Tu es jeune, tu vas t'en tirer avec deux ans dans les prisons de Kassandra, c'est là où il y a la meilleure bouffe, c'est l'hôtel. Après, tu seras libre. » Maintenant, est-ce que ceux qui l'ont dépravé étaient tous des enculeurs purs et durs ? C'est comme ça qu'on les a présentés. Ils devaient aussi être un peu tantouzes, j'ai du mal à croire qu'il existe des enculeurs infaillibles. Ils avaient bien monté leur pièce. On voulait couvrir certaines personnes de la Sûreté. Même l'avocat général a eu des doutes et a proposé la perpétuité. On l'a envoyé, en tout cas, à l'échafaud et ça nous a lacéré l'âme. Pendant des mois, nous ne trouvions pas le sommeil et nous nous réveillions malades et trempés de sueur. Voilà qui était mon ami que tout le monde connaissait sous le nom de « Cochon » parce que, quand il était petit, il retournait les poubelles et il mangeait là-dedans ce qu'il ne trouvait pas chez lui. Tout ça pour rien, il était destiné à la ruine, Aristos. C'était son âme, c'était son âme qui le rongeait.

La bonne

Une voisine parle de la mère

Qui ouvrira sa bouche pour parler de cette femme ! De son mérite et de son honnêteté ! Et le Tout-Puissant lui a envoyé tous les malheurs ! Ah, Eleni. C'est la passion du Christ, je dis, qu'elle a subie et elle est restée droite en toutes circonstances ! Elle s'est tué les mains dans les lavoirs et les bassines d'eau bouillante, à laver pour les autres, à côté des dames de Thessalonique, bonne et bonniche, chez les femmes des hommes de bonne famille.

Je parle d'expérience. J'étais bonne moi aussi, comme Eleni, pendant des années. C'est comme ça que c'était dans le temps. C'est comme ça que c'était tout le temps. Les nécessiteux devaient ravaler leur fierté – les dents serrées – et devenir esclaves. Oui, esclaves. Mais qui appelait en ce temps-là les choses par leur nom ? Tous ceux qui parlaient franchement étaient considérés comme dangereux, ils étaient mal barrés, les pauvres. Hypocrisie, grande hypocrisie. On disait une chose, on en faisait une autre. On promettait une chose, on en appliquait une autre. Des Pharisiens, comme ceux qu'a fouettés Jésus dans le temple. En apparence, oui, qu'ils présentaient bien, mais que se passait-il en réalité… « L'allure du Carême, la figure de Pâques »[1]. Elle rabaissait les humbles, la sale société. Les bonniches et les petites bonniches, les esclaves et les petits esclaves, aurait-on dû les appeler. Mais on ne disait pas esclave, qui aurait dit ça, une telle chose se dit-elle ? – Quoi ? Nous n'étions quand même pas des noires d'Afrique ! –, on disait seulement, tiens, on l'a demandée dans une maison en ville, elle était nourrie, logée, elle est comme leur fille, elle vit bien, ils lui donneront une dot. Les vêtements de notre fille, par contre, et ses chaussures, même pas en rêve ! Ou on disait qu'elle avait été embauchée comme aide. Tout au plus, on disait au village qu'elle était partie comme domestique pour un moment. On ne voulait pas dire servante, comment aurait-on prononcé les noms de bonne, bonne et bonniche et bobonne. Nous étions leurs bonnes, pauvres de nous, c'est-à-dire leurs esclaves. Toutes les domestiques des « bonnes maisons », comme on dit, étaient fournies par les villages de la campagne, surtout par les villages du coin. Des familles nombreuses, de la plaine de Mygdonia, de Sochos, de Baltza, de Drymos, de Vassilika. «

C'est une bonne maison, elle est d'une bonne maison. » Quand j'entends ces propos de la part de

1 Expression qui date de l'époque byzantine, utilisée pour désigner une femme qui avait un beau corps et/ou de beaux cheveux, selon les versions, mais qui était laide en réalité. Le Carême étant une période de jeûne, qui précède Pâques, on peut supposer que c'est une référence à la minceur de la femme.

différents braves, ça me rend folle. Nous, on est censés venir d'où, alors ? De mauvaises maisons ? De maisons pauvres. Nous avons bien vu, ceux des bonnes maisons, ce qu'ils sont devenus. Mais comment s'en serait-elle sortie, la smala, avec toutes ces bouches ? « Salut l'ami, fais bonne route, que tu trouves le bonheur. » C'était alors une chanson populaire de Macédoine[1]. Immortelle ! Elle a ensuite été chantée par la larmoyante chanteuse de lamentos, Nitsa Tsitra. « Un vendredi et un samedi soir, ma mère me virait, ah !, et mon père… » On la chante quelquefois dans les mariages, avec la clarinette ou avec le zourna, au moment où la mariée chemine hors du foyer paternel. Ce moment amer et doux où on l'escorte. La plus triste des chansons, celle qui ne se danse pas. La clarinette pleure, tu pleures aussi. Tu pleures, la clarinette pleure. Les mariages sont faits pour ces chansons-là, pas pour des tsiftetelis idiots et des fariboles. Il y avait aussi l'autre, encore une chanson de table, celle de « Doulas », qui raconte l'histoire du pauvre diable qui était pendant des années, dit-on, en prison et, un jour de fête, sa mère a fait l'erreur d'aller à l'église, et elle voyait depuis son banc les jeunes hommes et les jeunes femmes qui resplendissaient dans leurs habits du dimanche et la malheureuse a commencé à s'apitoyer. « Aujourd'hui mon Doulas, c'est Pâques, aujourd'hui on se réjouit… Et toi, Doulas, dans ta prison. » A fait l'erreur, ai-je dit, car dans le temps, les femmes endeuillées et celles qui avaient un parent en prison – la prison pour un parent proche était vue comme une grande honte et elles le vivaient plus mal

1 Par Macédoine, on fait référence à une région du nord de la Grèce.

que la mort – se rendaient déjà peu sur la place publique, elles n'allaient pas se montrer à l'église les grands jours.

Les filles pauvres étaient embauchées dans les maisons par les industriels, les médecins, les avocats, de toutes petites filles. Pour les tâches plus lourdes, ils en embauchaient d'autres occasionnellement. Pour faire briller les escaliers, pour entretenir l'entrée des palaces, pour les anniversaires des prénoms, quand ils avaient des invités. Une fois par semaine. Les filles de la maison, les permanentes de mon espèce avaient une petite chambre de bonne là-bas, à l'écart. Si la fortune était heureuse et que tu tombais entre de bonnes mains, tu t'en tirais. Certaines recevaient même une belle dot. Mais entre des mains étrangères… Combien n'ont pas été jetées dans les ruelles, elles sont revenues à la maison paternelle, leurs parents n'en ont pas voulu et elles sont devenues racoleuses par nécessité ! Combien ne se faisaient pas toucher par leur patron et elles… motus ! Et la dame de la maison qui savait tout – elles avaient lieu presque sous leurs yeux, les abjections – et qui faisait l'andouille et qui s'emportait sur la servante, par rogne, par jalousie, pour se venger d'elle. Certaines n'avaient pas du tout le droit de sortir. Il n'y avait pas que la fameuse Spyridoula que ses patrons avaient repassée au fer[2]. Combien d'autres Spyridoula, Spyridouleurs comme elle…

Tout le monde travaillait alors. Qui restait les bras croisés ? De toute notre âme, nous travaillions tous.

2 En 1955, la jeune Spyridoula, domestique dans une maison d'Athènes, accusée de vol, est brûlée par ses patrons au fer à repasser. Le procès qui s'ensuivra la rendra célèbre dans la toute la Grèce.

Nous ne nous arrêtions pas un instant. Est-ce que l'oseille allait tomber toute seule ? Honnêtes gens, honnêtes ! Les hommes, les femmes. D'une main, on mélangeait la soupe, de l'autre on torchait le bébé. « La bonne ménagère, dit-on, récure et trouve le temps de péter. » Elle travaillait pour les autres, ma copine. Dès cinq heures du matin, la malheureuse, Toumba-Egnatia, Toumba-Tsimiski, Toumba-Palia Paralia, en général à pied. En moyenne. Du travail ! Pas des blagues ! Pareil à Saranda Ekklissiès où elle habitait avant. Et avec trois enfants. « Mes mains, Assimenia, me disait-elle, mes mains tremblent. J'ai mal à toutes les articulations. » Rhumatismes et arthrose. À quoi tu t'attendais, Assimo ? En 1945, quand ils se sont réfugiés dans la ville, pourchassés, ils sont restés sept mois dans les baraquements de Vardaris, raidis par l'humidité. « Ne m'en parle pas, Assimenia, me disait-elle, ne m'en parle pas », et elle baissait le regard. Jeune, toute jeune, elle était devenue veuve. Et comment était-elle devenue veuve ! C'est une chose que ton mari meure d'une maladie, une autre qu'il se prenne une balle, j'en sais rien, à la guerre, encore une autre qu'on s'engouffre dans ta propre maison et qu'on le dépèce sous tes yeux. Est-ce que ça se surmonte ça ? Est-ce qu'elle peut te sortir de l'esprit cette horreur ? Sous tes yeux ! Et sous les yeux de tes enfants, le pire. Ils avaient tout préparé. Il était de droite. Ou, est-ce qu'il aurait été mêlé à une querelle, à cette époque si on te serrait les mains autour du cou, qu'est-ce que tu pouvais faire, il fallait choisir, soit avec eux, soit avec les autres. Tu l'aurais jouée neutre, qui t'aurait cru. Après la guerre, après la guerre civile, il valait mieux le centre, être du centre, pour avoir l'esprit tranquille. Ou du moins le dire : « Je suis du centre, eh mon ami, je vote pour le centre. » Et encore. Même si tu disais Centre, Union du Centre, tu avais de quoi t'en faire. Ils l'ont abattu, dit-on, chez lui. Il était capitaine de l'armée nationale, m'a dit un jour Eleni. Pendant l'Occupation. À quoi tu t'attendais, Assimo ? Tu trafiques d'un côté et tu t'en sors de l'autre ? Ils avaient tout préparé et ils lui ont sorti le couteau, le pauvre homme. Les enfants hurlaient. Aristos était bébé. Voilà ce qu'on a dit, les Résistants l'ont abattu. Maintenant, est-ce qu'il avait lâché une phrase qu'il ne fallait pas, est-ce qu'il avait contrarié un plan des bolchéviques, est-ce qu'ils avaient des antécédents, qui sait. Ou peut-être que lui aussi, j'en sais rien, il avait abattu un opposant ? En tout cas, ils en avaient après Charalambos. Et ils l'ont eu. Un certain kapetan Leonidas, a dit Eleni, un grand nom. Eux aussi, ils ont fait beaucoup de mal. Tu me diras, les autres n'ont-ils pas fait la même chose ? Ou peut-être même pire ? Combien et combien sont alors partis sans une dernière prière, dans un camp ou dans l'autre.

Les villages de l'époque. Qu'est-ce que c'était à Lagadikia ! Il faut voir comment on vivait à Zoumbati et comment on vivait à Drimiglava. Si tu toussais – à cause du bon temps que tu prenais –, on disait elle le fait exprès, c'est un signal pour le mec qui passe, soi-disant exprès, pour se pointer le soir en douce et s'envoyer en l'air. Si tu étais invitée pour boire le café chez une voisine et qu'il se trouvait à l'intérieur quiconque de sexe masculin, on avait vite fait de dire qu'en fait tu découchais. Il y en avait toujours un pour dire noir et l'autre blanc. Criminels ! Ils empoisonnaient le monde avec leurs discours tout faits, les arriérés, les importuns. Les scélérats, les scélérats ! Elle a décampé, la pauvre femme et s'est traînée jusqu'à la ville avec une culotte et une paire de bottes en plein hiver. Avec le chariot, une carpette et une corbeille. Avec son fichu tout noir. Et avec trois enfants. Misère, faim, froid. « La mer me frappe la première, la vague me frappe aussi. » Tous les malheurs du destin. Un désespoir comme celui-ci. Dans le baraquement, défrusqués, avec du pain et du trahanas[1], avec le vent qui dansait toutes les nuits, le sale vardaris[2], qui entrait par les interstices. Et comme ça, quand le vardaris s'enrageait, les bicoques grinçaient, les pauvres gens étaient morts de frousse et ils s'emmitouflaient dans leurs carpettes et leurs couettes. Glacial ! Une noire misère. Avec le brasero et le poêle à bois. L'été, ils étalaient le trahanas, les youfkadès[3], les ménagères planquaient les pâtes maison, celles faites à la main, pour que la smala passe l'hiver. Mais quand on a un saint à ses côtés ! Ah, Eleni, mon Eleni ! Dieu a eu pitié d'eux et leur a envoyé un brave homme, établi, qui les a recueillis. Avec trois enfants. C'était un homme compatissant, Evyenis Alexiadis, un vrai monsieur. Sa fille et un de ses deux garçons ont été mieux traités. Parce qu'il avait fait de bonnes affaires à Athènes, le beau-frère,

1 Ingrédient sec à base de farine de blé et de yaourt ou de lait, que l'on consomme sous forme de soupe.

2 Vent du nord, fort et glacial, qui souffle sur la partie nord de la Grèce.

3 Du turc *yofka*, nouilles ou tagliatelles faites maison. (NdA)

le frère du défunt, qui n'avait pas d'enfants, les a pris à ses côtés. C'est d'abord Maria, qui avait sept ans de plus qu'Aristidis, que son oncle a fait descendre à la capitale et qu'il a gardée avec lui jusqu'à ce qu'elle fasse un bon mariage.

L'autre frère était de santé fragile. Déjà quand on n'était pas de santé fragile, ces années-là, il y avait tant de maladies qui traînaient... En veux-tu de la diphtérie, en veux-tu des oreillons ! Il y avait avant tout la phtisie, la tuberculose. « Je voudrais que tu sois phtisique, mais non que la mort t'emporte, pour pouvoir passer par chez toi, savoir comment tu te portes »[4], disait la chanson. Elle en a fauché beaucoup, la maudite phtisie. Il y avait aussi l'adénopathie. Nous n'avions pas de salle d'eau. Une fois par semaine, le samedi, et encore, nous lavions les enfants dans la bassine en zinc, dans une cuisine gelée, ça caillait. Nous nous battions pour chauffer la pièce avec le brasero. Et à cause de ce brasero, combien n'ont pas été empoisonnés et retrouvés tout raides le matin ! Nous n'avions pas de cabinets dans les maisons. Tout était dehors dans les cours. Et éloignés de la maison. Nous nous essuyions avec un vieux morceau de journal. Et ils étaient rêches, les fourbes, on s'irritait aux endroits sensibles. Plus tard, quand sont sortis les magazines populaires, toutes les maisons pauvres les achetaient et réutilisaient leurs pages qui étaient en quelque sorte plus douces. Nous les découpions au couteau. Comme le boucher. Bénis soient *Domino* et *Romantzo*, ce sont eux qui nous ont sauvés ! Ensuite, où les enfants allaient-ils jouer ? Encore une

4 Chant traditionnel d'Asie Mineure enregistré à Istanbul en 1909 par Petros Zounarakis, dit Zounaras.

torture. Dehors sur les terrains vagues, dans la saleté et la poussière et dans les rues qui étaient remplies de déchets. Quelquefois, les égouts débordaient et les ruelles étaient inondées. C'est pas des maladies tout ça ? On attrapait forcément quelque chose. Surtout les petits ! Son fils, le plus grand, a été frappé par l'adénopathie. Où trouver l'oseille ? Tout ce qu'Eleni tirait de ses lessives partait chez les médecins. À un moment, elle a investi toutes ses économies chez un médecin traitant. Pour le sauver. Comment aurait-elle eu du temps et de l'argent pour Aristos ? On ne s'en occupait pas de cet enfant ! Pagratis s'est remis, il a appris trois bricoles, il a terminé l'école. À partir de là, son tonton lui a transmis son art et il est devenu kouyoumtzis[1], un bon artisan avec les bijoux, l'argent et le jonc. C'est comme ça qu'un des Pagratidis s'en est sorti. Lui aussi, tout petit, il en avait vu beaucoup, il était né en 1938, deux ans plus vieux qu'Aristos.

En 1952, Eleni s'est liée à cet homme, Alexiadis ; bien établi. Il s'était séparé récemment. La veuve et le divorcé. Il travaillait lui aussi, Evyenios, dur, tous les jours, comme receveur, mais comment ça pouvait suffire ! Il l'aimait le gamin, il ne le maltraitait pas. Aristos avait alors douze ans. Il était obéissant envers son beau-père. Par respect, il l'appelait « père ». Il l'aidait dans certaines tâches, dans la maçonnerie ! Et quand ils étaient partis et avaient loué un sous-sol, un trou pas cher rue Agias Sofias, madame Eleni faisait le ménage dans la maison de la logeuse et Aristidis accomplissait des corvées, et elle s'acquittait ainsi de son loyer. Dès qu'il s'est mis avec Eleni, Alexiadis

1 Du turc *kuyumcu*, orfèvre. (NdA)

les a emmenés tous les deux et les a installés chez lui, à Toumba, dans la rue Yermanikon.

Quoi qu'on en dise, le petit a toujours participé. Quelque travail et quelque besogne qu'il fasse, il rentrait tous les soirs à la maison et remettait tout l'argent à sa mère. Il gardait une toute petite somme, trois fois rien. S'il gagnait cinquante, il en donnait quarante à sa mère. À cette période, il traînait dès l'aube à l'agence de Chalcidique et il est devenu débardeur, il s'occupait du transport entre les autocars du KTEL[2] et les différentes boutiques, et il portait les bagages des voyageurs. C'était un enfant très fort, frêle mais fort, il ne se posait pas la question du poids. Là-bas, à l'agence, se rassemblaient quelques drôles, sans foi ni loi. Par la suite, il est tombé pour de bon dans le débardage, il travaillait sur le port, les cargos s'amarraient et ils déchargeaient du bois et du charbon, il rentrait à la maison tout noirci, tout sale, me disait sa mère, ses vêtements comme du goudron.

Il gagnait alors ses quelques ronds, notre orphelin. Il était plein de compassion, mais il était exigeant. Si tu lui donnais un peu d'attention, il te rendait le double. Une fois – c'est sa belle-fille, la femme de Pagratis, qui le racontait à sa belle-mère, Eleni –, il travaillait, dit-elle, sur le port et ils ont chargé un cargo avec du charbon. Il avait gagné soixante-dix drachmes ce jour-là. Un bon salaire. Il est allé chez son frère, noir de crasse, un nègre. Sa belle-sœur lui a fait prendre un bain, lui a donné des vêtements propres pour qu'il se change et le bougre, si content qu'on s'occupe de lui, a gardé seulement dix

2 Principale compagnie de bus interurbains en Grèce.

drachmes pour passer la soirée et il lui a mis tout le reste dans la poche de sa robe de chambre. La belle-sœur était interloquée mais il est parti en criant : « Tu achèteras un cadeau à mes neveux. »

Mais on ne trompe pas l'instinct d'une mère. Les mères comprennent tout. Seulement, la plupart du temps, elles ne parlent pas. Eleni, pourtant, m'a tout révélé. « Ah, Assimo, me disait-elle, ça ne va pas avec cet enfant. C'est un bon garçon, c'est un garçon en or, mais quand il pique des colères… Tiens, avant-hier, j'étais en train de repasser, il a attrapé le fer, brûlant avec le charbon, et il a voulu me frapper avec. Heureusement, je l'ai évité. Il m'aurait massacrée. – Pourquoi, qu'est-ce qui s'est passé ? Comme ça, d'un coup ? Tu lui avais fait quelque chose ? – Non, rien. Il m'a demandé de l'argent. Mais l'argent qu'il m'avait donné les jours précédents, je l'avais dépensé pour la salle de bains, pour les carreaux. Nous sommes aussi en train de construire la chambre. Il y a beaucoup de frais. Alexiadis ne peut pas tout financer. Nous sommes cinq à cohabiter. Mon mari, avec ses deux nièces, envers qui il a des obligations – ce sont des pauvresses –, habitent à l'étage du haut. Au rez-de-chaussée, il y a moi et mes garçons. Nous aidons nous aussi. – C'est pas vrai, Eleni, pourquoi as-tu mis tout l'argent de côté ? C'est un enfant. Il fallait que tu lui gardes une partie pour son argent de poche. Lui, le pauvre, il te remet tout ce qu'il a. C'est un jeune homme très droit et ça c'est quelque chose que j'estime. »

Je le soutenais. Mais il semble qu'il n'avait pas, dans sa vie, de soutien qui vaille. Quelqu'un, je ne sais qui, pour croire en lui. Et quand on n'a pas de soutien de l'extérieur, comment en avoir en soi ? Quand on a son âme suspendue comme une montgolfière et qu'elle ne reste pas en place, que peuvent bien faire les autres ? C'était une créature très sensible. Et quand la sensibilité d'un jeune enfant ne trouve nulle part où s'apaiser, elle peut alors se transformer en typhon et éclater n'importe où. C'est sur les proches qu'elle éclatera. Où peut-elle éclater ? Quand on voit le mépris dans les yeux des autres et qu'on sait qu'ils nous considèrent comme un moins-que-rien, on se sent une merde pour de bon. Mais les merdes, ou plutôt ceux dont nous faisons des merdes, à un moment – et à bon droit – prennent leur revanche. Je réfléchissais à tout cela pendant que je discutais d'Aristos avec sa mère. Et quelquefois, vite fait, en passant, je le lui disais. Elle me regardait l'air perdu. Ah, Eleni ! Elle savait que je disais vrai. Mais elle savait encore mieux qu'il était déjà trop tard pour les conseils et les interventions. Le train était déjà sur les rails, il roulait vers sa destination. Les balles ne reviennent pas en arrière.

Et il était réellement trop tard. Parce que moi, j'avais des informations. Au début, ils l'ont pris comme guetteur, car ils étaient dans l'illégalité, ceux du milieu à qui il était mêlé. Il allait à l'aube à Lemonadika et il déchargeait les légumes des voitures, il en tirait une bonne paye. Là-bas, il s'est retrouvé embrigadé dans les petits trafics. Il a rencontré des individus méprisables, les frères Yalamboukis et Issaïas le boiteux. Issaïas le boiteux était fortiche et très bien organisé en ce qui concernait la contrebande et l'illégalité. Ils chargeaient leurs chariots de légumes de contrebande, des pommes de terre et autres victuailles, et ils les vendaient. Aristidis, ils l'ont pris pour faire le guet pour les condés et ils lui donnaient une petite paye. Les flics pouvaient débouler d'un coup. À Thessalonique, il y avait partout des mouchards et des balances et on ne savait pas comment se protéger. Tout le travail qu'il faisait, légal ou clandestin, lui rapportait une cinquantaine de drachmes par jour. Et puis ? Qu'est-ce qu'il cherchait dans cette merde, tout gamin ? Plus tard, il a fait des petites besognes pour l'agence de Chalcidique. C'est là-bas que le malheur est survenu. Là-bas, on l'a touché, le garçonnet s'est laissé entraîner. Il avait à peine treize ans. Je ne connais pas les détails. J'ai reçu la visite de mon cousin qui est primeur sur le marché aux poissons et il m'a raconté. Un homme éveillé, qui était aux aguets. Il y en avait un, Apostolis le chimiste, qui traînait là-bas au café de l'agence et cherchait des victimes. Il pervertissait les jeunes garçons. Il avait des antécédents, des condamnations. Il les trompait avec de l'argent de poche, des jeux, je ne sais quoi d'autre, et il les dépravait. C'était son dada et tout Thessalonique le savait. On en avait eu vent dans le milieu, surtout à Kapani et à Aristotelous. Et puisque ça se passait sous les yeux de tous, pourquoi personne ne portait plainte ? Pourquoi a-t-on laissé cette bête faire ces abjections ? En tout cas, mon cousin s'en était aperçu. Ou quelqu'un le lui avait soufflé. « Il a été abordé, dit-il, par Apostolis, le chimiste. À son air, j'ai compris que quelque chose d'autre se passait avec le petit. En tout cas, ils ont initié le gamin très tôt aux combines, très tôt ils l'ont corrompu. »

S'il dit vrai, il fallait les lyncher. De mon côté, bien sûr, je ne l'ai pas vraiment cru. Si je l'avais pris complètement au sérieux, j'aurais dû en parler à sa mère. Mais même si je le lui avais dit, qu'aurait-elle bien pu faire ? Cette femme avait-elle la force et le courage de faire face à cela avec le foutu caractère d'Aristidis ? Elle l'aurait révélé à Alexiadis, peut-être que son beau-père aurait pu faire quelque chose car il le respectait. Mais l'aurait-il écouté ? Pour aboutir, ces affaires-là exigent des préparatifs et des précautions. Elles exigent de s'en occuper soi-même et au plus tôt. Tu me diras, elle l'a quand même envoyé à l'école. Enfin bon, il est allé pendant un an en première classe d'élémentaire, à Saranda Ekklissiès, quand ils habitaient rue Agias Sofias, il a arrêté et il y est retourné à Toumba, en deuxième classe. Un grand garçon de douze ans mélangé avec des gosses de sept ans. Il en a bavé pour aller au bout. C'est tout, il est resté quasiment illettré. Personne ne lui donnait de considération. Ce gosse était abandonné à la réalité. Si tu t'y intéresses, tu peux faire quelque chose à temps. Ou, quand tu es informé, putain mon gars, tu vas essayer de la freiner cette dégringolade. Quelques années sont passées et il s'est produit ces choses grotesques et le gamin était dans les journaux. Pendant des mois, à la radio, on parlait d'abord d'Aristidis et de ses passions et de ses exploits, et ensuite de l'actualité, du Vietnam et de Kennedy. Bah, de tout ce qu'on a pu raconter sur ce garçon, je n'ai rien cru. C'était un coup monté. Pour rien, il est mort pour rien ! On lui a tout mis sur le dos exprès ! Ils ont eu les mains bien sales, avec ce gamin !

Nous ne nous sommes jamais séparées avec Eleni. J'ai suivi l'évolution de la famille, je les plaignais. La malheureuse me racontait ses misères. Je lui racontais moi aussi les miennes. Je suis née en 1927, j'étais plus jeune que la femme Pagratidis. La plus jeune de mes cinq frères et sœurs. D'une famille de paysans. Nous ramassions du coton et du tabac. Dans les champs de Drama. Toute la famille était flapie, on n'entendait que des « ah, mes reins ». Mes reins et puis mes reins. Nous étions tous des réfugiés, mélangés aux locaux, encore plus mal lotis qu'eux. La plus petite maison du village, c'était la nôtre. Est-ce que je devrais leur donner des excuses ? Je ne sais pas. Ni raison je ne leur donne, ni rancœur je ne leur tiens. Ils ne s'en sortaient pas. Pendant l'Occupation, ils m'ont donnée. En 1941, pendant la famine noire, quand Athènes vivait l'enfer et que les gens trouvaient un muret sur lequel s'allonger à force de crever de faim et d'épuisement et qu'ils y rendaient leur dernier souffle. C'est ce que nous entendions sur la capitale. À la radio. À Thessalonique, ici aussi la misère, ici aussi la famine. Ici aussi la mort. Et mon père qui était un ivrogne. Où disparaissait-il, où le retrouvait-on, à la taverne, au café. Il faut dire qu'il n'avait pas connu ses parents, il a grandi orphelin. Il avait le bourdon. Il me le racontait quelquefois. Il ne s'enivrait pas pour nous frapper ensuite. Ce n'était pas son genre. Il était geignard, tourmenté. Bref, ils ont décidé de me donner. « Fille de cœur », ont-ils dit. Nous étions miséreux, c'était l'Occupation, j'ai voulu aider, participer moi aussi à la vie de famille. « Tu seras traitée aux petits oignons », m'a dit ma mère.

Ces oignons-là avaient des épines qui me transpercent encore, des plaies qui ne seront jamais pansées. Une tante m'a accompagnée au bus, elle m'a déposée. Nous leur avons apporté en cadeau vingt œufs et un panier de raisin muscat. C'était le mois d'août. Mes yeux, des fontaines, ruisselaient. « Ne pleure pas, ma petite », m'a dit le monsieur. Ne pleure pas, facile à dire. Je me suis retrouvée dans un environnement étranger. Les gens étaient gentils. Par rapport aux autres, je veux dire. Ne parlons pas de ce que les autres vivaient. Elles avaient des restrictions, beaucoup de restrictions, tout était sous contrôle. Enfermées dans l'appartement, jour et nuit. Et on leur confiait toutes les tâches. Ménage, balayage, épluchage, repassage, cuisine. Langes sales, serpillières, Javel, Tide, Klin[1], lessive à la cendre. Et est-ce qu'elles auraient entendu une seule fois un « merci » ! Et si tu sortais, les gens te regardaient de travers. Avec leur regard pesant, ils te fixaient, tu sentais à leur air pincé qu'ils te voyaient comme une moins-que-rien. Moi, j'étais plus chanceuse. Ils étaient âgés, ils avaient besoin de moi. Moi aussi, je m'occupais bien d'eux. Tous les deux mois, nous sortions avec madame dans la rue Ermou et nous faisions des emplettes. Ils m'achetaient des jupettes, des robes modiques, de petites savates. J'ai vécu huit ans à leurs côtés, je regrettais mon village. Quoi qu'on en dise, des étrangers. Entre-temps, je grandissais. J'étais prête pour un homme, j'avais l'âge de me marier, de faire des enfants. Les Allemands partirent, les gens respirèrent, les Anglais arrivèrent, d'autres crapules. Nous avions

1 Tide et Klinex, marques de produits ménagers.

commencé à nous ragaillardir. En 1949, on m'a mariée. Mes parents sont venus du village pour le mariage. Et une de mes sœurs. Elle enviait ma chance. « Tu as vu le luxe, toi ! », voilà ce qu'elle me disait. Dans cette vie – qu'est-ce que tu veux –, chacun envie l'autre. Et Onassis, qui nageait dans le pognon, même lui aurait voulu être quelqu'un d'autre. Le marié était un voisin. Il était beau garçon et barbier. Quand je l'ai vu, j'ai perdu la tête. Nous avions le même âge. Il était noceur, il était coureur, il avait des veuves, il avait des divorcées, il avait des célibataires. Il avait des jeunes, il avait des vieilles, m'avait soufflé un petit oiseau. « T'en fais pas, il va se ranger », me suis-je dit. Et il était distingué. Au début, nous étions tout amour et tout miel. « Eh, Assimo, me disait-il, j'ai pioché le numéro gagnant. Il n'y a pas d'autre cœur comme le tien. » Et moi, naïve, je le croyais. C'était fou. Ah, enfin, me disais-je, maintenant, Assimenia, tu as connu le bonheur. Ça doit être ça, ce qu'on appelle le bonheur. Qu'est-ce que tu peux chercher d'autre dans la vie ? Je n'enviais nul homme et nulle femme, pas même la fille du magnat Onassis, dont nous parlions tout à l'heure, qui déversait, façon de parler, de sa chose de la poudre d'or. Quoi qu'elle ait déversé, elle en a bavé elle aussi. Bientôt cependant, il s'est éloigné, il m'évitait, il ne remplissait même plus, comme on dit, ses devoirs conjugaux, à la fin nous avons fini par jouer au papa et à la maman. Il a complètement arrêté les grands discours, « Mon Assimo, dans toute la Grèce, c'est sur moi qu'est tombé le tiercé », il a fait la tête et il ne se retournait plus pour me regarder dans les yeux. En cachette, il poursuivait son ancienne vie avec ses maîtresses, ce Raspoutine, ce corrompu. C'était une simple ordure. Comment est arrivé cet instant maudit où il s'est fait la malle, mon jules, à Francfort, et m'a laissée seule avec deux jeunes enfants ? Au début, il envoyait de l'argent. Moi, j'avais des rêves. Des rêves pour les enfants, pas pour moi. Comme quoi il allait revenir avec le magot, quelle idée ; pendant les trois ans où il était à ses affaires, il ne s'est pas montré une seule fois pour voir ses rejetons. Quels rejetons, autant dire des rejetés ! Je me disais, certes il tarde, mais il va revenir chargé de pognon. C'est ce que je voulais croire. Mais la vérité était tout autre. Mon père avait raison quand il disait : « Ne fête pas baïram avant la date. » Ne rêve pas, ça veut dire, regarde la réalité, garde les pieds sur terre. Mais quels rêveurs ont du plomb dans la tête, pourquoi moi j'en aurais eu ? L'homme en question, à peine eut-il mis un pied en Allemagne, il s'est trouvé une vache allemande, une vermine blonde, il l'a roulée elle aussi et il lui a fait deux petits Allemands, deux petits bâtards. Il avait amassé de l'oseille, parce que barbier ça marchait, ses actions avaient augmenté, on ne l'appelait plus barbier, on l'appelait coiffeur. Arriva le moment où je reçus les nouvelles. Est-ce que c'était la faute de la Boche ? Elles les trouvent, dit-on, ténébreux et bandants et elles les envoûtent. Mais eux, quand même, les nôtres, comment ils peuvent s'en enticher et se les traîner toute une vie, pâlottes comme elles sont ? Des compatriotes m'ont montré sa photo, elle était comme rincée au chlore, sainte Vierge, et des yeux comme des œufs dégoulinants, je l'ai vue et j'ai perdu toute estime pour mon mari. Voilà, il s'est complètement éloigné de moi et il n'est même jamais revenu pour s'occuper de nous, le bon à rien ! Je lui disais des choses comme ça à Eleni, la malheureuse, pour qu'elle se console et qu'elle ne croie pas qu'elle était la seule à être esquintée dans ce bas monde. « Tu peux m'estimer pire que toi, Eleni. Il m'a abandonnée, moi, une ménagère de première catégorie, et il s'est accoquiné à cette sale Chleuhe. Ces Allemands nous ont bouffés. Et ils vont continuer à nous bouffer. Le nigaud, il peut bien écouter nuit et jour leur langue rustre. Flafluchen, touchmachen, monculmachen. » Pendant un instant, la pauvre, sa lèvre riait. Nous avons tous notre part de douleur. Voilà ce que nous nous disions, les deux copines, l'une à l'autre. Il faut des consolations dans cette vie, ma vieille. Sans conte de fées, c'est pas possible.

Quelquefois, je m'assois moi aussi, la divorcée – même pas divorcée, autant dire veuve, puisque je vis comme une veuve et que je ne le reverrai jamais et que je n'ai pas non plus l'intention de m'encombrer d'un autre homme à l'avenir parce que je suis écœurée –, et je prends une bouteille de vin et je me soûle. Et je ne réfléchis plus à rien d'autre. Je ne me remémore ni mes années d'enfance misérables, ni mes parents qui m'ont vendue, ni les étrangers qui m'ont élevée, ni le sale barbier qui m'a dupée. Je bois mon vin à petites gorgées et je me dis : Assimenia, tu as fait venir dans ce monde trompeur des enfants. Ces créatures innocentes, que vont-elles devenir ? Si tu disparais toi aussi, comment vont-ils avancer ? Je pensais aux infortunes d'Aristos, il me venait à l'esprit son image, pas lavé, pas nourri, désolé, séparé des autres enfants et je me demandais : Est-ce que les miens sont aussi promis à un tel sort ? Et encore, je suis en vie et ils m'ont à leurs côtés. Oui, mais où se sont-ils retrouvés, ici, il n'y a que des escrocs, tout le monde arrange ses intérêts. Peut-être que je devrais les pousser à s'expatrier ? Bah, des émigrants ? La terre d'exil, maintenant, on appelle ça l'étranger, nous, quand nos compatriotes sont partis en masse pour l'Almanya, on appelait ça les affaires. Et les affaires, ça reste ambigu. Certes, tu t'expatries, et tu goûtes le poison de l'exil, hélas, et tu vis en terrain étranger, inconnu parmi les inconnus, et quels inconnus, parmi ces culs serrés d'Européens, jusqu'à ce que tu t'adaptes, si tu t'adaptes un jour à vrai dire. D'un autre côté, si tu es bon et méritant, tu peux prospérer, bien ficeler ton magot et vivre, bien vivre. Ensuite, il y a aussi autre chose. Tu échappes à cette patrie insensible. Tu ne vois pas toute cette misère. L'État qui te vole, les parasites qui sucent ton sang ! Tu n'es pas pris de désespoir face à cette bassesse, où dès qu'on s'en tire, on oublie les idées et les principes et tout le reste. Je réfléchissais à ce genre de choses et je pensais sans arrêt tantôt à mon enfance tantôt à Aristos.

Ce gamin, ce petit Aristos, qu'on appelait « Cochon », et qui se traînait vraiment comme un cochon et qui a mené une vie de cochon. Tu te rends compte, « Cochon » ! On invente tellement de surnoms, à Aristos c'est ça qu'on a trouvé à lui donner ? Et c'est cette image qui m'est restée, celle d'Aristos à douze ans et rien d'autre. Il a grandi dans les ruelles, il se traînait dans la boue et il demandait aux voisins la mie du pain qui restait du repas, s'il en restait. Comme le pauvre Lazare. Les enfants finissaient de jouer, ils pouvaient bien jouer au ballon, ils pouvaient bien jouer à chat, ils faisaient une pause. Une pause, forcément, dès qu'ils avaient faim. Et ils couraient tous vers la porte de leur maison. Vers leur mère. Ou vers leur grand-mère. Il faut voir ce qu'on leur donnait ! Ils tartinaient une tranche de pain d'un peu d'huile, ils saupoudraient d'origan et de sel et ce repas avait un de ces goûts, mais un de ces goûts ! On appelait ça tzitziné boureki. Quand on en avait, on leur donnait quelque chose de meilleur. Ce gamin-là restait sur le côté et regardait ses amis mâchonner le boureki ou tenant un œuf dur à la main. Affligé ! Il regardait, il regardait ! Tout le tourment de ce bas monde dans les yeux ! Si un de ses amis avait pitié de lui, il lui donnait un morceau. Eleni rentrait tard de son travail, au crépuscule. Un horaire épuisant. Aristos ! Combien de fois moi seule l'ai recueilli et nourri. On l'insultait, on lui donnait des coups de pied, on l'enquiquinait, le gamin. Insensibilité et inhumanité. « Quel chemin emprunter et avec qui marcher ! »[1] Non, il n'a pas trouvé d'affection, le garçon ; il a bu le poison de la société, seulement le poison, injustice de Dieu.

1 Premiers vers de la chanson de Takis Soukas « Pios dromos, pia cheria » (Quel chemin, quelles mains) qui ont été modifiés : « avec qui marcher » au lieu de « à qui demander ».

Sur le port

Un débardeur parle d'Astikos

Astikos ! Homme satané et damné ! La peur et la terreur du milieu ! En cas de coup dur, il aurait vendu jusqu'à sa mère au diable ! Sans foi ni loi ! Tu lui disais bonjour et tu le regrettais ! Lubrique, très lubrique ! Avec les hommes comme les femmes ! Cynique ! Il pourchassait les garçonnets, les plus grands, dans les cinémas. Avec frénésie. Au Titania, au Kolossaion, au Panthéon. À coup de embonimment et de force. Nous étions dingues de cinéma. Les petits, les grands. Les gosses encore plus, tout l'argent de poche qu'ils avaient à la maison, tout ce qu'ils économisaient de leurs petits boulots, bref, tous les pourboires qu'ils empochaient, partaient dans les cinémas. Des gamins de douze, treize ans. Jusqu'à quinze ans tout au plus. C'est l'âge où tu te fais embarquer par les intrigants. Tu tombes facilement. Tu te fais duper. Une fois ou deux, on t'adoucit avec du flouze, tu t'habitues. Le pécule ! Pas les petites filles, elles ne mettaient pas un pied là-bas, seulement les mecs, les petits garçons. Ça se fait tout seul. Les parents, au courant de rien. En fin d'après-midi, dans les cinémas. Vie de misère, pour les gens alors. Avec trois-quatre drachmes, avec une pièce de cinq tout au plus, il faisait son affaire. Qu'est-ce que vous voulez que je dise, que les gosses aimaient ça ? Je ne pense pas. Il faut dire que quand cet instinct-là se réveille, rien n'est bien clair. À quatorze ans, on bande pour un rien. Ces branquignols n'étaient pas peu nombreux. Je ne sais pas s'ils les dépucelaient, mais en tout cas ils les touchaient pour de bon. Tout cela circulait pourtant, nous en discutions. Ils étaient pédophiles, les salauds ! Si on les avait attrapés ! Mais qui les aurait attrapés ? Ils agissaient à la dérobée.

Certains d'entre eux étaient en bons termes avec la police. Ils collaboraient avec les infiltrés. Ils donnaient des gens. Ils surveillaient les mouvements sur le port. Il y avait un plan de la part de la Sûreté. C'étaient tous des gens du milieu. Certains travaillaient à Vardaris comme marchands, d'autres à Venizelou comme déchargeurs, certains vendaient des tickets de loto, d'autres des marrons chauds, d'autres encore travaillaient dans les kiosques, etc. Ceux du port touchaient un bénef sur la contrebande dont les douaniers se gavaient en douce. Cigarettes, boissons et outils, tout ce qui s'importait. Que cherchaient sans arrêt tous ces types louches dans les bureaux du port, qu'est-ce qu'ils voulaient à entrer et sortir des bâtiments de la douane en portant des énormes sacs sur l'épaule, des sacs pesants et de grosses valises, tiens ? Thessalonique avait une tradition de longue date dans la contrebande. Comme tous les grands ports. Mais le nôtre, de port, est gigantesque. Calcule donc ce qui se passait dans cette ville jusqu'à ce que partent les Ottomans. Juifs, Grecs, Turcs, Bulgares, étrangers. J'ai dit étrangers comme si les autres étaient d'ici. Nous, les anciens, quand nous disons étranger, nous voulons dire Européen ou Américain. Avec les autres, les Orientaux, nous avions le même genre de lubies, nous nous comprenions. En tout cas, le trafic battait son plein. On est même allé jusqu'à sortir les « Enchantées », ces jeunes filles sublimes, ces statues qui étaient plantées sur la place Dikastirion et qui, comme le disent tous ceux qui savent, n'avaient pas à envier les Caryatides de l'Acropole. Quand on les pinçait la main dans le sac, les lascars, les hors-la-loi, où allaient donc tous les produits de contrebande ? Kontrabando, on appelait ça. Et de là, les kontrabandzidès. Avant-guerre, je me souviens d'une chanson douloureuse qu'avait sortie, sur le kontrabando du pays, le Samiotin, Roukounas, qui faisait fureur dans les chants orientaux :

C'étaient six-sept contrebandiers
dans une barque à charrier
les marchandises du trafic
du port de Thessalonique.

Mener une vie de fraudeur
porte son lot de douceurs,
mais quand tu seras en prison,
elles deviendront poison.

Qui alors pouvait mettre de l'ordre dans cette société ? L'église avec la parole de Dieu ? Des blagues ! Qui avait de la poigne en politique pour mettre de l'ordre dans l'État ? Qu'est-ce que j'en sais, un Pipinelis[1] ? Et est-ce qu'ils connaissaient la galère Pipinelis et tous les autres Pipinelis ? Tout ça parce qu'on était poussés à bout par la hausse des prix ? Pauvres de nous. « En quoi le prix des peignes peut importer au chauve ? » Est-ce qu'il n'avait pas d'argent pour faire manger de la rate et du foie à ses rejetons pour qu'ils prennent des forces ? Lui, il louait à l'État les bordels de Vourla dont il était propriétaire, un endroit deux fois plus grand que la place Syntagma, et il tirait de l'or de cette affaire, est-ce qu'il allait se retourner pour nous jeter un regard, à nous, les fauchés ? Et qui a déjà vu de près ces politiciens quémandeurs de voix ? Allez, une fois ou deux, avant les élections. Ils récupèrent les votes et puis ensuite, à la Louis[2]. Une entourloupe pure et dure. Parmi ces crevards, quelques-uns étaient donc d'une, pédophiles, mais aussi délateurs, les enculés ! Quel que soit le côté par lequel tu les prends, tu te salis. Plus tard, lors de l'assassinat de la rue Spandoni, quand ils ont descendu ce brave type, Lambrakis, au milieu de toutes ces ordures, quelques-unes de ces fiottes étaient aussi mêlées au meurtre. Et avant ça, au moment de la contre-manifestation des membres de l'État parallèle.

1 Panayotis Pipinelis, homme politique grec. Député de l'ERE (Union Nationale Radicale), parti conservateur, sous le gouvernement de Karamanlis et premier ministre durant quelques mois de 1963.

2 Expression qui fait référence à Spyridon Louis, coureur grec vainqueur du Marathon aux Jeux Olympiques d'Athènes en 1896 qui, après sa victoire, va se retirer pour mener une vie paisible et disparaître de la vie publique.

Couverts par la police. Avec comme chefs Mitsou et Kamoutsis[3]. Tout était combiné. Ça avait été préparé depuis Athènes, comme nous l'avons pensé. Mais par qui ? Par le palais royal, par la Sûreté, par qui ? Peut-être par les Américains ? Et Karamanlis[4], quel rôle jouait-il ? Il a ensuite filé en Suisse. Blanche colombe ! L'affaire n'a jamais été tirée au clair. Il s'en sont sortis pour pas grand-chose, les assassins de Grigoris Lambrakis. Les officiers tout comme les salauds du coin. Von Yosmas et toute la clique. On a clos le dossier. Les journaux n'ont pas écrit la vérité. Et qu'est-ce qu'ils écrivaient donc ! Ce que leur autorisaient la Sûreté et la censure. Mais chaque fois que je demande à mon cerveau de réfléchir clairement à ce meurtre méprisable, je me dis : peut-être que le plan de cet assassinat, organisé dans l'ombre, n'était-il qu'une répétition bien ficelée du coup d'État qui nous a jetés en 1967 dans les griffes de la junte ?

Quant au voisin du port, j'avais bien senti quel mufle c'était. Je ne lui prêtais pas attention. Je vaquais à mes affaires. Je débardais des cargaisons à tire-larigot. J'étais aussi garçon. J'avais un emploi derrière la place Eleftherias, à Ladadika, dans un bouiboui. À côté de l'hôtel Bristol. Un bel hôtel, de type européen, avec des moulures sur la façade, avec de beaux petits balcons.

3 Konstantinos Mitsou, général de division dans la gendarmerie, inspecteur de la Grèce du Nord ; Evthymios Kamoutsis, chef de la police tous les deux impliqués dans l'assassinat de Lambrakis pour avoir protégé les assassins.

4 Après avoir occupé divers postes ministériels, Konstantinos Karamanlis est alors Premier ministre et il démissionne en juillet 1963, soit deux mois après l'assassinat de Grigoris Lambrakis. Peu après, il part pour un long exil en France.

Nous servions des cafés et de l'ouzo avec des mézés. Je faisais des allers-retours. Je me faisais un peu de blé. Les nouvelles circulaient. Cette ordure vendait des asticots pour appâter les gros poissons, les marbrés, les pageots, les gros dentés roses, aux amateurs. On avait beaucoup de daurades aussi. Sauvages. Enfin, qu'est-ce que le Thermaïkos n'avait pas ! Le meilleur poisson, grâce aux eaux douces qui coulaient de tout un tas de sources mais aussi des grandes rivières qui s'y déversaient, l'Axios et le Gallikos et le Loudias. Et l'Aliakmonas en face. Ça faisait bézef de ressources, tonnerre ! Dans le temps on remontait des homards à chaque filage[1]. Quand nous le racontons maintenant, on le croit pas ! Des homards dans ce golfe ! Eh oui, mon pote. Je ne parle même pas de ce qui se passait avec les gros filages, quand la sardine sortait dans la mousse et inondait les lieux. On ne les envoyait pas à la vente. On les jetait sur la rive. Et le petit peuple descendait avec des paniers et des corbeilles, à Baxès, à Peraia, à Michaniona, à Aretsou, bien sûr, et il se gavait de poisson. À Michaniona, à Aretsou, à Kalamaria, il y avait les meilleurs pêcheurs, parce qu'ils avaient ça dans le sang, ils avaient une tradition de la pêche, de père en fils, qui venait de leurs patries, de Tchesmé et d'Aretsou en Asie Mineure[2].

Il y avait alors beaucoup de mordus de pêche. Pareil qu'aujourd'hui. L'autre avait une barque. Je l'ai croisé pas

1 Action de tendre le filet (NdA).

2 Baxès, Peréa, Michaniona, Aretsou et Kalamaria font partie de l'agglomération de Thessalonique. Historiquement, ces endroits ont tous été peuplés par des réfugiés. Tchesmé et Aretsou, aujourd'hui Darica, sont deux villes de Turquie.

mal de fois, il était devant son panier, bourré d'appâts, des asticots et des vers – surtout des asticots, d'où le surnom, Astikos –, et à côté de lui un gamin, d'une quinzaine d'années disons. Bon, Astikos, ce demeuré, n'est pas non plus le seul pécheur, pas le seul fautif. Là-bas, sur le quai, sur le port, d'autres hommes avaient aussi ce travers. Et encore aujourd'hui, quoi, ça n'arrive plus ? La femme, c'est la femme, les enfants, ce sont les enfants, le penchant, c'est le penchant. De la jaquette. Pas seulement chez le peuple. Et dans les bonnes maisons, surtout, comme on dit, là-bas aussi, laisse tomber. Disons la vérité.

Aristidis, je l'ai vu là-bas trois ou quatre fois. Peut-être plus. Il avait seize, dix-sept ans tout au plus, un petit jeune homme. Peut-être que je me plante. La deuxième fois, j'ai fait plus attention. De taille, il était plutôt grand. Un gabarit de crevette. Sombre, brun, grave. Il parlait avec l'autre à la dérobée. Quelquefois, je l'ai vu qui l'emmenait au large où il lançait le palangre. Eh, je me suis dit, il l'a forcé, Astikos, le jeunot, à faire le turbin. Les cancans ont commencé dans le milieu. Que cherche donc un gamin, dit-on, avec cet homme étrange ? Qu'ont-ils à se dire ? Qu'ont-ils à échanger ? Il restait une ou deux heures dans la barque avec lui. Ils parlaient en chuchotant. Rien de perfide ne m'est venu à l'esprit, que ces deux-là, Aristos avec Astikos, peut-être qu'ils… bah, pas du tout. Aristos était très masculin, un gaillard, un beau garçon. Par la suite, on a appris qu'il se faisait des sous en passant du temps avec des hommes. Ces choses-là circulent. Tout se répand dans le milieu. On dit parfois des femmes qu'elles sont des commères, des pipelettes.

Et jamais, mais jamais, on ne parle du potinage qui a lieu dans les cafés, ce que raconte là-dedans la population masculine ! On a entendu beaucoup de choses sur le gamin, qu'il a dû aller avec je ne sais combien de gonzes. Contre rémunération, toujours contre rémunération. Pour sa survie par contre, et pas pour son bon plaisir.

C'est ce qu'il a lui-même confessé plus tard, quand on l'a traîné avec les menottes. Quand on a mis son visage dans les journaux et qu'on l'a humilié ! Aristos, comme si c'était lui. Il a dû parler de son enfance, comment les choses sont venues et qu'il a été contraint. Ce n'était pas possible autrement, car il jouait sa vie. D'ailleurs quand il s'est passé ce qui s'est passé, il était mineur. Il n'y avait pas qu'Astikos. Astikos, on l'a vu à l'œuvre, ses saloperies il les faisait quasiment sous nos yeux. Il l'a lui-même avoué au tribunal. Mais les autres ? Surtout cet Apostolis, le chimiste ? Un citoyen estimé de tous au-dessus de tout soupçon ? Il a tout craché tout seul, personne ne l'a forcé. Qu'il avait trouvé le gamin et qu'il l'avait entraîné chez lui en prétextant que s'il lui transportait du bois de chauffage pour son poêle, il lui donnerait une petite paye. Au début, a-t-il dit, il lui a caressé les jambes. La deuxième fois qu'il lui a rendu visite, il est allé un peu plus loin. La troisième fois enfin, il lui a fait son affaire pour de bon. Il a réussi, le fumier, à le démolir. Génial ! Tout ça a été raconté dans la salle d'audience ! Quel formidable État que le nôtre ! Il n'y a pas eu à ce moment-là un juge, un président, un procureur hardi pour incriminer cet abject pédophile ? Même après coup ? Tout ce qui leur importait était de construire l'image de meurtrier d'Aristidis. Ils devaient couvrir qui sait quelles saloperies, quelles affaires obscures ! Après, il y a eu l'autre, le salaud, Vassilis Zinzinc. Il les a lui-même révélées au tribunal, les immondes orgies, Aristos les a confirmées. C'est lui qui en a fait un camé. Que se passait-il dans la taverne Mère Misère, à Kapani, où travaillait le petit Aristos ? C'était là qu'ils le racolaient et abusaient de lui pour cinq drachmes. Avec du recul, tous ceux-là ne méritaient-ils pas d'être arrêtés sur-le-champ, d'être jugés et d'être jetés en cabane à perpétuité ? À cette époque, entre 1952 et 1953, quand les pédophiles commettaient leurs crimes, si tu avais le malheur de regarder un gendarme un peu de travers, on te mettait en taule. Si tu avais le malheur de voler un koulouri, on te passait les menottes et on t'exhibait sur la place publique. Et ces misérables, on les a laissés en liberté commettre leurs forfaits ? Et l'auditoire ? Le peuple vertueux ? Comment a-t-il pu supporter que soient révélés au grand jour de tels scandales ? Quels scandales ? C'étaient des crimes ! Des crimes impardonnables ! Qui sait combien d'autres petits garçons auront été bousillés par des sauvages de cette espèce ! Quand deux atrocités qui sont restées cachées pendant des années sont dévoilées, en dessous se cachent des dizaines d'autres, encore pires.

Aristos – je le voyais – faisait des petits boulots, des petites tâches, pour s'en sortir. Le débardage sur le port, mais aussi dans les trains, c'était une tradition de longue date qui nourrissait de nombreuses familles. Les Juifs de Salonique, disaient les anciens, avant que Hitler ne les charge dans le « Moutzouris »[1] et ne les envoie dans les fours crématoires pour les exterminer, dans leur majorité, travaillaient sur le port, comme déchargeurs. Ici, sur la place Eleftherias, on a rassemblé en 1942 tous les hommes juifs, dans la fournaise de juillet, et on leur a ordonné de marcher à genoux. D'abord, on leur a fait faire des exercices, en guise de punition, comme on fait la « GuePsy » aux nouvelles recrues dans l'armée. Guerre Psychologique. Avec ces hommes torturés, l'occupant a organisé des bataillons de travailleurs qu'il a envoyés faire de lourds travaux dans la campagne pour décimer la race juive. Comment les a-t-on convaincus, les malheureux, de se rassembler ici ? C'est le grand rabbin, paraît-il, qui les a vendus. Est-ce que c'est vrai, je n'en sais rien. Ou est-ce que les Allemands l'auraient baratiné en disant qu'ils n'allaient pas leur faire de mal ? Et eux, naïfs, ils lui ont fait confiance. Et ils sont montés dans les wagons de la mort. Mais qui d'autre auraient-ils dû croire ? C'était leur chef, leur patriarche. Beaucoup de Juifs étaient miséreux. On raconte qu'ils étaient soi-disant tous riches. La plupart étaient pauvres, ouvriers. Débardeurs. C'est pour ça que beaucoup sont devenus communistes – par nécessité – et ont pris le maquis avec l'ELAS. Tous ceux qui étaient riches et qu'on a emmenés dans les camps en Allemagne ont laissé leur fortune à Thessalonique. Qu'est-il advenu de leurs affaires ? Et surtout de leur argent et de leurs bijoux en or ? Certains

1 Train touristique qui traverse les villages du Pélion. Durant l'Occupation, il a été utilisé par les Allemands pour le transport de marchandises. Il ne semble cependant pas qu'il ait servi à la déportation de Juifs.

les ont aidés, peut-être. On dit pourtant – et ça n'a pas l'air d'un mensonge – que d'autres, de ceux qui marchent sur les cadavres, ont exploité ou volé les fortunes juives. Comment certains surgis de nulle part ont tout à coup possédé deux ou trois immeubles ? Et les plus grandes boutiques ? Je ne sais pas. Et je ne veux pas traîner quelqu'un dans la boue injustement. Dans le milieu, on murmure des noms, des noms connus. Parmi ceux qui ont fait fortune, doivent assurément vivre certains de nos concitoyens aujourd'hui en vue qui sont depuis longtemps dans les affaires. Et, bien sûr, ils n'auront jamais à répondre de leurs sales histoires.

Son apparence, à Aristos, était à pleurer. Avec ses habits miteux, avec ses chaussures usées. Avec son œil trouble, cafardeux. Si quelqu'un l'avait découvert et fait jouer dans un de ces films grecs, ces films tristes que nous regardions pendant des heures comme des drogués et qui nous fendaient le cœur à en pleurer, ça lui serait allé comme un gant. Ça m'a embêté, ce gamin, de le voir comme un rejeté, comme un déshérité. Alors que d'autres petits gars sautaient dans la belle bagnole à papa, tranquillou, et ils allaient crâner rue Tsimiski, au bord de la mer, et l'été à la playa, à Agia Triada et à Bahtsè Tsifliki. Tous ceux qui avaient les moyens ont construit leurs grosses villas et ont colonisé Kassandra, Ammouliani et Sithonia[2]. Dans le temps, c'était ce qui se passait. Parce que quand les Thessaloniciens nantis ont connu Santorin et Mykonos et que sont arrivés les avions, avec des vols allers-retours tous les jours, la folie

2 Kassandra et Sithonia sont deux des péninsules de la Chalcidique. Ammouliani est une île située en Chalcidique.

des plages de Chalcidique leur est passée. Et la mode, pour tous les richards du nord, c'était désormais de fréquenter les îles mondaines des Cyclades.

Où avons-nous vu ce genre de grandeurs, nous ? Où les aurait vues Aristos ? Il était perdu d'avance. Son œil était celui d'une bête cernée qu'étranglait la peur de l'abattoir. Il marchait en regardant à droite et à gauche. Et il se retournait sans cesse, il avait peur qu'ils arrivent. Qui ? Qui sait ? Il y a des gens qui vivent toute leur vie assis sur un banc des accusés imaginaire, comme s'ils étaient jugés par des forces invisibles. Il a vécu vingt-huit ans, Aristos. Seulement vingt-huit ans de supplice. Mais n'oublions pas que si un innocent est condamné, il faut qu'après sa mort il soit disculpé. Pour que son âme soit apaisée. Sinon, elle se transforme en spectre et son ombre affolée rôde pendant la nuit et nous arrache à la sérénité du sommeil. Si Aristos était innocent, il faut que sa mémoire soit lavée. Pour que sa pauvre âme trouve la tranquillité. Sinon, ce nœud qui nous étrangle depuis des années ne disparaîtra pas. Car beaucoup de Thessaloniciens ont des problèmes de sommeil. Ou le repos tarde à venir, ou ils se lèvent d'un coup, bouleversés, et n'arrivent plus à se rendormir, ou ils dorment un peu et se réveillent en sursaut à l'aube, trempés de sueur. C'est peut-être l'âme d'Aristos qui les arrache à leur sommeil. Mais ils ne le savent pas.

Au temps des grands mouchards

Un agent de l'État parallèle, voisin d'Aristos, parle de ses agissements

Tu sais ce que ça veut dire pauvreté, l'aminche ? Ma mère, veuve, deux vieux grands-parents, moi et trois plus petits. Pitchounes. Le dernier, fils illégitime de mon père, abandonné, c'est ma grand-mère qui l'a ramassé sur le pavé. Moi aussi, je suis illégitime, se racontaient les voisines en catimini, ma mère m'avait fait, dit-on, avec le boucher mais le vieux n'avait rien entravé à l'affaire. Il pouvait toujours courir, le boucher avait changé de quartier depuis des années. Je ne lui ressemblais même pas, au vieux, est-ce que je lui ressemblais ? À Toumba, à Thessalonique, l'aminche, pain dur, froid glacial, et il fallait encore dire « Gloire à Ya Rabbi[1] ». Mais on ne s'en sortait pas. En 1955, j'avais vingt-cinq ans. Nous habitions encore dans les baraquements. Que des réfugiés. Les vieux avaient rendu l'âme, les bébés nous les avions donnés, l'un à des parents de cœur, les autres à l'orphelinat, nous nous sommes débrouillés.

1 De l'arabe, passé par le turc, « mon Dieu ».

Ça devait être l'hiver de cette année-là. Un homme étrange se pointe dans le quartier. Le jour perçait à peine. Je voulais d'abord aller au café puis faire un saut à l'épicerie pour faire quelques courses. Depuis le soir nous étions bouleversés, nous avions un enterrement. Tout le quartier était mortifié. C'était un petit garçon qu'on avait trouvé mort au fond d'un puits asséché. Il n'était pas surveillé, le gamin est allé jouer tout seul, il est tombé, le puits était profond, autrefois nous y puisions tous de l'eau avec un seau, ça nous prenait cinq minutes de le remonter, il était tellement profond, c'était fini pour le gamin, il a sombré. On l'a cherché deux jours et deux nuits, à force on s'en est douté, un voisin hardi est descendu jusqu'au fond, il l'a retrouvé dans l'état où il l'a retrouvé. Ils l'ont pleuré toute la nuit, la mère, le père, les tantes et deux grand-mères. Ils étaient Cappadociens, de Niğde, des Niğdiens. Le voisinage s'est rassemblé, il y en avait jusque dehors, sur la route, debout, ils le veillaient. Les vieilles lançaient leurs lamentations jusqu'au ciel, à moitié en grec, à moitié en turc : « Aman, mon tout petit, ne oldu[1], oğlum[2] ? Les anges sont les envoyés de Ya Rabbi, auront-ils pitié de toi, kuzum benim[3], kuzucum[4], te ramèneront-ils ? Le Patriarche Abraham, comment te prendra-t-il dans ses bras, meleğim[5] ? » Je ne supporte pas les sanglots et les jérémiades, ils ne m'ont pas laissé fermer l'œil de la nuit, en plus je comprenais le turc, c'est

1 Que s'est-il passé ? (NdA).
2 Mon fils, mon enfant (NdA).
3 Mon agneau. Appellation affectueuse (NdA).
4 Mon petit agneau (NdA).
5 Mon ange (NdA).

ma grand-mère qui me l'avait appris – nous aussi, nous étions de Turquie –, je suis sorti dans la rue pour ne plus entendre. Il y a donc cet étrange type qui débarque au petit matin, à l'improviste, en cravate, avec son costume flambant neuf. Très formel, un Borsalino, des espèces de lunettes, impassible, glacial. On l'a vu dans le quartier, ça a intrigué. « Qui demandez-vous, monsieur ? – Je cherche Thanassis Le Biset », dit-il à une petite voisine. On m'appelait Le Biset car j'avais beaucoup de pigeons, de race biset, je les gardais dans de petits abris, des colombiers que j'avais fabriqués. C'était ma faiblesse, je les dressais et ils faisaient des figures et des dessins dans le ciel. Ils dansaient littéralement dans les airs. Il y avait même d'autres colombophiles qui me les volaient, nous étions en concurrence avec les quartiers voisins, ils connaissaient des trucs et les ramenaient dans leurs cours. À partir de là, tu ne les revois plus, comme on dit « ils se sont faits turcs ». « Je veux voir Thanassis, dit le type, Le Biset. Il habite où Thanassis ? – Il loge juste en face, lui dit la fille, vous ouvrez le portillon et vous tapez fort à la porte. Très fort. Sa mère va sortir, elle n'entend pas bien, elle est handicapée du pied droit, elle ne peut pas marcher et elle passe son temps à l'intérieur. » Il frappe, il frappe de nouveau, ma mère lui ouvre. « Bonjour, est-ce que Thanassis est là ? – Thanassis est sorti faire des courses. Il va rentrer d'ici une heure. Entrez vous reposer. – Non, j'ai du travail. Dis-lui que je vais revenir. » Je suis rentré, j'ai été mis au courant. J'ai été troublé, évidemment. Un inconnu, quoi d'autre, ce sera pour une embrouille qu'il s'est pointé. Une heure plus tard, il est revenu. Il a tapé, je suis sorti en personne. Étranger, glacial, j'ai flippé. « Allons parler dehors. » Les pleurs qui venaient de la maison en deuil s'étaient intensifiés. Le prêtre arrivait, c'était le moment où on allait emmener l'enfant. Nous avons marché pour nous éloigner suffisamment. Nous nous sommes engouffrés dans un café. « Je ne voulais pas que ta mère entende, me dit-il, ni personne d'autre. Et je ne me montrerai plus jamais dans ton coin. Je suis en service. – Quel service ? – Je vais t'expliquer. Je veux que tu te charges d'une affaire. – Quelle affaire ? – Une affaire sérieuse. Nous allons te donner le kiosque, juste en bas, à l'angle. Soi-disant blessé de guerre, c'est ce qui sera écrit sur la licence, peu importe, victime de guerre. » Mon sang s'est glacé. « C'est pas possible, je n'ai pas fait la guerre, dis-je, en Albanie, j'étais petit à cette époque. Personne n'a été tué non plus dans la famille. – Ça n'a pas d'importance, insiste-t-il, on va te faire des papiers comme quoi tu as perdu ton père au front, écoute attentivement maintenant. – Moi, je ne deviens pas un kiosquaire bidon, lui dis-je, ça va se savoir et on va me régler mon compte. – Tu n'as pas du tout à t'inquiéter, on va te rendre légal, tout sera réglo et plus que réglo. Tu vas te la couler douce. – Et moi, à quoi je vais servir, qu'est-ce que je vais faire pour vous ? – Tu vas avoir le kiosque, de bons revenus. Et tu auras une prime en bonus. Les yeux partout, sur la clientèle et sur les passants. – Et qu'est-ce que je vais faire exactement ? – Quand tu verras un mouvement suspect, tu le rapporteras immédiatement. – Suspect comment ? – Tu auras le téléphone.

Quatre lignes ouvertes : la Sûreté à Valaoritou[1], chez moi, le café que je fréquente, le vieux de Kafandaris, tu sais, le fameux, le grand, au-dessus de Vardari. Et pour les situations d'urgence, un de nos brigadiers. Tu demanderas monsieur Vlassis et ce sera moi. Si ce n'est pas avec moi que tu parles, les autres m'informeront, ils sont au parfum. – Et si on me repère ? – Tu es malin. Nous savons pourquoi nous t'avons choisi. Nous avons étudié ton caractère. Nous te suivons depuis des années. Et nous allons continuer de te suivre. Garde les yeux ouverts, qu'on ne te soupçonne pas. »

Il n'y avait pas de refus possible. C'est comme ça que je me suis fait kiosquaire. J'ai suivi ses conseils. Pas même mes meilleurs amis ne savaient comment et pour qui je travaillais. Les secrets du travail sont-ils jamais dévoilés ? « Nous avons loué le kiosque », ai-je dit. Si on flairait à quelles sales affaires j'étais mêlé, je le paierais méchamment. Nous, nous avions nos infiltrés, eux, ils avaient leurs planqués. Gare à toi si tu tombais entre les mains de gens de gauche que tu mouchardais. Leur vengeance était certaine. En 1952, je me souviens, nous avions retrouvé un ancien collabo à moitié mort devant une taverne. On avait pensé qu'il avait fait un AVC. Par la suite, grâce aux examens de l'hôpital, on a découvert que lorsqu'il s'est levé à un moment pour aller au cabinet, quelqu'un lui a mis en douce du poison dans son verre. Il se produisait beaucoup d'histoires de ce genre.

Au kiosque, il se passait différentes choses. Je savais tout, à la virgule près, qui achetait quel journal, quelle

1 Quartier de Thessalonique.

marque de cigarettes. Grâce au téléphone, j'apprenais tout, jusqu'aux détails de la vie amoureuse de chacun. Je tendais l'oreille pendant les conversations et je saisissais leurs secrets. Même sur les signaux et les sous-entendus, j'étais rencardé. Qui avait le téléphone dans ce temps-là chez lui ? Le kiosque était l'agence du quartier, le centre. Presque tous m'ont fait rapidement confiance. Ma gueule aidait, je présentais bien. Mes manières aidaient aussi, j'étais doux et affable. En quelques mois, je connaissais tous les purs et durs de droite, je veux dire les idéologistes, ceux qui travaillaient pour le gouvernement avec de multiples contreparties, ceux qui se faisaient passer pour des gens de gauche mais qui travaillaient pour la droite, les purs et durs de gauche, c'est-à-dire les fanatiques, et ceux qui jouaient les indifférents ou qui avaient l'air de ne pas pouvoir blairer les gens de gauche mais qui étaient de gauche jusqu'à la moelle. Il y en avait aussi une partie pour qui c'était kif-kif, des pacifistes qui appartenaient réellement à la zone neutre. Ensuite, j'apprenais les histoires d'héritage, les engueulades pour le partage. Un frère tabassait l'autre pour cinq balles. Les secrets des femmes, lesquelles trompaient leur mari. L'une avait un mari bellissime, il était maçon et cuisait toute la journée dans les chantiers sous la chaleur, un bon gaillard, et elle, elle voyait une ordure, un couturier bon à rien, une raclure qui ne méritait même pas qu'on lui crache dessus. Quels hommes du quartier étaient des chauds lapins, qui culbutaient en cachette les veuves et les divorcées. Les filles qui se donnaient par nécessité. Un vieux primeur avait une nana de seize ans, ravissante, il lui donnait une petite paye. Des incestes violents. Un grand-père abusait de sa petite-fille. Deux cousins germains sortaient ensemble depuis leurs douze ans, l'une des mères a été au courant, ça a fait du boucan, à la fin ils se sont mariés. Encore pire, il y en avait un qui violait son fils, la femme le savait, et quoique mère, elle la bouclait. Des orgies sous notre nez. Une vieille bique, veuve, de soixante-dix ans et quelques, avec son fichu noir qui lui couvrait le front, avait pour amant un garçon, footballeur dans l'équipe des jeunes, il y allait de son plein gré, sans thune en retour, il aimait les femmes âgées. Beaucoup de choses se faisaient contre de l'argent. Mais aussi par goût, par perversion. À côté de tout ça, le sombre dénuement des gens, la maigre paye.

De mon côté, pas de cœur pour quiconque, rien. J'ai par nature la peau dure, un fond rude. Taille-moi les veines, le sang ne coulera pas. Je n'avais pitié de personne. Il est venu lui aussi un jour, Aristos. Le petit voisin, qu'on connaissait sous le nom de « Cochon ». Il était fourré dans les eaux usagées et dans le dépotoir. Sa mère, on la voyait au crépuscule, elle rentrait, bonniche chez les aristocrates, miséreuse. C'était un gamin d'une quinzaine d'années, il voulait des cigarettes. J'ai été intrigué. « Donne-moi des cigarettes au détail, monsieur, me dit-il. – C'est pour qui ? – C'est le père Anastassis qui les demande, je vais les apporter au café, ils jouent au xeri[1]. Il perd et il est tendu. » Il a payé, il les a prises. Le lendemain, même chose. « Donne-moi des cigarettes, c'est le père Anastassis qui les demande. » Je lui donne ou

1 Jeu de cartes.

je ne lui donne pas cette fois-ci, je balançais. Il y avait un truc qui ne me plaisait pas, je l'avais catalogué comme voyou. Sa gueule m'était suspecte. Je fais semblant de me baisser pour chercher les cigarettes, je relève la tête brusquement, d'une, il avait attrapé de la main gauche deux bonbons, et de deux, de la main droite, des gommes bazouka, de celles qu'on achetait dans un tube de couleur rose, qu'on coupait au couteau et qu'on vendait à l'unité. « Hep », je lui fais. Je sors du kiosque, il file à la Louis. Comment je l'aurais rattrapé ? C'était un gamin svelte, une flèche ! Moi, à ses trousses. Quelle course, hein ! Je lance des cris : « Eh, Cochon, je vais te briser les côtes » ; plusieurs curieux se sont rassemblés. Nous l'avons rattrapé, je le chope. Après l'avoir saisi par le bras, la crapule, je me le fais à coups de poing, sur la tête, sur les joues, sur les yeux, partout. Je portais une bague en or à la main droite, la pierre était partie et elle était creuse. Là où je le frappais, la trace restait. Son visage était rempli de marques, comme les piqûres d'un tatouage. Il ramassait mais il tapait lui aussi, tant qu'il pouvait, il filait des coups de pied. Plus je le cognais, plus il tapait dans ma jambe et m'insultait. Il se battait pour m'en donner un violent dans les couilles, pour me neutraliser, il connaissait le truc, mais il ne m'atteignait pas. Tant bien que mal, il y en a deux autres qui l'ont bloqué, on l'a mis à genoux. « Pourquoi tu me voles, sale gosse ? Combien de fois tu l'as déjà fait ? Tu as dû me rafler un tas de chocolats et de bonbons jusqu'à maintenant. Dis mea culpa, mea culpa. – Quoi mea culpa ? – Mea culpa, espèce d'âne ! Que tu as fait une faute et que tu le regrettes. Sauf si tu considères que c'est un exploit. Pour que je ne t'envoie pas au poste, espèce de crapule. – D'accord, me dit-il, mea culpa. – Fous le camp, je lui dis, pauvre fiotte, je vais te démolir. On a bien raison de t'appeler Cochon. Va-t'en, manouche, et ne mets plus un pied ici. » Il est parti la queue entre les jambes, ensanglanté.

Le lendemain sa mère est venue. « Pouah, honte à toi, espèce de sale type, il est sans défense. Il a fait une bêtise et toi tu as failli le tuer. Ce sont des enfants, mon vieux. » Je me retourne et je lui dis : « Écoute un peu, madame, va-t'en, parce que tu vas avoir des embrouilles. » Elle me dit : « Je suis une victime de la résistance. Tu sais que les gars de l'ELAS ont descendu mon mari. Je n'ai pas eu de pension, rien du tout. Ils sont orphelins. Où est-ce qu'on peut trouver une protection ? » Je lui dis : « Va voir les communistes pour qu'ils te dédommagent. C'est pas eux, tu dis, qui l'ont buté ? » Elle me dit : « C'est par eux qu'on s'est fait avoir. Les Résistants l'ont abattu, son père. Nous nous sommes dit qu'on pouvait s'en remettre à vous. Maintenant que les choses ont tourné, vous devriez nous aider. Vous, à ce rythme-là, vous allez faire de nous des ennemis. – Maintenant, on en est là, je réponds. Ceux qui sont morts sont morts, ceux qui ont survécu ont survécu. Maintenant, occupe-toi de travailler, de gagner ta vie. Et pas d'envoyer ton fils me voler. – Toute la journée je gratte et je détache le marbre et les sols en mosaïque, mes pauvres mains sont bousillées. Toi, tu connais du monde, aide-nous un petit peu. Tu es dans les affaires. On t'a donné un kiosque. Si moi aussi j'avais un kiosque tu verrais. – Que Dieu t'aide, pas ma personne. – Ne nous aidez pas, mais au moins ne nous tapez pas. »

J'étais dur, en tout. Moi aussi j'étais du village de la noire famine. Qui m'a aidé, moi ? Dans notre milieu à nous, on ne connaissait pas ces choses-là. Ceux qui possédaient, possédaient. Ils possédaient et ils accroissaient. Ce sont ceux de gauche qui font ça. Messieurs les camarades et mesdames les camarades ! À s'aider et à partager ! Kolkhozes et rassemblements ! Elle n'avait qu'à aller les voir eux.

Bon, quelques années ont passé. C'était sans doute en 1959. Nous aussi, on fricotait. J'étais célibataire. La vieille était morte, je m'en sortais tout seul. Lessive, bouffe, solo. Cahin-caha. Venant des célibataires, il ne faut pas s'attendre à des miracles. S'il n'y a pas une femme pour venir mettre de l'ordre dans une maison, c'est foutu. Nous étions jeunes, à la moindre occasion, on faisait la fête. Un samedi soir, je vais au café du coin, là où nous nous retrouvions avec les potes à la même heure. Voilà qu'arrive un des miens, un affranchi, un bon. Il avait sur lui un couteau. Minas. Il collaborait lui aussi avec la Sûreté. Pas beaucoup, mais il donnait quelques infos. Contre dédommagement bien sûr. Très secret. Eux, ils fermaient les yeux sur ses magouilles. On se siffle un ou deux ouzos en vitesse. Il était primeur, il vendait des légumes. Il mettait de côté. Il m'a exhorté à aller dans une taverne, « elle est très sympa », a dit Minas. « Là-dedans, dit-il, il se passe beaucoup de choses bizarres. – Comment ça bizarres ? J'ai été intrigué.

– Allons-y et tu verras. Tu vas en perdre la boule. » Je l'ai suivi à contrecœur. L'inconnu m'effraie. Nous nous méfiions d'ailleurs. Des endroits mal famés. Nous montons dans le triporteur du primeur et en route. On arrive tant bien que mal. Taverne La Belle Mère. Il y avait une pancarte dehors, en bois, faite à la main, à cette époque, la plupart des professions commandaient ce genre de pancartes à des artistes virtuoses, barbiers, tailleurs, cafés, épiceries, tous les corps de métier. Et quelques-uns, des pancartes en verre encadrées, avec les lettres peintes, encore une autre technique. Nous descendons. Trois marches au-dessous du niveau de la terre, à moitié au sous-sol. Nous avons galéré pour trouver une table. Il y avait un sabbat terrible. C'était le Carnaval, le jour du Tsiknopempti[1]. Les plafonds décorés avec des serpentins et des guirlandes carnavalesques, les murs avec des masques et compagnie, d'un bout à l'autre. Le sol était recouvert de confettis multicolores. Le juke-box jouait des chansons de l'époque. Populaires, au début, à la Kazantzidis ensuite, pour la plupart des tsiftetelis. Et des foxtrots européens, des hula hoop, qui étaient à la mode. À la fin, c'est même parti en tango. Les clients dansaient, les autres leur lançaient des poignées de confettis qu'ils ramassaient, l'atmosphère était très enjouée. Et moi qui m'attendais à voir quelque belle-mère là-dedans, quelque petite vieille, je sais pas, une tavernière. Puisqu'il était écrit devant « La Belle Mère ». Il n'y avait que des pédés

1 Littéralement « jeudi grillé » ou « jeudi enfumé », fête traditionnelle orthodoxe dans la deuxième semaine du Carnaval, qui précède le jeûne du Carême. Ce jour-là, on fait une grande consommation de viande, que tout le monde grille dans les rues, d'où son appellation.

là-bas, que des vieilles pédales. Baratinages, fricotages, dragouillages, bécotages. Il y avait aussi deux ou trois femmes, des femmes sans foi ni loi. Il y en avait pas mal qui portaient des tenues de carnaval. Beaucoup avec des vêtements de femme. Celle qui vend des fleurs, me dit Minas, la Gitane que tu vois là, est la mère du serveur, l'espèce de tante affolée, ils travaillent tous les deux, mère et fils, ensemble, la nuit. Il y a beaucoup de grabuge ici, me dit Minas, il n'y a pas un soir où on n'en vienne pas aux mains. Deux caïds se sont accrochés, ils ont failli se battre, nous avons eu peur. Les autres n'ont pas eu l'air de flipper, ils étaient habitués. À part ça, nous passions une bonne soirée. Il y avait de quoi s'amuser, il y avait de quoi passer le temps, tout s'écoulait tranquille. Pendant un instant, je fixe la table d'en face, il y en avait un qui m'était familier. Beau garçon, mince, brun. Un autre l'avait alpagué, fortement maquillé, très tantouze. Belle cependant, elle se distinguait au milieu de la merde. Régulièrement, elle se penchait et le prenait dans ses bras ou l'embrassait sur la nuque ou derrière l'oreille. Lui, il ne caressait pas, il n'embrassait pas. Il souriait seulement. Je l'ai immédiatement reconnu. C'était ce gamin de mon quartier qui s'en prenait plein la gueule, Aristos, « Cochon », que j'avais bastonné moi aussi pour les gommes à mâcher. C'est pas vrai, je me dis, il a drôlement évolué celui-là. C'est ce chemin-là qu'il a pris, ce chemin tordu. Si tu n'as personne dans la vie pour te montrer deux-trois trucs ! Il y en même qui sont fils de policier, fils de commerçant, fils de juge, fils de professeur ! Et ils viennent s'avilir dans les pires endroits avec les pires individus. En veux-tu, en voilà de la perversion. À la limite, lui c'est la rue qui l'a élevé, c'est la rue qui a été son maître. Son béguin le tripotait, le câlinait. Je n'y ai pas prêté attention. Par là-bas, il y a du tapage, du chambard au centre de la piste. Des chaises, des coups, des insultes. Les couteaux ne sont pas sortis. On n'a pas non plus vu de gendarme, ni de voitures de police. Voilà qu'un coco propret, sans déc, se rue sur Aristos, il lui mettait des coups de tête, comme un taureau. Il se ramasse. « Tu ne vas pas me prendre ma femme, espèce de salope », lui criait-il. Il s'est relevé, il l'a frappé à son tour. La femme, il voulait dire la tante que protégeait Aristos. Lolo, j'ai entendu qu'on l'appelait. Lolo, Madame Lolo. Très mignonne, grande, un beau morceau, on ne faisait pas la différence avec une femme. Elle passait facilement pour une star de cinéma.

Il ne s'était pas passé un quart d'heure, au moment où les choses allaient se calmer, voilà déjà un autre incident. Un caïd a débarqué complètement saoul. Tirons-nous, me dit Minas, ils vont s'étriper là-dedans et on va avoir des embrouilles sans avoir rien demandé. Le caïd voulait saigner son frère, c'était Lolo, la nana d'Aristos, qui était le frangin, il est parti se cacher à la plonge, il l'a trouvé, il l'a traîné dehors en le tirant par l'oreille. « Je vais te faire devenir un homme, putain de pédé, tu vas arrêter tes déhanchés, c'est ça qu'on t'a appris, nous ? Dans la famille, on est tous des hommes, des purs et durs, espèce de sale pédale. Notre grand-père, à Eskişehir, avait quatre femmes, espèce de connard. Toutes les nuits, il baisait quatre chattes, pareil que les Turcs, et toi tu me sors empapaouté ? Il avait même une femme turque. » Lolo pleurait à chaudes larmes. À partir de là, il y en a d'autres qui se sont interposés, des amis du patron, ils les ont retenus, les choses se sont un peu calmées. J'ai reconnu quelques gueules au milieu des autres, de chez nous. Ils ont caché Lolo, ils ont aidé Lolo à s'échapper. Il y a eu deux incidents en une seule nuit pour sa pomme. Comment je pourrais me souvenir – j'étais bourré –, est-ce qu'il y a d'abord eu le grabuge avec Aristos et ensuite la correction de Lolo avec son frangin ou l'inverse ?

J'ai reconnu deux individus dans un groupe. D'une visite que j'avais faite alors à la Sûreté. L'un faisait là-dedans des déhanchés à gogo, comment s'en douter. Qui reçoit les honneurs, qui a fait le labeur. Petite calvitie, petite moustache à la Hitler, si on le voyait en costume avec sa petite cravate, on aurait dit qu'il était je-sais-pas-qui, elle passait pour un beau gosse, la mignonne. Finalement, quelqu'un s'est levé, il a attrapé Aristos par le bras, il l'a raisonné, semblait-il, lui aussi un petit peu, et il l'a accompagné jusqu'à la porte. Il avait la tête baissée, coupé dans son envol. Le carnaval se poursuivait, ceux qui étaient costumés se sont rageusement réfugiés dans la danse. Beaucoup se sont bécotés en ce soir de Tsiknopempti et sont partis après trois heures enlacés pour faire leur affaire. Aristos a dansé un zeïbekiko avant de partir, le juke-box jouait cette pesante chanson de Markos[1] « Quelle douleur interminable que la douleur que je vis, tout le monde cherche la vie, moi c'est la mort que je veux », et ensuite

1 Markos Vamvakaris, l'un des rébètes les plus connus et représentatifs du rebetiko en Grèce.

il est parti chancelant, la queue entre les jambes et il a disparu dans l'obscurité et la neige.

Je l'ai retrouvé finalement, là où il a été exhibé aux yeux de tous, de toute la Grèce. Il était devenu une tête d'affiche. Mais comment ? Comme le plus grand criminel, comme le « monstre de Seikh Sou ». Et ça encore, c'est une chose, mais il n'y a pas eu d'horrible attribut dont on ne l'ait chargé. Menteur, voleur, tripoteur, pédé, soûlard, accro au haschisch. Et bien d'autres encore. « L'âme la plus déviante aux passions les plus abyssales », ont-ils écrit dans *Akropolis*. Mais est-ce que c'était lui le vrai monstre de Thessalonique ? Est-ce que c'était un autre ? Peut-être qu'il n'y en avait pas qu'un mais qu'il y avait de nombreux et différents monstres ? Car beaucoup d'éléments ne collaient pas dans cette affaire. Pas plus que les crimes ne semblaient avoir été commis par la même personne. Qui pourrait en jurer ? On dirait que la vérité, nous ne l'apprendrons jamais.

En cellule

Un gendarme aux convictions républicaines parle de l'époque

Je m'appelle Alekos Valsamidis et j'habite dans le quartier de Charilaou. Mon père s'appelait Minas et ma mère Margaro et ils étaient ouvriers dans une fabrique de tabac. Tant mon père que mon grand-père maternel, le père Nikolakis, étaient secrètement communistes. Mon grand-père, le Samiote, était messager. Il appartenait à une branche de l'ELAN, la division navale de l'ELAS, il aidait les Résistants sous l'Occupation et envoyait les alliés britiches de Samos en Asie Mineure. Il les aidait à s'évader en barque de Pythagorio à Efessos-Kuşadası[1], en face. Ils avaient un messager turc. La Turquie, durant la Seconde Guerre mondiale, avait soi-disant conservé une position neutre. Je ne comprends pas la neutralité dans de telles circonstances. Quand l'autre, ce déséquilibré de Hitler, se met à exterminer le monde entier et que toi tu joues l'imbécile, alors au fond tu es de son côté. Il

1 Pythagorio, ville située sur l'île de Samos, face à la Turquie. Efessos en français Éphèse, site archéologique situé au sud d'Izmir, proche de la ville de Kuşadası.

s'est cependant trouvé des Turcs de gauche qui nous ont soutenus dans les combats du peuple. Et c'est comme ça que de nombreux Britiches sont passés en face et de là-bas au Moyen-Orient. Mon père de son côté collaborait en cachette avec des patriotes de l'EAM. Beau-père et gendre se comprenaient. Ils faisaient cependant très attention. Ceux qui travaillaient précautionneusement avec la méthode du camouflage, heureusement, on ne les soupçonnait pas. Les convictions de ma famille n'ont jamais été découvertes et ainsi j'ai pu devenir gendarme. C'est pas que je l'aie choisi. La nécessité, tu vois. Les gendarmes étaient toujours choisis parmi les maisons de droite. Je savais que je serai comme un cheveu sur la soupe. J'ai été embauché dans le Corps en 1953 et j'ai servi durant les années de la souveraineté du maréchal Papagos, sous le Rassemblement Grec, suivi de la période de Karamanlis, durant laquelle sa renommée a beaucoup augmenté et où tout le monde attendait qu'il restructure la Grèce, ensuite j'ai aussi vécu l'époque du Vieillard de la République, à partir de 1963 quand l'Union du Centre a vaincu Karamanlis aux élections, jusqu'aux premières années de la dictature[2]. Des temps violents. Je prenais mes précautions, je me protégeais. Je n'étais pas couillon au point d'y aller l'étendard dressé. S'ils avaient découvert mes affinités, ils m'auraient neutralisé. Que

2 Le maréchal Papagos est premier ministre entre 1952 et 1955. Il fonde le Rassemblement Grec en 1951 sous lequel Konstantinos Karamanlis sera ministre des Travaux Publics, après avoir exercé au sein de divers ministères. Il deviendra premier ministre en 1955, à la mort de Papagos. Le « Vieillard de la République » est le surnom donné à Yorgos Papandreou, trois fois premier ministre dont une fois en 1963 avec son parti l'Union du Centre.

n'ont pas vu mes yeux durant toutes ces années de service. De l'injustice à la pelle. Envers nos plus pauvres concitoyens. Des roustes à coup de martinet. Des punitions, des torgnoles, des offenses pour trois fois rien. Envers des misérables, des mendiants, des petits voyous qui faisaient des petits dégâts, des petits larcins. Mais aussi du harcèlement envers les commerçants, particulièrement envers les professions libérales, les barbiers, les tailleurs, les bouchers, les restaurateurs. Beaucoup. Parfois juste pour leur plaisir, ils te rendaient la vie difficile. Les dérouillées pour les gens de gauche, c'était à part. En 1953 et en 1954, il y a eu beaucoup de manifestations pour Chypre. Le peuple grec en avait fait une affaire très patriotique de la libération de la Grande Île. Quand parvenait une quelconque nouvelle de l'exécution d'un patriote chypriote par les Britiches, notre cœur se déchirait. Avec Afxendiou et Evagoras[1], ça a été un déchaînement. L'ordre d'en haut était de frapper sans pitié jusqu'à ce que les manifestants se dispersent et se découragent. En 1957 et en 1958, quand les choses se sont beaucoup durcies chez nous aussi, dans la police, parce qu'on nous demandait d'être intransigeants, les prisons étaient pleines de communistes et de sympathisants communistes. Ils étaient jugés par la Cour martiale et on les envoyait immédiatement en taule. Les dénonciateurs de la Sûreté avaient saturé les quartiers et les villages. Là-bas, c'était plus facile de pister

1 Grigoris Afxendiou et Pallikaridis Evagoras étaient deux militants chypriotes membres de l'EOKA, l'Organisation Nationale de la Lutte Chypriote, qui militait pour la libération de Chypre contre l'occupation britannique. Le premier sera brûlé vif par les Britanniques et le second pendu à l'âge de dix-neuf ans.

quelqu'un, car tout le monde se connaissait. Combien de ceux qui étaient fichés ne se sont pas cachés dans les sous-sols, dans des maisons où il y avait une trappe, dans des combles dissimulés, dans des hangars, dans des poulaillers ou des étables. Ils se planquaient là-bas, toute la journée, ratatinés, immobiles, et ils sortaient en douce au milieu de la nuit pour se dégourdir un peu les jambes. Dans la campagne, ils se réfugiaient dans des grottes, dans des enclos, dans des refuges de montagne, dans des cabanes abandonnées, dans des chapelles isolées. « Quelle vie sombre nous menons, sombres klephtes que nous sommes ! »

On devenait rarement cafard de son propre chef. Sauf si on avait été élevé dans une maison où il y avait une tradition de longue date de délation et de marché noir. Bien sûr, on les persuadait ou on les appâtait. Même s'il ne manquait pas non plus d'ordures innées. En voilà des fables ! Si toi tu ne le veux pas, si tu ne l'as pas dans le sang, tu ne deviens pas mouchard. Quoi ? De force ? Qu'est-ce qu'on va te faire ? On va te couper la tête ? Sois un homme. Dis-le : « Je ne peux pas. Je n'ai pas le cœur de trahir quelqu'un. Mon voisin, mon frère, mon ami. Pour aucune contrepartie. » Si nous n'avions pas eu ces délateurs, ces insensibles, nous ne serions pas aujourd'hui dans ce pétrin. C'étaient des criminels. Ils ont marché sur des cadavres et se sont retrouvés après la libération avec des livres en or, des appartements et des commerces. Comment ont pu fleurir tous ces sales types, ces profiteurs, ces parieurs, ces usuriers, ces consanguins, ces pédophiles, ces mouchards, au milieu des familles vertueuses, bayatidès[1] de la vieille Salonique, et des fils d'émigrés de première et de deuxième générations ? Comme la mauvaise herbe pousse à côté de l'anémone et l'ortie à côté du pavot. L'histoire, c'est qu'elles veulent les étouffer, les faner. Et plus encore, l'histoire c'est que nous avons nous aussi notre part de responsabilité. Car nous les tolérions sans rien dire tous ceux-là, leur présence et leurs actions. Nous ne nous sommes pas insurgés, nous n'avons pas réagi, nous ne les avons pas dénoncés, nous ne les avons pas tabassés. C'est comme ça qu'avec notre inacceptable inaction, les mauvaises herbes ont étouffé les anémones et les orties ont fané les pavots. C'est comme ça que nos vies aussi se sont desséchées. Et à être complaisants – tôt ou tard – nous sommes devenus complices. Quoi qu'il en soit, il existait un système, une organisation solide. Ce qu'on a nommé plus tard État parallèle était en soi un réseau tout entier qui avait à sa tête des gens haut placés dans le pouvoir étatique ou en vue financièrement, et qui collaboraient parce qu'ils touchaient un bénef, il avait des intermédiaires, les exécutants, qui étaient les agents de la gendarmerie, et à sa base, en bas, il avait des gens du peuple disponibles, des miséreux. Ces gens du peuple, ces malheureux, se référaient aux exécutants, les chefs, ils ne les voyaient jamais, et la plupart ne les connaissaient certainement pas, mais c'étaient pourtant eux qui tiraient les ficelles. On a honte de le dire mais toute cette toile de l'État parallèle reposait sur le peuple, des petits boutiquiers et des chômeurs. Ces sans-le-sou, ces gens bas placés étaient

1 Terme utilisé pour désigner les « vrais » Thessaloniciens, descendants sur plusieurs générations de familles de Thessalonique.

comme les sergents à l'armée. Un caporal de service te résout plus facilement un problème, ou t'enfonce selon le cas, qu'un général de brigade que tu n'arrives d'ailleurs jamais à voir. Les marginaux, la Sûreté les tenait. Elle était en mesure de connaître toutes leurs turpitudes et leurs irrégularités, tout était consigné dans des dossiers, mais exclusivement pour leur propre usage. Ils ne les sortaient jamais au grand jour. Ils te disent, on te connaît depuis l'Occupation, tu étais avec l'ennemi, depuis la guerre civile, tu « vendais » tes compatriotes, d'après ton dossier officiel, tu as été jugé pour tentative de viol, monsieur machin, par exemple, ou pour attouchement sur mineur, monsieur untel, des choses dans le genre. Nous savons que tu es mêlé à trente-six-mille sales affaires. Il y a même des plaintes. Nous, on va fermer les yeux. Que l'un obtienne un permis de vente au détail, pour que personne ne le dérange plus. On n'a qu'à donner à l'autre un permis de triporteur pour les transports. De cette manière, on les tient. Et quand il y a besoin, c'est nous qui donnons le signal et s'ils le peuvent, qu'ils essayent de désobéir. Nous les avons sous nos ordres à tout moment, petits chiens obéissants. C'est ainsi que les membres de l'État parallèle et les cafards se la coulaient douce. Ils avaient même trouvé une manière de se reconnaître entre eux, pour ne pas se tromper. Comme s'il y avait une chance que ça arrive. Ceux-là, on les reconnaissait à leur gueule, ça sautait aux yeux. En tout cas, ils portaient une épingle à la boutonnière. C'était une époque de terreur. Pas besoin d'être communiste. C'étaient des nervis. Tu ouvrais une épicerie ? Si elle le voulait l'« Épingle » se pointait et esquintait tout. Tu ouvrais une taverne ? Ils s'installaient et venaient manger et boire gratis. Tu étais républicain et pacifique ? Tu dérangeais. Ils ne te considéraient pas comme l'un des leurs ? Eh ben, ils défonçaient ta vitrine. Méthodiquement, ils envoyaient des équipes de trois ou quatre gonzes pour te menacer. Ils vendaient, d'une certaine manière, leur protection. Ou ils venaient semer la pagaille dans les groupes. S'il y avait un club de musique, un bar à bouzouki, et qu'ils l'avaient à l'œil, ils venaient comme clients avec leurs exigences. Ils demandaient d'autres chansons que celles qui étaient jouées, juste pour emmerder à la fois l'orchestre et le tenancier. Il y a eu un cas où quelqu'un a ouvert un bar à Menemeni, ils le lui ont saccagé, il l'a déplacé à Oraiokastro[1], ils l'ont forcé à fermer, il partait ailleurs, ils le lui salopaient de nouveau, et ainsi de suite. L'« Épingle » était l'ombre pesante qui planait sur la ville. Hormis cette organisation terroriste-là, il existait d'autres petits espions, des espèces de vermines. Ceux-ci étaient les délateurs du quartier, ceux qui nous baisaient. Du coup, motus. À cette époque, un secret ne pouvait pas être gardé hors de chez soi. Même les plus précautionneux étaient d'une manière ou d'une autre exposés. Tout le monde les connaissait, les salauds de cette espèce. Ils ne portaient pas de cagoule, comme leurs petits copains, les collabos des Allemands. On en parlait quand même en chuchotant dans les cafés. Et personne ne les fréquentait, on les évitait systématiquement, comme le diable fuit l'encens. Nous, à l'époque, on ne nous appelait pas

1 Menemeni et Oraiokastro sont deux banlieues de Thessalonique.

flics. Nous étions de la Police des Villes. « Excusez-moi, monsieur le policeman » ! Crétins ! Poliment, on nous appelait policemen. C'était ridicule. Le peuple ne pouvait pas nous blairer. Ils se comportaient bien avec nous parce qu'ils avaient besoin de nous pour un papier qu'ils devaient obtenir du poste pour leur travail et parce qu'ils avaient peur de nous. Policier et gendarme signifiaient terreur. En cachette, pas ouvertement – parce qu'en entendant ce mot nous nous mettions hors de nous –, ils nous appelaient « ysrés ». Pourquoi ? Parce que, selon une version de l'histoire, nous pourchassions les gens et lorsque nous cherchions quelqu'un, un communiste organisé, je sais pas, nous nous demandions entre nous et nous demandions aux citoyens : « Y s'rait pas ici ? Y s'rait pas là ? ». Y s'rait, y s'rait, y s'rait, ceux que nous pourchassions nous ont surnommés « ysrés ».

Un jour, deux gendarmes sont venus, c'étaient des agents, ils nous ont emmené deux gamins, menottes aux poignets, ils devaient avoir seize ans tout au plus. C'est l'âge que je leur donnais, car je suis physionomiste. Parce qu'ils avaient l'air plus âgés, on pouvait leur donner la vingtaine. Ils avaient des flammes dans les yeux. Dans le milieu, on brûle les étapes, comment faire autrement. En un an, tu en vis dix. Si maman te garde de force à la maison, tu sors de là comme d'un œuf, tout frais. J'étais assis au bureau de service quand ils sont entrés. Ça devait être en 1956. On m'avait fait employé de bureau, j'étais le secrétaire du commissariat, tous les papiers passaient entre mes mains. J'avais terminé la troisième classe du collège[1], un papier de ce genre, un bulletin, ces années-là comptait beaucoup, c'était un sésame. Surtout dans la police où la plupart connaissaient à peine l'alphabet. Ils utilisaient une sorte de pseudo-katharevoussa, artificielle. Ils lâchaient des espèces d'énormités sur-grécisées, parce qu'ils ne maîtrisaient pas la langue, on ne savait pas s'il fallait rire ou pleurer. L'ignorance fait paniquer, la demi-science met en rogne. Notre supérieur, un cerbère. Il n'avait pas besoin de dire un mot, sur un regard impérieux, le travail était fait sur-le-champ. Le commissariat, à Kato Toumba, derrière l'église d'Agios Therapondas. Une pièce, gris clair, quatre mètres sur trois, bas de plafond. À l'intérieur un bureau et deux chaises en face. Un porte-manteau pour accrocher une gabardine, un képi. À droite, un casier avec l'essentiel, des uniformes de secours et différents instruments utiles à notre travail. Le papier du service, un porte-plume, de l'encre Menounos. Fermé à double tour au cas où. Dans un tiroir spécial, des instruments de correction, des menottes, un martinet. Et les revolvers. À gauche, sur le mur, une étagère en bois, faite main, de celles que confectionnaient alors les enfants de l'école élémentaire en cours de travaux manuels. C'était l'œuvre du fils du capitaine. C'était un fils à maman, mal éduqué, un sale gosse, mais lui il le plaçait au-dessus de Dieu. Sur l'étagère, une petite radio, bloquée sur la station des Forces Armées, nous la laissions sur un volume très faible, nous l'augmentions un peu en début d'après-midi pour les informations. Au-dessus du bureau, deux cadres accrochés. L'un avec la

1 Le collège comptait à l'époque six classes, le lycée n'existait pas encore.

photographie du roi Pavlos, l'autre de la reine Frederika avec un diadème. Juste en face du bureau, ils avaient placé une affichette, encadrée, avec la plante du haschisch peinte en couleurs, comme on la voit dans les encyclopédies, et la légende en dessous disait « opium ». À côté, il y avait un dessin didactique, qui était très amusant, avec un type dans un état de torpeur à cause des drogues, qui portait le titre français *opiomane*, c'est-à-dire le consommateur d'opium. Afin que nous sachions de quelle sorte est la plante de cannabis, pour que nous puissions la distinguer, nous, les gendarmes, ils ont placé cette image juste à cet endroit, devant le bureau de service. De sorte que lorsque nous le voyions planté dans une quelconque cour, nous arrêtions le propriétaire suspecté de cultiver du haschisch. C'étaient cependant souvent des professionnels, un tailleur ou un patron de café, qui avaient des embrouilles. Ils avaient pour leur bon plaisir des cages avec des canaris ou des passereaux et ils les nourrissaient, ces gens-là, avec du chènevis. Le chènevis tombait sur la terre, le haschisch poussait, l'agent passait, il reconnaissait la plante et la Sûreté les convoquait pour un interrogatoire. Ensuite, les pauvres gens expliquaient la situation – comme si les nôtres n'étaient pas au courant – et habituellement le malentendu se réglait.

Bon, ils nous ont emmené les gamins. L'un blond, grand, agressif, esbroufeur. L'autre brun, moyen, doux, influençable. « Comment vous appelez-vous ? je demande.
– Stamatis Serdaris, dit le plus pâle, avec assurance.
– Aristidis Pagratidis, dit le basané, avec inconsistance.
– Qu'est-ce qu'ils ont fait pour que tu les arrêtes ? je

demande à l'agent. – Ils ont volé. – En cellule jusqu'à ce qu'arrive monsieur le capitaine ». Pouf, au moment même, le capitaine. « Qu'est-ce qui se passe, mes braves enfants ? demande-t-il avec une ironie visible. – Voilà, monsieur le Gouverneur, nous avons pris un tsoureki[1] et deux koulouris dans une boulangerie, à Pylaia. On avait faim, on n'avait pas du tout d'argent. Mais le boulanger nous a poursuivis et les gendarmes nous ont attrapés, a avoué le blond. » Le brun, bouche cousue.

— Vauriens, vous m'avez l'air de têtes connues. Vous avez pris deux koulouris ! On connaît la chanson ! Je vais vous faire cracher du sang, ici sera votre tombeau. Bouclés ! En cellule ! Dix jours de prison ! Et des roustes ! Qu'ils comprennent un peu !

C'était un homme très désagréable, un rabat-joie. Il leur filait des roustes soi-disant pour en faire des hommes. Des salades. C'étaient ses propres frustrations qu'il faisait payer. Il avait une fille, qui a fini catin, tous les petits voyous du quartier l'avaient sautée. Sa femme, au su de tous, le cocufiait régulièrement, un coup avec l'un, un coup avec l'autre de ses subordonnés. Et son petit garçon, comme on l'a dit, un âne.

« Il faut que soit rédigé un document officiel quant à l'arrestation de ces deux voyous, a-t-il lâché dans le vent. – Ordonnez, chef. – Écris : Furent arrêtés ce jour, dans la zone de Pylaia (anciennement Kamdzida), à Thessalonique, dans la matinée, à onze heures, les transgresseurs de la loi quant au vol des biens d'autrui et à la détention de la fortune d'autrui, les sous-mentionnés

1 Sorte de pain sucré, proche de la brioche.

Aristidis Pagratidis, fils de Charalambos et d'Eleni, dix-sept ans, et Stamatis Serdaris, fils de Nikolas et d'Areti, seize ans, tous deux mineurs et résidents de Thessalonique, avec pour motif l'accomplissement du vol d'aliments céréaliers dans la boulangerie centrale d'Epaminodas Nikolaïdis. Les jeunes délinquants eurent déjà affaire à la police une fois par le passé au sujet d'un larcin similaire. Ce texte ainsi rédigé sera communiqué à l'Administration centrale et à l'ensemble des commissariats de la ville et il doit être transmis à la presse locale en vue d'une publication. »

La loi qui obligeait l'humiliation publique des jeunes délinquants pour montrer l'exemple aux autres était encore en vigueur. On n'appelait pas encore la délinquance teddyboyisme. Pas plus que les jeunes délinquants des Teddy Boys. Nous étions en 1957. Deux ans plus tard, en octobre 1959, la loi sur le teddyboyisme a été appliquée, connue de tous les Grecs comme la « loi 4000 », qui était impitoyable et punissait de trois mois à cinq ans[2]. Selon le délit et selon le tribunal. Les moins de dix-sept ans étaient envoyés en centre de correction. Sinon, bouclé, au gnouf, en cabane.

2 Inspirés d'une mode anglaise des années 1950, les « Teddy Boys » grecs, outre leur style vestimentaire, étaient de jeunes voyous principalement issus de familles aisées et dont les méfaits consistaient essentiellement en insultes ou en lancers de yaourts sur des individus, méfaits qui ont commencé à se répandre de plus en plus dans tout Athènes. La mise en place de la « loi 4000 » visait directement ces individus qui, après leur arrestation, défilaient en public, cheveux rasés, pantalon déchiré, en tenant des pancartes où ils avouaient leurs fautes. Le but de cette loi était de punir par l'humiliation publique, ce qui a provoqué de vives réactions de contestation.

C'est là que commence le martyre. L'agent les embarque et les transfère en cellule. Tu parles d'une cellule. Un matelas jeté au sol, plein de puces et de gras. Ça empestait l'ammoniaque à cause de la pisse et pour décoration il y avait des mollards fossilisés et du sang séché. Pas de fenêtre. Moi, quand je la voyais vide, sans détenu, j'avais la frousse. Je franchissais même pas le seuil. Il prend le martinet en main et « t'as encore faim, prends ça ». Pendant une heure, selon son humeur, il frappait ou s'arrêtait. Pendant les pauses, ils avaient encore plus mal, car les plaies refroidissaient. Régulièrement, on entendait des mugissements et des plaintes. Aristidis qui criait : « Non, non, mon Dieu, j'en peux plus, laissez-moi. » Le bourreau répondait : « Ta gueule, bâtard, nique la chatte à ta mère. » Stamatis ne laissait s'échapper que quelques grondements et encore, il les retenait. Aristidis hurlait : « Maman, à l'aide, je ne le referai plus. Sauvez-nous. »

« Maman, je suis innocent », criait-il aussi en face de peloton. C'est ce qu'ont dit les journaux. « Visez bien, a-t-il supplié le peloton, pour que je meure tout de suite, pour que je ne souffre pas. » Ils ont exécuté Aristidis Pagratidis comme le plus probable monstre de Seikh Sou. Ce ne sont pas eux qui l'ont appelé comme ça, ce ne sont pas eux qui l'ont qualifié de plus probable, eux-mêmes l'ont présenté au public comme tel. Les indices n'avaient pas de lien entre eux, les preuves n'étaient pas convaincantes, pas plus que ce plus probable qu'ils ont laissé dire aux gens. Il pouvait être un possible monstre. Voire un parmi les possibles monstres, si l'assassin n'était pas une personne mais plusieurs. Ce sont ses vices qu'ils ont jugés, son caractère et ses petites illégalités. Maintenant que je l'ai à l'esprit, là à l'interrogatoire et pendant la torture, je me rappelle ses yeux. Je ne le sens pas en assassin. En chapardeur, oui, en type qui t'enfume pour s'en sortir et survivre, oui. En jeune prêt à se vendre pour se faire quelques sous, oui. Mais son image ne m'a pas convaincu en assassin potentiel. Je ne me souviens pas non plus de quiconque qui ait été d'accord avec le tribunal. « C'est une honte » criaient les gens en entendant la condamnation, « c'est une honte ». Ce « c'est une honte », il y a des gens qui le disent encore maintenant. Et quand il m'arrive de ressasser l'affaire avec des vieux copains, aujourd'hui encore – plus de quarante ans ont passé depuis l'exécution –, je vois qu'aucun d'entre nous n'y a cru. Malgré le martyre qu'a subi Thessalonique pendant des années à cause de la peur du monstre. Et pas seulement Thessalonique, ça s'est répercuté jusqu'à Athènes. Presque dans tout le pays à part les îles. Tout le monde était pris de monstrologie, de monstromanie, ils ont acheté des machettes et des haches, ils barricadaient leurs portes avec des barres de fer et certains voyaient des monstres partout. Il y a même un jeune homme de ma connaissance, qui était étudiant en ce temps-là à Thessalonique et qui, comme il regardait les femmes de manière coquine et qu'il se comportait avec elles un peu brutalement, a été surnommé Pagratidis et c'est encore comme ça qu'on l'appelle aujourd'hui dans son village, dans le département de Larissa.

« C'est une honte », ai-je sifflé moi aussi entre mes dents pendant que l'autre flic était en train de le persécuter. « Laissez-moi, laissez-moi, je ne le referai plus », hurlait Aristos pendant que l'autre le torturait. Il faisait partie de ces gens bizarres, mon collègue, je parle du bourreau avec le martinet – dans notre corporation, il y en a quelques-uns qui ont ce truc-là –, au moment où ils sont en train de frapper, ils se mettent à jouer les sensibles. « Yannis, je vais te cogner, laisse-moi te soigner. » Il faisait une pause pendant un instant et il paraissait devenir tout doux. Il a même commencé à un moment à jouer au père. Il a fait semblant de caresser les cheveux d'Aristidis. – Pourquoi, mes garçons, vous ne réfléchissez pas et vous voulez votre mal ? Vous ne croyez pas en Dieu ? Au moment où les gamins se sont laissé un peu berner, il y va de plus belle. Ils ont été martyrisés comme le Christ. Tellement que j'avais mal pour eux de toute mon âme. J'ai voulu m'interposer pour que le bourreau s'adoucisse. – Pas besoin d'en faire trop ! – C'est un ordre strict de monsieur le gouverneur, le châtiment doit être exemplaire. Pour leur remettre les idées en place. Attends un peu qu'il donne l'ordre de leur passer les menottes et d'aller les promener sur la place Charilaou. Pour appliquer la loi sur la délinquance. S'ils ont une connaissance pour intervenir, il se peut que d'ici deux-trois jours on les libère, a dit le tortionnaire. Sinon, ils vont être pris en charge par le juge d'instruction, et à partir de là ce sera au procureur de les juger. Ils se prendront deux mois à Yedi[1]. Il vaut mieux, me dit-il, que

1 Yedi Kule, appellation ottomane de la Forteresse à sept tours, monument situé sur les remparts de Thessalonique et utilisé pendant un temps comme prison.

la fureur du gouverneur se déchaîne maintenant, que ça lui passe. Tu sais bien, il est vicieux, il a soif de torgnoles. Cet homme prend du plaisir avec la torture.

Il parlait comme ça du supérieur, comme si lui était une meilleure pâte.

Mais moi non plus, qui ai un positionnement différent au sujet de la torture – le moindre geste d'oppression envers mes concitoyens me dérange –, peut-être qu'on ne me croirait pas à l'extérieur, si je disais tout ça, parce que ça n'a pas de précédent à la Sûreté, que l'un fasse le méchant et l'autre le gentil.

Aversion de la basse société

Un bourgeois du littoral parle de la ville

Je loge dans un appartement, au dernier étage d'un immeuble situé sur le boulevard littoral Nikis, connu par les plus anciens comme le « Vieux Littoral ». Il s'agit du plus bel endroit de Thessalonique qui dispose des appartements les plus onéreux à la vente ou à la location, d'une qualité équivalente à ceux du quartier aristocratique de Kolonaki à Athènes. Les plus jeunes conducteurs de taxis, êtres incompétents dans leur majorité, ignorent de nos jours les dénominations des rues et des ruelles de notre cité. C'est pourquoi, si vous leur mandez de vous conduire au « Vieux Littoral », ils vous contemplent extasiés. Ils ne connaissent que le « Littoral ».

Je suis notaire de profession. Descendant, de père en fils, « anadan babadan », ainsi que les réfugiés anatoliens ont coutume de dire, thessalonicien, dont les racines familiales remontent aux temps où notre cité était la deuxième ville byzantine de par sa population et sa glorieuse culture, avant donc son siège par le sultan ottoman Mourad II en l'an 1430. Nous, historiquement, nous étions considérés comme les plus anciens des Thessaloniciens de souche, ceux que l'on appelle communément « bayatidès ». Les plus jeunes Thessaloniciens, lesquels, d'un avis général, enrichirent la vie culturelle et sociale de la cité, intégrés en son sein avec empressement et qu'ils accueillirent avec une affection infinie comme leur nouvelle patrie, sont les réfugiés d'Asie Mineure et de Thrace de diverses origines, pour la plupart honnêtes et travailleurs. Bien entendu, parmi les plus anciens Thessaloniciens, se trouvent être les derniers Juifs qui réchappèrent au tragique et humiliant holocauste. Cette cité, Thessalonique, libérée du joug turc plus de quatre-vingts ans après la création de l'État hellénique, intégrée à la carte du territoire néo-hellénique avec le rattachement des dénommés « Nouveaux Territoires », considérée par les Autorités officielles comme « mère des réfugiés », ne reçut jamais de protection efficace ni de sollicitude de la part de l'État. Elle fut de tout temps une ville ouverte. La mitoyenneté de peuples conspirateurs et impitoyables fait de notre Thessalonique un endroit exposé. Les Turcs, tout d'abord, belligérants séculaires mais d'une dangerosité notoire. Puis les Bulgares sous le joug communiste, lesquels se montrèrent excessivement tyranniques durant l'Occupation envers les Macédoniens[1], et jusqu'aux citoyens slaves de Tito sous le régime sympathisant communiste, qui convoitaient Thessalonique en ce qu'elle était l'unique cité littorale importante existant dans la péninsule balkanique et qui l'appelaient Solun ou Solunka. Étaient également considérés comme ennemis les irréductibles Albanais de l'odieux dictateur

1 Les Macédoniens sont les habitants de la région de Grèce appelée Macédoine, où se trouve Thessalonique.

communiste Enver Hoxha, pas tant envers Thessalonique mais envers la patrie tout entière, qui réclamaient la région d'où avaient été expulsés les Tchames[1]. Les piètres protestations de quelques hommes politiques que l'on relevait de temps à autre, venant même quelquefois de citoyens avertis, qui concernaient l'ajournement du commencement ou les retards de plusieurs années de l'exécution des travaux publics dans la cocapitale[2] étaient prises par les services compétents de la capitale pour des dérangements de mauvais goût nés d'un syndrome provincial. Et donc, comme à l'accoutumée, dédaignées. Ce sont toujours les Athéniens les mieux dotés. Toujours, depuis la création de l'État néo-hellénique. De l'insouciance de la république résulte une mauvaise administration et une concentration, particulièrement dans les faubourgs de la cocapitale, de divers éléments marginaux et dangereux qui la dégradent.

Durant mes années de jeunesse et de maturité, je développai fortement mon action sociale. J'œuvrai par initiative personnelle dans l'organisation de la soupe populaire au temps de l'Occupation allemande. Je collaborai par moments avec les précédents métropolites de Thessalonique, rappelés au ciel, Yennadios Alexiadis et Pandeleimonas Papayeoryiou, dans la constitution de congrégations caritatives. Je fus par ailleurs un ami intime

1 Appelés aussi Djamides, en grec Tsamidès, en albanais Çamë : population musulmane de langue albanaise vivant dans la région qui correspond désormais à l'Épire. Expulsés en Albanie en 1944 par les Résistants qui les accusent de collaboration avec l'occupant allemand. La question tchame est en réalité très complexe et remonte à beaucoup plus loin dans le temps.

2 Par « cocapitale », on fait référence à Thessalonique, la 2e plus grande ville du pays après Athènes.

du très miséricordieux et feu vénérable métropolite, le père Leonidas Paraskevoupoulos, pendant toute la durée de son mandat, soit de 1967 à 1974, année de son décès. Plusieurs années consécutives, je fus le président du comité ecclésiastique de la paroisse centrale de la Cathédrale de Grigorios Palamas. Je fus également membre du comité électoral du CHANTH. Je suis un membre actif de l'AHEPA[3]. Je suis, de plus, membre des soutiens de la branche de la cocapitale de la Croix Rouge. Mêmement, je suis membre du comité d'organisation des camps de vacances estivaux des Scouts Marins du centre de Thessalonique. Je me trouve être un lecteur assidu de la presse quotidienne sérieuse et respectable, tels que les journaux de la capitale *Akropolis* et *Estia*, et *Nord Grec*, édité à Thessalonique. En termes populaires, je serais considéré comme un « dévoreur de journaux ». Ma seule faiblesse est la sorte de « hobby » que constitue mon intérêt pour les jeux de cartes, la fameuse manie des cartes, à laquelle je m'adonne quelquefois lors de visites au puissant club de jeux de cartes de Thessalonique, sur le boulevard Nikis.

Parmi les questions auxquelles je m'intéresse, se trouve celle de l'administration de la police. Un homme exemplaire en tant que cadre supérieur de la police fut le général Mitsou. Celui-là, bon. Officier méritant et pur patriote. Estimable successeur du précédent et honorable gouverneur de la Sûreté, du fameux Mouschoundis[1]. De ce citoyen célèbre. C'était, je ne le nie pas, un génie, cet

3 *American Hellenic Éducational and Progressive Association.* Créée en 1922 aux États-Unis en réponse aux discriminations du Ku Klux Klan et dans le but d'intégrer à la société américaine les populations grecques, l'association promeut la notion d'hellénisme.

homme mémorable. Et comme il faut, pour ainsi dire, tout à ses obligations. Et plus généralement, celles de l'administration. Je pense d'ailleurs, véritablement, qu'il fournit un effort valable de sorte que les foyers respectables, les bonnes maisons, fussent protégés des cambrioleurs et des multiples formes de délinquance endémique. Laquelle, à la fin des années 1950, se propagea à toute allure. Je parle de bandes peu nombreuses, mais organisées, façon de dire, sur le modèle des voleurs européens. Commandées par des évadés ou des diplômés de prison, des criminels endurcis. Mais aussi par n'importe quels voyous. Je me replonge parfois dans les anciennes feuilles de *Nord Grec* où sont soulignées de semblables déclarations de la police. Dans la feuille, par exemple, du 19/08/1953, on lit dans le bulletin de la police : « Un cas de cambriolage fut signalé dans une verrerie de la rue Eleftheriou Venizelou, appartenant à un Israélite, un commerçant en vue et un concitoyen admirable. Qui a été d'ailleurs sauvé des camps de travaux de Belsen. Eliezer Benveniste. » Qui sait et qui est en mesure de découvrir de quelle manière ils parvinrent à s'échapper, à « creuser un tunnel » et à « passer » par la boutique voisine de produits coloniaux pour pénétrer dans la précieuse verrerie. Ils furent toutefois arrêtés et avouèrent. Ils « réussirent » grâce à la fameuse méthode du rififi[1], comme eux-mêmes le déclarèrent.

1 Célèbre commissaire de police de Thessalonique, connu pour sa ténacité, son anticommunisme mais aussi sa protection envers les joueurs de rebetiko.

1 Popularisée par le film de Jules Dassin *Du rififi chez les hommes* (1955), cette méthode de cambriolage consiste à s'introduire dans le lieu souhaité en passant par un bâtiment voisin où les cambrioleurs creusent un trou dans le mur mitoyen.

Ils « calquèrent », semble-t-il, sur les films français de telles méthodes. On projetait habituellement toutes les deux semaines des films d'aventure à succès de nature policière avec les excellents acteurs, les vedettes françaises Jean Marais et Jean Gabin. De même, le susmentionné Mounschoundis avait la réputation d'être un impitoyable détracteur de gens de gauche, de raclures. Il était un grand « communistophage » de notoriété publique. Gloire à lui. Mais avec ceux que l'on appelle « rébètes » ou avec les autres marginaux, les toxicomanes, qu'allait-il advenir ? Félicitations et de nouveau gloire à Mounschoundis, lequel se consacrait avec succès à la traque des survivants parmi les bandes de truands, erreur de taille cependant, car il « couvrait » les rébètes et les opiomanes. Je ne sais pas, peut-être avaient-ils conclu ensemble un accord, ce sont là les secrets de la Sûreté. Protégeait-il donc la racaille, les diverses « canailles » qui traînaient sur la place Metaxas et dans ses ruelles ? Pareillement des multiples manifestations de la prostitution endémique ? Je ne m'explique d'ailleurs pas pourquoi il arrive que la radio diffuse ce genre de chansons grossières ! Amorales et viles. Le sordide Vamvakaris, l'orientaliste Papaïoannou et plus tard, le joueur de bouzouki de Trikala, Tsitsanis, lui d'ailleurs particulièrement, il est notoirement connu et admis qu'il fut protégé par le clan de Mounschoudis. Soit. Nonobstant, il fut un grand homme. Quelle cité paradoxale ! Comment honora-t-on ce patriote ? Quand on pense à ce que firent les maires inconséquents et ignorants dernièrement élus ! Ils osent associer l'inassociable. Ils lient ce qui n'a pas de lien. Que firent donc les pouvoirs publics ! Dans le faubourg de Stravroupoli, la rue qui part du Théâtre Municipal sur le boulevard Lagada, prit le nom du député, « assassiné » selon les communistes, de l'EDA, Grigoris Lambrakis. Et comment les dirigeants eurent-ils l'audace de nommer – imagine un peu – plus tard le prolongement de cette rue-là ? Nikolaou Mouschoundi !

Et voyez ! Dans le journal de l'époque, on peut lire dans les nouvelles secondaires la dangerosité de certains lieux : Thessalonique, Charilaou. D'après la direction de la police du quartier de Charilaou, on annonça que le soir précédent, fut arrêtée une jeune personne, laquelle avoua aux autorités qu'elle avait cambriolé une boutique de laquelle elle soustrayit trois bicyclettes. Le jeune, amateur d'après les faits, cambrioleur en herbe, avait placé précipitamment deux des trois bicyclettes dérobées dans une cachette contiguë (planque). Le voleur, du nom de Yeorgios Tzivanis, fut assisté par son complice Aristidis Pagratidis, habitant de Thessalonique, qui « faisait le guet ». Tous deux, auteur et « guetteur », sont reclus jusqu'à ce qu'ils s'expliquent lors de l'interrogatoire. Voyez, messieurs, tenez, quotidiennement notre vie et notre fortune étaient mises en danger par des individus de cette espèce et une multitude d'autres genres de « voyous ».

Marina, nous l'avions à la maison depuis ses seize ans. Elle était orpheline, son père avait été tué dans une rixe entre l'armée nationale et les maquisards, dans les rangs desquels il se battait à Grammos[1]. Il était communiste,

1 Montagne de Grèce où eurent lieu les derniers et les plus terribles combats de la guerre civile.

ou sympathisant du moins, combattant du maquis, mais elle, elle était des plus sympathiques et nous nous prîmes énormément de compassion pour elle. Son oncle maternel nous la confia afin qu'elle travaillât comme aide-ménagère à nos côtés. Il y a certains communistes, malgré mon désaccord idéologique radical avec tout ce qu'ils prônent théoriquement, que je me vois obligé en vérité d'estimer, car ils sont instruits, profondément instruits. Et de fait, des gens du peuple, des êtres à moitié cultivés voire complètement illettrés, valorisèrent leur temps de manière positive, pendant qu'ils purgèrent leur peine dans les prisons de notre pays, et ils revinrent dans la société libres, et même fins connaisseurs de nombreux domaines du savoir. Nous reçûmes donc la pauvre fillette, Marina, emplis de sentiments de tendresse et nous la considérâmes avec un amour sincère. Nous avions la conviction qu'en quatre ans, après un labeur opiniâtre et une éducation sévère, nous parviendrions à transformer une « paysanne » rustre et ignare en demoiselle bien comme il faut de premier ordre. Pis qu'une utopie ! Tous les dimanches, nous lui accordions une sortie vespérale. Elle était censée visiter sa cousine germaine à Pylaia. Elle quittait la demeure vers quatre heures de l'après-midi et revenait vers dix heures du soir. Jusqu'à... Jusqu'à ce qu'un soir...

Le soir en question, vers la fin de ma promenade – selon mon habitude quotidienne –, accompagné de notre chien domestique Azor, je traversais le parc central de la Tour Blanche afin de regagner ma demeure. Durant les jours où a lieu l'Exposition Internationale de

Thessalonique, diverses buvettes populaires sont rassemblées à l'intérieur et autour du lieu défini pour l'accueillir, ainsi que des centres de divertissement des masses. Une multitude d'habitants des villages avoisinants visitaient à l'accoutumée la cocapitale. En général, j'évite à dessein de passer par les fameux, selon l'appellation populaire, squares, dans lesquels de nombreux éléments marginaux maquignonnent durant la nuit. Mais tout à fait par hasard, lors de cette chaude soirée, tandis que je traversais le parc, au milieu d'autres qui marchaient ou étaient assis sur les bancs à proximité, j'entendis un fort bruit suivi de mièvres mots d'amour et de gargouillements de plaisir. Je me retournai instinctivement et non par curiosité de ce côté et, ô stupéfaction, je reconnus notre domestique. Elle était assise sur un banc en position d'ébats avec ce jeune. « Marina, mon petit, qu'est-ce que c'est que cela ? m'écriai-je. Est-ce donc cette éducation-là que nous t'avons donnée ? Rôder avec des vauriens dans l'obscurité et dans des lieux douteux ? Dans ces parcs dangereux ? » Marina, mortifiée, se releva mécaniquement et, baissant la tête, elle balbutia : « Pardonnez-moi, monsieur », ensuite, s'adressant à son compagnon, elle murmura : « Salut, Aristos » et disparut en courant vers le littoral. « Pourquoi tu embêtes la jeune fille, espèce de voyou ? », l'admonestai-je. « Je vais appeler la police », le menaçai-je. Le jeune débauché, sans même m'adresser la parole, commença à m'agresser verbalement, puis à coups de poing. À mes appels à l'aide répétés, accoururent deux gendarmes qui se divertissaient, pendant leur congé, dans le bistrot proche du parc. Le jeune vaurien, avant d'avoir le temps de « se tirer » fut arrêté rapidement après une courte poursuite par les forces de l'ordre. Ils lui « passèrent » les menottes.

Lorsque le jeune fut présenté à la Sûreté, je fus appelé personnellement pour faire ma déposition. Ma présence était jugée indispensable. C'est là que je pris connaissance quant au nom et à la qualité d'Aristidis. Je me souvins que c'était le même jeune qui avait participé alors au vol de bicyclettes. Il était mince mais nerveux. L'on procéda à un interrogatoire rudimentaire. On ne le garda pas. À la fin de l'interrogatoire, il fut laissé libre. Il était assez sympathique. Il paraissait psychologiquement très instable et manifestement, dirais-je, « brisé ». Il était sans doute empli de remords quant à l'attaque et il semblait prêt à assumer la responsabilité de ses actes. Après s'être repenti, il fut mélancolique et parla calmement. On se comporta à son égard avec la plus grande politesse. Les divers dires quant aux comportements grossiers et aux méthodes de soi-disant pression, parfois, allons donc, jusqu'à la torture des citoyens interrogés au sein des commissariats, qui sont par moments répandues à dessein et discréditent la police en salissant son image publique sont à imputer sans aucun doute à des ennemis occultes qui y travaillent méthodiquement et secrètement. Peut-être sont-ils même à imputer à la puissance communiste « intérieure ».

C'était le mois de septembre 1958. Ce n'était pas une année anodine. L'Hellade traversait avec succès la remarquable période de Karamanlis, commencée deux ans auparavant, soit en 1956, année où l'éminent politicien de Serrès, étant devenu particulièrement populaire, déjà honorable ministre des Travaux Publics sous le gouvernement du Rassemblement Grec, dirigé par le maréchal Papagos, fonda le parti de l'ERE. L'image publique de Konstantinos Karamanlis représentait un condensé de la revendication sociale impérieuse d'un renouvellement. Il fut le politicien le plus prometteur et capable de l'Hellade d'après-guerre et pourvu d'un puissant soutien extérieur. Il fut malheureusement vaincu par la suite, durant les élections législatives de 1963, par son opposant, Yorgos Papandreou, de l'Union du Centre, glorifié par ses partisans et surnommé le « Vieillard de la République », et ainsi la progression de son œuvre de génie fut entravée. En 1958, donc, je me trouvais face à une désagréable surprise. On nota durant les élections une impressionnante montée de l'EDA. Ils eurent 24,4 pourcents des votes du peuple hellène et obtinrent 79 sièges au Parlement, devenant ainsi l'opposition officielle. La situation politique inspirait la peur. L'État était accablé par les traîtres à la patrie et les traîtres à l'église. À Athènes, jusqu'à quelques poignées de Jacobins s'organisèrent. Les anciens membres de l'EAM s'unirent. La normalité politique du pays était laissée au hasard. Il était du devoir des Hellènes sains d'esprit d'anéantir la menace communiste, qui était désormais évidente.

Pagratidis et ceux de son espèce appartiennent aux sphères des misérables, à la classe sociale qui se développe en marge des autres, celle que le génie qu'est Karl Marx analysa si bien et caractérisa de « lumpen[1] ».

1 En allemand, littéralement « haillon », le terme *lumpen* a été utilisé par Marx pour créer le concept de lumpenprolétariat, c'est-à-dire les « sous-prolétaires » ou les « déclassés ».

Pendant l'interrogatoire, je commençai à entrevoir ce qui, potentiellement, se passait dans l'âme de ces marginaux. Le jeune prévenu protestait. Ces vies-là m'étaient totalement une *terra incognita.* « Je ne me sens pas bien. – Pourquoi ? lui demanda le policier en charge de l'examen de l'affaire. – Parce que ce matin j'ai perdu du sang. – Tu t'es cogné ? – J'ai donné mon sang ce matin vers onze heures. C'est peut-être pour ça que j'ai des vertiges. Je vais souvent à la banque de sang Source Vivifiante[2]. Je gagne de l'argent grâce à ça. Je n'ai pas de travail en ce moment, je n'ai pas de quoi vivre. – On ne vous a pas donné quelque chose à boire ? – On nous a donné un jus d'orange. Peut-être qu'on aurait dû nous en donner un autre. On n'était pas nombreux. – Vous a-t-on fait un contrôle médical ? Peut-être avez-vous eu une maladie grave ? – On nous a fait un test pour l'hépatite. On nous a trouvés vigoureux. Pourtant nous étions tous maigres. Je ne me souviens pas d'avoir vu un donneur qui soit gros ! – Puisque vous donnez votre sang, d'où vient cette agressivité ? osai-je lui demander, en le vouvoyant, interrompant ainsi le cours de l'interrogatoire. – Le monsieur a raison, les donneurs de sang sont philanthropes », compléta l'interrogateur. Le docteur Polychronidis, directeur scientifique de l'antenne de la banque de sang de Thessalonique, était un ami de la famille. Je connaissais donc de près ce qui était relatif à ce sujet. Le don du sang est considéré dans le monde entier comme un acte de haute moralité et le modèle d'une intention pure et désintéressée, et même l'exemple d'un

2 Par « source vivifiante », on désigne chez les orthodoxes la Vierge Marie.

comportement altruiste. Divers organismes sociaux exhortent nos concitoyens à devenir des donneurs de sang réguliers. « Pourquoi es-tu devenu donneur de sang ? lui demanda le policier. – Qui a envie de se démener pour aller donner son sang ? dit l'interpellé. Je fais ça à grand-peine, par nécessité. – Tu es payé ? – À chaque poche de sang de trois cents millilitres, on me donne deux cent cinquante à trois cents drachmes. – Bref, quoi qu'il en soit, dit l'interrogateur, ceci est une bonne action. Ici, cependant, dans le fichier, il y a déjà un dossier à ton nom. Et on dirait que tu as commis pas mal de péchés, pas mal d'immoralités par le passé. Ton dossier déborde. Récemment, de ce que je vois, tu as fait l'expérience du centre de redressement. Là-bas, les conseils des responsables ne t'ont pas aidé à changer de mentalité ? – On m'a envoyé dans le centre de correction, à Corfou. Le Centre pénitentiaire de Vido, ça s'appelle. C'était pas pire. Nous n'avions pas volé. Nous avions laissé comme caution un veston avec un ami à moi et nous avions emprunté un vélo. – On s'est encore fourré dans une histoire de vélos ? l'admonesta le policier. – Je vous ai dit, monsieur, nous ne l'avons pas volé. Nous sommes arrivés jusqu'à Véria. Nous n'avons pas tenu plus. Nous étions épuisés. Nous nous sommes rendus à la police pour qu'elle nous ramène chez nous d'une manière ou d'une autre car nous n'avions plus de force. Le procureur n'a pas trouvé de faute et nous a laissés libres. Mais ma mère en a eu marre de mes exploits et a demandé à ce qu'on nous enferme dans le centre de correction. – Il y avait un tuteur pour mineurs ? – Il y en avait un. Il était bien. Il essayait de nous soutenir psychologiquement. On voulait faire de nous des gens moraux. On nous apprenait à ne pas mentir, à ne pas être injurieux envers autrui, à ne pas blasphémer les choses divines, à ne pas voler. – Qu'est-ce que tu peux dire des autres enfants qui étaient enfermés dans le centre de redressement ? – C'étaient tous des enfants qui en avaient bavé, inadaptés. L'un sa mère l'avait abandonné, l'autre son père. Des enfants de parents séparés, orphelins, sans argent. Là-dedans, j'ai rencontré toutes sortes d'individus. Je me suis fait beaucoup d'amis. Mon meilleur ami était quelqu'un de très meurtri. Ça ne se passait pas bien avec sa mère. Il prenait des cachets pour les nerfs. Il était le fils d'une prostituée notoire. – On ne vous donnait pas d'autres conseils ? – Et comment ! De respecter nos supérieurs, d'aimer le roi Pavlos, la reine Frederika, ainsi que toute la famille royale. – Quoi d'autre ? – De respecter les religieux, les vieillards, les malades, les infirmes, les femmes enceintes. – On vous a donné des enseignements ? – Nous apprenions l'arithmétique et la lecture, et le prêtre nous donnait des leçons régulières de Morale et de Catéchisme. J'ai appris pas mal de grec ancien. Au-dessus de l'entrée de notre dortoir, il y avait un panneau accroché avec en grandes lettres "La modération est le plus grand bien" et sur les murs des paroles de l'Évangile. Je me souviens de celui-ci qui dit : "Demandez, et l'on vous donnera, cherchez, et vous trouverez, frappez, et l'on vous ouvrira". Je le lisais cinq fois par jour, jusqu'à ce que je finisse par le connaître par cœur. – Il y avait des gens pour vous aider ? – Il y avait un éducateur. Il y avait un psychologue. – Ils vous traitaient bien ? – Ils ne nous frappaient pas. Ils nous punissaient seulement si nous faisions quelque chose d'immoral. Pour la plupart, nous tenions bon par peur. J'avais décidé au fond de moi de sortir le plus vite possible de là, c'est pour ça que j'ai montré la meilleure conduite. J'étais mineur. On m'a mis dans le service de l'intendance pour que je ne rechute pas. Nous fournissions des travaux d'intérêt général. Je suis devenu un bon jardinier. On me félicitait. Tout le monde m'estimait là-bas. – Peut-être as-tu commis quelque perturbation au cours de quelque permission ? – Quelle permission ? Nous étions enfermés, nous ne sortions pas. J'étais sage. C'était comme la prison, je n'ai eu aucune permission. Les visites étaient autorisées. Moi, qui m'aurait rendu visite ? – Les centres de redressement de l'Hellade furent fondés en 1940 dans le but de se consacrer à l'adaptation des mineurs et adolescents, lesquels présentaient un comportement dissident, intervins-je. Ils jouent un rôle régulateur quant à la formation positive de la personnalité des jeunes qu'ils accueillent. – Personnellement, mon cher, je ne crois pas que ces fondations-là puissent faire des miracles. La formation de l'adolescent a probablement déjà été achevée à travers la forte influence de son environnement familial et social, dit l'officier. Croyez-vous que le jeune Pagratidis ait la possibilité de changer de conduite ? »

En peu de temps, l'interrogatoire, qui avait finalement pris une tournure amicale et allait en faveur de l'accusé, s'acheva, et l'officier de police, avec compassion, le laissa libre et le raccompagna avec un cortège de divers préceptes et recommandations paternelles. – Fais attention, petit, ce n'est pas la première fois que tu te fais remarquer. Sois raisonnable. Que je n'apprenne pas de nouveau que tu as dû franchir le seuil du commissariat. Va-t'en maintenant. Et sois sage.

Mais le cours des choses et les coups du sort ont le temps de nous surprendre, et pas toujours de manière plaisante, même pour les personnes avisées et alertes. Et cela prouve, bien entendu, la prétendue évidence, à savoir que le cheminement de la vie de chacun d'entre nous est pour beaucoup déjà tracé, de par l'influence de facteurs puissants tels que la formation du caractère, l'éducation, l'instruction, les inclinations innées, la culture de diverses habitudes, jusqu'à d'autres influences, lesquelles contribuent à structurer la personnalité entière de l'enfant et de l'adolescent.

Suite à la libération du jeune homme, je méditais quelquefois, absorbé et plongé dans une profonde réflexion sur son cas particulier, puisqu'il avait déjà obtenu son titre à l'université des chemins mal famés. Je fus très profondément affligé lorsque j'appris par la suite que dès sa prime adolescence déjà, il menait semble-t-il une vie d'errance, mêlé à un ramassis de rebuts de la société corrompus et corrupteurs. Il était écrit que l'individu en question, le coupable et dépravé Aristidis Pagratidis, se distinguerait en tant que protagoniste de la scène centrale de la vie publique de Thessalonique et, par synecdoque, de l'État tout entier, présenté comme l'auteur d'actes prohibés et extrêmement antisociaux, condamnables et inhumains, et que son histoire s'achèverait de manière funeste. Dans la presse panhellénique, on exposa l'image du plus détraqué des esprits, lequel fomentait le plan satanique de l'extermination de nos innocents concitoyens. Je pourrais probablement soupçonner – avec des réserves bien entendu – qu'un individu doté de ces spécificités, comme le jeune Pagratidis, fût capable de procéder à la réalisation d'actions extrêmement agressives et inaccoutumées pour des personnes d'un tempérament normal. Un adolescent irascible et colérique, transportant une foule d'expériences traumatisantes de l'enfance et de l'adolescence dans ses bagages, deviendrait en peu de temps célèbre dans toute l'Hellade pour ses œuvres horrifiantes, arrêté et prévenu comme le candidat le plus probable au titre de « monstre de Seikh Sou ». Mais qui peut jurer sur le saint Évangile de sa certitude que Pagratidis était en effet le criminel qui a commis ces atroces crimes accompagnés de toutes ces tentatives de viol et du pillage des victimes ? Est-ce que les dérives sexuelles de la jeunesse, le commerce systématique de l'amour, le travail, dirais-je, de la prostitution, la certitude, d'après des témoins, d'un passé vicieux et leur mise en relation avec quelques éléments sans doute non prouvés suffisent pour avancer des accusations aussi terribles ? D'où vient la faute ? Des origines ? De la situation familiale ? De la privation d'un tuteur paternel ? Du vécu de l'enfance déterminant pour l'avenir ? Des premières expériences sociales ? Du manque d'éducation ? De motivations probablement financières ? Des instincts profonds, comme le maintient la majorité des psychanalystes ? De nous, qui sommes d'un âge mûr, et à qui revient, dans une importante proportion, l'instruction des adolescents ? Ou peut-être – de ce qui est désormais inéluctable et décidé d'en haut – de l'impitoyable destin des créatures humaines, de la providence, de la fatalité, de ce qui en turc est appelé « kısmet », auquel les peuples orientaux, avec une passion infinie, font des sacrifices comme à un envoyé divin ?

Je me remémore souvent ces répliques, qui furent échangées entre l'officier de police et le jeune Pagratidis durant l'interrogatoire auquel j'assistai. Croyez-vous que le jeune Pagratidis ait la possibilité de changer son caractère ? m'avait demandé directement l'interrogateur. – Je vais essayer, monsieur, j'essaye, répondit devant moi le jeune Aristidis. Si je trouve un travail. Je sais faire des millions de choses. C'est un emploi stable que je demande. Je suis à la rue. Je galère à droite et à gauche. Si on m'aide pour le travail... La faim nous pousse à bout, monsieur. Le mois passé, à Koufalia, je faisais des numéros tous les dimanches après-midi au milieu de la place, ça consistait à m'allonger sur des clous et deux personnes marchaient sur ma poitrine. Ou je faisais un autre numéro qui s'appelle l'« homme-lance-flammes ». Vous l'avez déjà vu, monsieur ? Si on m'aide pour le travail, beaucoup de choses vont changer. Il y a aussi autre chose, il faut pas me chercher. Quand on me cherche et que je me retrouve avec différents inconnus dans les pattes, je deviens fou. Cinglé. Je les vois comme des ennemis. Et là, je ne sais pas ce qui peut se passer. Je ne réponds plus de rien.

La cuve infernale

Le patron d'Aristos au bien connu Cycle de la mort

Je suis trimardeur, polyvalent. Je suis polyfonctionnel, baratineur. Tout le monde me connaît dans le milieu. Les petits et les grands, les riches et les pauvres, ceux de droite et de gauche. Depuis 1955, j'ai ma propre grande troupe d'acrobates. La cuve, j'y ai travaillé pendant des années comme assistant. C'est ma faiblesse. Et où ne sommes-nous pas allés ! Dans toute la Grèce. À Thessalonique, dans le département d'Imathia, à Katerini, à Drapetsona et à Tambouria, dans la municipalité du Pirée. De temps en temps, dans les îles. Nous vivions comme les Tsiganes. Nous changions de lieu en fonction des fêtes, des célébrations et de l'expérience que nous avions des recettes de l'année précédente. Nous travaillions de mai à octobre en général. Nous payions un loyer à la commune ou à la municipalité qui nous accueillait selon le nombre de mètres carrés que comprenait le terrain où nous délimitions notre installation. Avec tous les trucs que nous trimballions, ça pouvait nous prendre deux jours pour que nous achevions notre préparation. C'est pour ça que notre caravane arrivait à l'endroit où nous allions travailler deux ou trois jours avant la fête. Les Autorités nous obligeaient à monter notre tour en bois en bordure du festival, quelquefois dans un champ un peu plus éloigné. Nous nous plaignions mais ils avaient raison, car les gens protestaient à cause du boucan que causaient les démarrages à répétition et les crissements des freins des motocyclettes, qui étaient réellement assourdissants. Notre piste était cylindrique. C'était une immense cuve en pièces détachées qui faisait à peu près dix mètres de diamètre et six mètres de profondeur. Sur le bord de la cuve, nous montions les gradins en bois et les barrières, d'où les spectateurs extasiés suivaient l'extraordinaire numéro.

Nous étions un peu à l'extérieur de Trikala. À une célébration, la veille de la fête de la Vierge. 1958, période du quinze août. Département de Trikala, rural, de beaux villages. Kalambaka, Sarakina, Farkadona, Fiki, Mouzaki, Mavromati[1]. Un pays fertile, avec tous les biens de Dieu. De braves petits-bourgeois. Éveillés, noceurs, travailleurs, dépensiers. Maintenant, je ne sais pas ce qui se passe, à l'époque ça claquait dans tous les sens, sans compter, et ça grouillait de clientèle, sans arrêt. Les hordes la veille de la fête. Ils se réunissaient chez nous. Vers sept heures du soir, nous vendions les billets, ma femme au guichet, nous faisions la première représentation, la course ne durait même pas dix minutes, puis d'autres clients pour le tour d'après, deuxième session à sept heures et demie, le week-end, dix autres

1 Villages qui font partie du département de Trikala, en Thessalie, dans le centre de la Grèce.

représentations, à huit heures le troisième tour, à huit heures et demie le quatrième, et ainsi de suite. Nous étions tout le temps bondés. Beaucoup reprenaient un billet sans ressortir, ils regardaient le spectacle deux ou trois fois d'affilée. Ils arrivaient comme des possédés, se rivaient au-dessus de nous, se laissaient étourdir par l'extraordinaire numéro que nous présentions, repartaient subjugués, grisés.

Après, ils traçaient vers les bougatsas[2], les loukoumadès. Les succulents loukoumadès au miel étaient servis chauds dans la rue, dans des sortes de baraques en bois improvisées, avec de la tôle en guise de toit, sans tables ni chaises, ils les mangeaient sur le pouce. C'était la même chose pour les bougatsas, les feuilletés au fromage et les souvlakis à l'origan. Derrière des stands, dans la campagne, on vendait aussi le fameux halva de Farsala[3], qu'on coupait avec le large couteau de cuisine en gros morceaux, qu'on pesait et qu'on emballait dans du papier à cuisson.

Les bandes de mecs les plus ferventes, les plus agitées, mais aussi les couples et les familles, traçaient vers les tavernes où dansaient et chantaient les divettes et les chanteuses. Des chanteuses au rabais en général. Les pauvres divettes, des crève-la-dalle. Elles fourmillaient alors dans les provinces. Je me souviens d'une, Katy, grande, squelettique, esquintée, la gueule toute ridée, des tonnes de

2 Spécialité du nord de la Grèce, pâtisserie à base de feuilles phyllo fourrée à la crème. Il existe une version salée au fromage ou à la viande hachée.

3 Pâtisserie dont il existe plusieurs formes. La spécialité de la ville de Farsala est constituée de semoule et de miel.

fard aux joues, du rouge à lèvres vif, de longs cheveux tout blonds. Elle portait une jupe bouffante jusqu'aux genoux, avec des volants, ornementée de paillettes, de strass brodés sur du tulle fin comme une toile d'araignée, vert vif, déchiré ci et là. Mais elle avait arrangé les déchirures, elle les avait comblées avec un joli tissu, satiné, vert encore, un peu plus foncé, et ainsi, au lieu de détonner et d'appauvrir son apparence, elles avaient l'air de décorations et faisaient de l'effet. Les colliers rouges, la ceinture rouge, les boucles d'oreilles jaunes, les talons, assortis, jaunes, pointus. Sur ses épaules elle jetait un châle en mousseline, vert-bleu ciel. Quand ça la prenait, elle l'enlevait et le remuait ou l'enroulait autour de sa taille. De temps en temps, elle le levait bien haut et l'agitait avec un geste d'adieu, comme font dans les trains ceux qui partent à ceux qui restent. Si la divette ne fait pas de trucs, de simagrées, si elle n'est pas aussi un peu actrice, comment accrocher les clients ? Katy sortait et faisait son numéro artistique sur la piste, sous la cahute du cabaret estival, à peu près toutes les heures, et elle brisait ainsi la monotonie de l'orchestre et laissait les gens avides de la revoir. Elle se faisait tout son argent au dernier numéro, plus tard, quand les clients donnaient leur monnaie. Elle se secouait tout entière, elle dansait comme une possédée et elle faisait de ces trémoussements, de ces simagrées, sainte Vierge. « Şinanay, yavrum, şinanay, nay[1], c'est pour mon cœur que tu défailles. » On se balançait éperdument d'un bout à l'autre de la piste, en formant des cercles, jusqu'à ce que ça devienne entraînant. « Ce soir il

1 Exclamations turques typiques des chansons orientales.

faut que je t'embrasse », si elle chantait ça, elle le pensait vraiment, elle le disait avec son âme. La piste en béton, la cahute en bois, les chaises en paille. Le tavernier et le garçon, tabliers blancs, rasés de près et trempés de sueur. Le commis, une flèche, à l'affût pour servir la retsina et l'eau. Quelquefois, il se perdait dans les coquetteries de la divette et il prenait du retard. « Décolle tes yeux de là et viens à l'intérieur ! Presto ! » grondait le patron. Les gosses se rassemblaient et faisaient les badauds ou du baroud. Quand ils y allaient trop fort avec leurs railleries, les adultes, contrariés, les viraient avec des cris brutaux. Les femmes de l'établissement bouillaient en cuisine. La divette, créature de conte de fées et de péché, était faite pour lambiner et festoyer. Les dames se divertissaient de ses coquetteries et en même temps en étaient jalouses, parce qu'elles étaient sûres que c'était avec elle que leur mari prendrait plus son pied, qu'il le prendrait sans aucun doute et qu'il le prendrait même autrement, bien qu'elle soit pourtant mûre. Tous et toutes la prenaient pour une traînée, pour une fille facile. Toutes les divettes, c'était pour des putains qu'on les prenait. La nuit, quand la session se terminait, la malheureuse se reposait sur une cagette – sombre sommeil – ou étendait une carpette dans l'établissement, sur le sol en mosaïque. Les chalands se ramenaient la nuit de l'extérieur et venaient la déranger. Ils lançaient des cailloux, ils faisaient semblant de siffler un signal ou jouaient un air populaire avec du papier à cigarette dans la bouche en guise d'harmonica ou de flûte légère. « Les petits galets sur la rive », jouaient-ils. Katy les insultait. « Ouste ! Ouste ! Pouilleux ! » Elle, elle avait un amoureux. Les divettes répondaient en fonction. Les ménagères n'avaient pas toujours raison. Elles n'étaient pas toutes faciles.

Dans un ou deux bistrots, roucoulaient mieux encore les bouzoukis. Les jeux, les appelait-on, allons aux jeux. Aux jouateurs. Ils ont une tradition du bouzouki dans ces régions-là. Non pas qu'il n'y avait pas de clarinette. Les maîtres de la clarinette descendaient de l'Épire, les Soukas et les Chalkias, les géants et les autres. Les Messolonghiens arrivaient avec leurs tandems, deux zournas et un daouli, eux aussi c'étaient des musiciens admirables. Tous les musiciens traditionnels se faisaient beaucoup d'argent avec les biftons du public. Mais c'était le bouzouki qu'on plaçait au-dessus de tout dans ces endroits-là. De ce côté, triomphaient les Tistsanis, les Kaldaras, et d'autres encore. Il y avait de bonnes troupes alors, des groupes qui venaient d'Athènes. En plus des musiciens de second ordre, ils invitaient aussi des grands noms. Mitsakis avec Chryssafi, je me souviens. Et plus tard, Christakis, Perpiniadis, Babis Markaris-Katerina Karol, Oula Bamba. Et puis Beba Blanche. Jusqu'à ce tombeur de Zambetas.

Tous ceux-là passaient d'abord par chez nous. Même les musiciens de pacotille. Par la piste de bois cylindrique du tour de force et du tourment. Par le Cycle de la mort. Et même si le prix du billet était un peu salé et que c'était considéré par tout le monde comme l'attraction la plus chère de toutes celles qui étaient proposées pendant les fêtes de village. L'entrain qu'avait le petit peuple, avec quelle ardeur, tu sais, il allait s'affoler devant ce spectacle !

Des vieilles avec leurs fichus noirs et leurs petits enfants qui leur tenaient la main. Des gaillards avec leur petite moustache fine, celle des cadors, des bonhommes minces mais costauds. Des fillettes ravissantes, naturelles, sans maquillage ni badigeonnage. À cette époque, si on était beau, homme, femme, on brillait naturellement, avec un brin de toilette. Et même sans toilette. Avec les habits de travail. Le bel étalon, comme on dit, se reconnaît sous des haillons. Tout le peuple de Trikala, donc, dans notre cuve. Quelle affluence ! On venait de Larissa, et même du côté de Karditsa. De Sofadès, de Zarko, de Palamas, jusque de Tyrnavos, jusque du coin de Volos, Almyros, Pteleos. On proposait une attraction vivante. Dangereuse. À faire battre le cœur pendant le tour, boum boum, boum boum. Le public était en nage mais il ne mouftait pas, on aurait dit qu'il suivait chastement la messe du dimanche ! Ce sport violent nous est venu de l'étranger, certains disaient d'Italie, d'autres d'Allemagne. Plutôt d'Italie, je dirais. Là-bas c'était un triomphe. Le Cycle de la mort était à la mode dans les années 1950 et 1960, partout dans le monde, il avait conquis l'attention des gens et faisait partie des attractions populaires favorites.

Ce travail-là, qui était pour nous difficile et périlleux, car nous marchions sur le fil du rasoir et nous risquions toutes les nuits notre vie, pour la plupart, pour le public, avait l'air irréalisable. C'est pour ça qu'ils nous voyaient comme des personnages de conte de fées, comme des légendes. Le gars qui monte sur la bécane va au casse-pipe. Au début, pour préparer le spectacle, nous montions le son du magnétophone à fond et le lieu s'emplissait pendant cinq minutes d'une musique intense et puissante. De la musique étrangère, sans paroles. Les conducteurs-acrobates apparaissent et saluent le public. Ensuite, pendant quelques minutes, ils sont absorbés en eux-mêmes, silencieux, comme s'ils priaient avec recueillement. Il y en a quelques-uns qui font ouvertement leur signe de croix, d'autres qui évitent pour ne pas avoir l'air lâches. Dans un sport aussi ostentatoire, si le public finit par te prendre en pitié, tu perds tes admirateurs, et tu perds aussi ta clientèle. Il faut se montrer intrépide et entrer sur la piste dès le départ avec l'air du vainqueur incontestable. C'est également valable pour les lutteurs et les funambules. À un moment, donc, le moment que tout le monde attend, ils démarrent la moto et commencent le spectacle, qui s'appuie sur les mouvements circulaires que va tracer la moto dans le ventre du cylindre en bois. La moto se prépare à suivre l'élan que va lui impulser la force centrifuge. Ils grimpent avec esbroufe et mettent les gaz en pétaradant violemment. Peur et terreur. Ils s'élèvent brusquement en faisant des cercles rapides dans le vide, jusqu'à arriver très souvent sur le bord de la cuve, tandis que les pots d'échappement percés provoquent un déchaînement de foule avec le vacarme qu'ils soulèvent. Les fillettes qui regardent, leur petit cœur tremble d'anxiété mais peut-être aussi de passion amoureuse et d'inquiétude pour le sort des acrobates. Les garçons envient en secret les motocyclistes. Dans le fond, ils veulent les imiter. Mais la peur les inonde, car ils comprennent que la moto, qui d'habitude obéit à son pilote comme le cheval entraîné à son cavalier, peut brusquement t'abandonner et te bousiller pour toujours ou t'envoyer dans l'autre monde.

Dans notre troupe, six personnes. Moi, qui étais le patron, ma femme, qui travaillait dur elle aussi à mes côtés, cuisine, ménage, caisse, ma nièce, dix-huit ans, qui nous aidait un peu pour tout, Aristos, mon apprenti dans toutes les tâches où je me plongeais, et deux gaillards, les motocyclistes, des as de la motocyclette et de l'équilibre.

L'un, Stavrakis. Stavrakis Sevdalis, de Kaissariani, fils de réfugiés, vingt-trois ans, châtain-blond, un corps vigoureux, de statue, comme un dieu antique, vraiment impec. Le fameux Stavros. Il était aussi tzambazis, ce qui veut dire équilibriste, funambule. Le travail de funambule – ce n'est pas un travail, c'est un art – comporte certains secrets. Les secrets du métier, comme on dit, que l'on se transmet l'un l'autre. Stavros donnait des représentations à part, tout seul, dans des villages, dans des fêtes et des festivals, l'après-midi. Les gens se rassemblaient pour l'admirer, pour le numéro qu'il faisait. Par sa célérité, félin, et par sa taille, montagne, deux mètres exactement, pas un centimètre de moins. Entre deux colonnes ou deux arbres, il nouait une corde, pas spécialement épaisse, d'une composition et d'une résistance spécifiques, qui soutenait sa taille et son poids. Là-dessus grimpait Stavrakis et faisait du funambulisme en exécutant de périlleuses figures acrobatiques.

Ce Sevdalis était un nom et un talent, et là où il allait, les filles perdaient la tête. Son collet était sans cesse plein de morsures et de suçons, rien que des bleus et des griffures. Elles avaient laissé tomber la manucure, les fourbes, et elles te le griffaient de rage, comme des tigres. Il les rendait dingues. Et de nombreuses, qu'est-ce que je dis nombreuses, les plus nombreuses, mariées. Courses-poursuites avec les villageois. Courses-poursuites avec les familles. Courses-poursuites avec le voisinage. Courses-poursuites avec la poulaille.

Nous avons eu des embrouilles, pendant un temps, à Nauplie. Il entrait toutes les nuits dans une maison, au deuxième étage, sans interruption, toute la période où nous étions là-bas. Deux semaines. La dame, mariée, avait pour époux un pêcheur. Ils s'étaient mis d'accord et quand la poule laissait à côté de la porte d'entrée les bottes, les godillots de travail de son conjoint, Stavros passait devant, ce qui voulait dire « le pêcheur est sur sa chaloupe, viens donc un peu me chalouper ». Ah, ah ! Le galant montait et ils se la coulaient douce toute la nuit. Mais la belle-sœur, la sœur du pêcheur, qui habitait juste à côté, a flairé l'affaire et l'a rapportée à son frère. Le cornu a surgi dans la chambre et a pincé les tourtereaux enlacés sous la couette. Cavalleria Rusticana. Et ensuite, police, castagne, tribunal. Même moi je ne sais plus par quelle route nous sommes partis de cet endroit et comment nous nous sommes carapatés.

C'était un type balèze Stavrakis. Et il faisait d'épatants numéros sur sa mobylette tandis qu'il virevoltait avec un art incomparable et se baladait tout autour de la cuve, en commençant par le bas pour arriver jusqu'aux extrémités, tout en haut, là où étaient installés les gens qui le bouffaient des yeux. D'abord, il faisait ostensiblement son signe de croix, comme une brève saynète, avant de passer à la représentation principale, avant donc d'enfourcher la moto, qu'il caressait tendrement quelques instants, comme une amoureuse adorée. Une amoureuse fidèle qui ne l'a jamais trahi. Il conduisait au début normalement, assis confortablement sur la selle. Peu à peu, il se chauffait et montrait son talent fou. Il lâchait le guidon et levait les mains en l'air, il s'asseyait en tailleur au milieu de la selle et très rarement, il se faisait, vers la fin du tour, mousser en se mettant debout pour le numéro suprême. Très rarement, il bandait pour le dernier tour ses yeux et faisait des cercles qui provoquaient des frissons d'angoisse. Les vibrations au passage de son énorme moto bien huilée qui rugissait comme un lion affamé face à sa proie ébranlaient les corps des spectateurs tandis que la cuve oscillait dans un incessant tremblement effroyable. L'adrénaline au comble de l'orgasme. L'acrobate n'avait aucune sécurité, il était suspendu à sa dextérité et au bon vouloir du destin et de Dieu. Dans ce travail, on apprend à vivre avec la peur et à la fin à vivre pour la peur elle-même. À adorer le détail de la peur et à prendre son pied d'autant plus qu'on prend un plus grand risque lors des numéros les plus dangereux. Peut-être que c'était le meilleur dans tout le pays. Le Cycle de la mort ! Ta vie à pile ou face tous les soirs. Combien ont essayé, ont travaillé un peu et ont abandonné. Combien sont repartis de là en morceaux, combien d'esquintés. Lui, il n'a même pas eu une égratignure en trois ans d'affilée où il a travaillé avec moi. Il parvenait, comme on a dit, jusqu'au bord, à un doigt du visage des clients, imagine. Bien sûr, il ne faisait qu'un avec sa nana régulière, sa bien-aimée officielle, une Norton rouge, quatre-cent-cinquante centimètres cubes, qu'il conservait nickel chrome, dans l'état où je la lui avais donnée deux ans auparavant. Et il sillonnait la cuve avec aisance, comme s'il partait en promenade. Il provoquait un de ces ramdams quand les freins crissaient. Une puissante et insupportable odeur venait des gaz d'échappement et de l'huile cramée qui, accompagnés de la flopée de poussière et du changement de couleur des lampions qui éclairaient la cuve, créaient une atmosphère mystérieuse qui vous déboussolait. Dès que son numéro s'achevait, après avoir éteint la motocyclette, le géant se dressait au fond de la cuve, juste au milieu, il écartait légèrement ses jambes et les pliait, il levait ses bras en l'air et les agitait à la manière d'un rameur dans sa barque, il ramenait ses paluches à sa bouche et envoyait avec des gestes lents ses beaux baisers à ses spectateurs. Un grand comédien. Un grand prestige. Il avait la première place dans le show du vertige et dans une vie qu'il passait à un cheveu de la mort. Il était lui-même envoûté par la représentation saisissante qu'il donnait. Mais il faut dire qu'il était envoûtant. S'il avait été repéré et qu'on l'avait mis sur une scène de théâtre, en tant qu'acteur, il les aurait tous bouffés, tous écrasés. Pendant environ dix minutes, on l'applaudissait et on l'encensait. On voyait beaucoup de lèvres trembler ou murmurer des prières. D'autres faisaient ouvertement leur signe de croix. Des cris, des sifflements, des acclamations, des applaudissements, des baisers, des éloges, des festivités. Quelle pagaille ! Le final de Sevdalis était le moment le plus fort de la représentation. Quelle cérémonie ! On aurait dit qu'il puisait sa gloire chez les anciens vainqueurs, les athlètes de l'Athènes et de la Rome antiques. Les gens étaient extasiés, les hommes, les femmes l'adoraient.

L'autre cavalier, Lakis, Manolakis Yavouklakis de son nom complet, de la province de Réthymnon, vingt-six ans, brun, une flèche lui aussi. Deux ans de travail. Mariole sur sa bécane. Lui, pour le coup, il avait une moto de quatre-cent-cinquante centimètres cubes de marque BSA. Il est tombé une fois. Il est tombé lourdement, il s'est méchamment cogné la tête, derrière. Il avait un ange gardien ce gamin, il s'est remis, il a survécu. Un gaillard très intelligent et coopératif. Il avait été marin pendant deux ans, sur les gros bateaux. Il avait arpenté les océans. Un tombeur lui aussi, qui ne pensait qu'à ça. Pas comme l'autre, Stavrakis, après qui c'étaient elles qui couraient. Lui, il provoquait lui-même les choses. Il était rongé par le dévergondage. Il faisait du rentre-dedans à tout le monde. Tombeur, mais ambigu. Il devait sortir avec des femmes et avec des hommes. Je repérais du mouvement parfois, quelques hommes entre deux âges, bien habillés, des visites tard dans la nuit, en douce, bref. J'ai un principe, je ne me mêle pas des affaires privées de mes collaborateurs. Il devait le faire pour l'argent, il était très vénal.

Moi et ma femme, nous nous occupions des tâches ménagères avec l'aide de la petite et d'Aristos. Aristos était mince mais c'était un gamin solide et il aidait beaucoup à monter et à démonter la cuve en bois, ce qui était un travail particulièrement difficile et spécifique. Car il fallait installer les planches de manière stable, avec une régularité absolue, que le lien entre elles soit parfait, pour ne mettre en danger ni la vie des spectateurs ni celle des acrobates. Nous installions nos lits de camp dans les cabanons que nous avions montés à côté de la cuve. D'autres fois, nous dormions même à l'intérieur de la cuve. Ma femme prenait une bassine, elle lavait, elle préparait des mézés, de quoi manger. Les autres ne se mêlaient pas de ça. Nous les avions embauchés et nous les payions seulement pour la représentation.

Dans les fêtes de village alors, nous n'étions pas les seuls à aller, toutes les bizarreries du monde s'y rassemblaient. Des fakirs avec des turbans indiens cousus dans de beaux tissus de soie, une broche brillante au sommet faite de faux diamants multicolores, tombaient très lentement et s'allongeaient sur le dos pendant une heure ou deux sur des clous. Des mages blonds et des mages noirs aux cheveux longs, qui étaient des sages et lisaient dans la boule de verre du destin et vers qui la populace accourait avec deux drachmes pour connaître son avenir. La « tête sans corps », un truc terriblement astucieux avec des miroirs et des morceaux de verre habilement coupés au diamant, qui te trompaient et te faisaient croire que tu étais face à une tête tombée du ciel, indépendante, dénuée de corps. Des cartomanciennes et des tireuses de tarots, la plupart du temps des Tsiganes voilées avec de larges jupes et des sarouels colorés qui promettaient qu'elles allaient soi-disant ramener l'aimé ou l'aimée perdu. Des Gitanes turques[1] devineresses, qui parlaient un dialecte bâtard mélange de turc, de grec et de tsigane, que tu payais pour qu'elles te disent ton destin. Les pigeons de la chance, que leurs maîtres avaient exercés à grappiller avec leur bec des petits papiers dans une boîte, ils te choisissaient une toute petite enveloppe, comme un billet doux, dans le tas, toi tu donnais une demi-drachme et tu ouvrais la lettre pour lire combien d'années tu allais vivre, si tu allais te marier et combien d'enfants tu aurais. Et bien entendu, tous vivaient près de cent ans, ils avaient beaucoup de beaux enfants, qui seraient heureux – tout le monde allait devenir docteur et travailler en ville –, et ainsi les arrivistes croulaient sous le pognon. Les corps énormes, les boxeurs, des hommes terribles avec des surnoms, qui donnaient de vraies représentations, comme Jim Atlas, Karayannis, Féros, et Frankoulis. La femme-élastique. Zamagie et sa magie. L'homme gorille. Le train fantôme. La mailloche. Fête foraine. Manèges. Autotamponneuses. Prestidigitateurs. Théâtre de marionnettes. Le View-master, qui avait alors été découvert, et qui faisait forte impression, parce c'était un petit cinéma privé et parce que sortait de là-dedans Tarzan avec son compagnon, le singe, et on regardait ébahi pendant que le patron, descendant de Turquie, qui empochait l'oseille, commentait chaque image : « Tarzan avait pour ami fidèle Cheeta. Tu mires, canım ? » Et ensuite : « Une güzelim[2] blonde et magnifique, elle s'appelle Jane, elle

1 En grec, on peut utiliser abusivement l'adjectif « turc » pour désigner des musulmans, comme c'est le cas ici.

2 « Ma belle » (NdA).

voit Tarzan dans la jungle et elle le cherche pour en faire son mari, la hanoum[1]. Tu mires, yavrum ? Allez, mon petit, aferin[2], donne donc la demi-drachme. » Le View-master, du flouze assuré par les gosses. Le théâtre d'ombres, que faisaient aussi marcher les mômes, venait plus rarement. Karaghiozis[3], malheureusement, ce remarquable art populaire, avait commencé à décliner et les karaghionettistes à crever la dalle. Venaient aussi les vendeurs au détail, avant tout les vendeurs de jeux pour enfants. Sucettes, coquelets[4], barbe à papa. Librairies de plein air, fruits secs, bars à bières. Le dresseur d'ours, le Tsigane, avec Maritsa, l'ourse. Il l'avait entraînée et elle faisait des charmes puis elle récoltait l'oseille des badauds dans le tambourin. Quelquefois, on la faisait marcher sur les gens, elle leur faisait des massages. Elle donnait un vrai spectacle, Maritsa. Le dresseur lui avait montré plein de trucs, après les années 1960, comment imiter les simagrées des acteurs. Comment fait Barkoulis quand il prend Karezi dans ses bras. Comment Vouyouklaki se regarde dans le miroir[5]. Des Gitanes, comme on l'a dit, plein. Des Gitanes de tous les peuples tsiganes. Des voyantes, des chiromanciennes, des cartomanciennes, des faltzous[6] de toutes sortes. Des pures, d'autres bidons.

1 « La dame. » Le mot ici employé n'est ni vraiment turc, ni vraiment grec.

2 « Que tu vives bien, que tu vives longtemps ». Type d'expression souvent utilisée en remerciement ou pour montrer sa sympathie.

3 Personnage principal du théâtre d'ombres grec et turc auquel il a donné son nom (NdA).

4 Sucettes en forme de coq.

5 Andreas Barkoulis, Jenny Karezi et Aliki Vouyouklaki sont des acteurs et actrices grecs des années 1960.

6 Du turc *falcı*, « voyante » (NdA).

En tracteur, en charrette, à pied, toute la gitanerie se ramenait. Pour dormir, sur des couvertures, au sol. Et la nuit, culbute tous azimuts. Ça ne leur pose aucun problème aux Gitans de chevaucher leur femme tous les soirs devant leurs rejetons et de faire ouvertement leur affaire. C'est dans leurs manières de laisser en liberté des tripotées d'enfants.

Se réunissaient des Turcs et des Romanichels, des pehlivans[7], des as de la lutte. Ils se battaient pour de bon, pas pour rigoler. Des hommes musculeux, grands comme ça, tu les regardes et tu trembles, des lutteurs du peuple. Les pehlivans donnaient de grandes représentations dans les fêtes de village de tout le pays. Et d'ailleurs Tsaoussakis, Prodromos de son prénom, le chanteur populaire le plus brut, était un pehlivan. Parmi les bons pehlivans. Tsitsanis l'avait trouvé quelque part, dans une de ses tournées, en train de lutter et l'a écouté parler. Perspicace le « Valaque »[8], il l'a essayé à la chanson, il l'a alpagué et l'a descendu à Athènes, dans les maisons de disques. Les pehlivans, la plupart, étaient des vrais Turcs de Turquie ou des musulmans de la Thrace occidentale. Les Turcs ont une tradition, une tradition de Thrace vieille comme le monde, du côté d'Edirne, à Kırkpınar, où se déroulent les combats. Tous les ans, en juin, si on se trouve par là-bas, il ne faut pas rater ce spectacle

7 « Lutteur » en turc (NdA).

8 Surnom donné à Vassilis Tsitsanis, grand chanteur de rebetiko, parce qu'il était le seul rébète à ne pas être originaire du bord de la mer, étant né à Trikala. On utilise le terme « valaque » pour désigner les Aroumains, population originaire du nord des Balkans que l'on retrouve aujourd'hui en Grèce, en Albanie et en Macédoine du Nord.

unique, qui est une vraie cérémonie. Des compétitions de ce genre sont aussi organisées du côté de la Thrace grecque, comme à Nigrita, dans le département de Serrès, à Sochos dans le département de Thessalonique et à Drama.

Il n'y avait pas de fête de village digne de ce nom sans un cirque sérieux avec les animaux de la jungle. Et on ne montrait pas tant de numéros avec des animaux dressés dans les cirques des fêtes de village. On faisait simplement une brève entrevue avec les animaux sauvages en passant devant leurs cages et on les examinait. Juste à côté de nous, donc, à Trikala, on avait installé un grand cirque. Avec des serpents du Brésil, avec des tigres d'Inde, avec des chameaux d'Arabie, avec des orangs-outangs, et des chimpanzés d'Afrique. Toute la nuit les singes couinaient et hurlaient et nous n'avions pas un seul instant de répit. Les chimpanzés sont des animaux très éveillés et roublards. À moitié humains et plus encore. Si tu les approchais dans la cage, ils t'assaillaient brusquement. Ils bondissaient et attrapaient ton béret ou ton sachet de pistaches. Même, ils tendaient leurs petites mains poilues et te pinçaient ou te crachaient dessus. Une fois, se tenait face à un chimpanzé, tête à tête, une dame au teint clair, belle, avec un riche décolleté et les bras nus. Alors qu'elle l'approchait, d'un coup, avec deux-trois mouvements de la main droite, le singe se tape une rapide branlette et lui asperge tout son jus sur la poitrine et sur la figure ! Il lui a taché toute la binette, le polisson, à côté de son monsieur et devant ses concitoyens, imagine la honte qu'elle s'est payée, la fille. C'était en plus une femme lettrée : « À l'aide, il pratique l'onanisme, il pratique l'onanisme, le singe pratique l'onanisme », a-t-elle commencé à hurler devant la foule ébahie qui n'avait pas la moindre idée de ce que voulait dire « onanisme » malgré sa riche expérience de la pratique séculaire. Ancestrale. Et tandis qu'elle, honteuse, a pris ses jambes à son cou, tout le monde a commencé – et ils ont appris l'expression une bonne fois pour toutes, parce qu'elle leur est restée pour toujours – à ricaner et à rire de tout leur cœur, en criant chacun leur tour : « Eh, mec, qu'est-ce qui lui est arrivé à *madame*, il pratique l'onanisme, il pratique l'onanisme, à l'aide, le singe pratique l'onanisme ».

Aristos ne montait pas sur la moto et ne faisait pas de démonstrations acrobatiques durant les représentations que nous donnions. Il était là pour aider. Balayage, nettoyage, peinture, quelquefois il jouait aussi le présentateur du programme, c'est-à-dire Monsieur Loyal, ou il se chargeait de la publicité en criant avec conviction dans le porte-voix selon les consignes que je lui donnais, pour rameuter la clientèle. Mais avant tout, il était dévoué à son devoir principal, lequel exigeait qu'il le garde toujours à l'esprit, qu'il ne l'oublie pas, je veux dire jamais, et qui était d'huiler souvent et au bon moment la motocyclette, de la briquer tout entière jusqu'à ce qu'elle étincelle. À l'époque où il travaillait un peu par intermittence dans ma troupe acrobatique, c'est-à-dire principalement en 1959, c'était un gaillard de dix-neuf ans. À nos côtés, il a pu se remplir la panse et se remettre sur pied. Quand je l'ai rencontré, il était maigre et en piteux état. C'était un gamin des plus sympathiques. Il courait admirer toutes les attractions aux fêtes de village. Sérieux dans les devoirs que je lui assignais, de bonne volonté, dynamique. Trimardeur et laborieux. C'était un gamin endurci qui s'était frotté au milieu. Tous les tripatouillages de la place, il les connaissait, car il avait bouffé du trottoir à la petite cuillère. Touche-à-tout et bon à rien. De ce qu'il m'a dit, il n'y avait pas un travail qu'il n'avait fait jusqu'alors. Dans le bâtiment, chez un cordonnier, chez un marchand de pantoufles, sur le marché aux légumes, chez un orfèvre, vendeur au détail, débardeur, cireur, cuisinier, garçon de café, il vendait des citrons, il vendait des revues et des journaux au poids. Des graines de courge et des rafraîchissements les dimanches au stade du PAOK. C'était un sacré supporter du PAOK, en enfant de Toumba. Sans dire qu'il travaillait aussi dans les manèges, dans les auto-tamponneuses, dans la fête foraine et à la mailloche, pendant les fêtes de village.

Je le payais à la fin de la semaine, la somme de tous ses jours de travail. Tout ce dont nous avions convenu, il ne le transgressait pas et il ne demandait pas non plus d'argent supplémentaire. Il mangeait, il buvait avec nous, calembour, bavardage, une troupe, une famille. Nous dormions, comme je l'ai dit, en général à l'intérieur de la cuve, quelquefois juste sur un matelas, à même le sol. Je n'ai pas remarqué qu'il se plaignait parce qu'il s'était bloqué quelque chose, ni qu'il avait des exigences absurdes, ni qu'il ait fait des chichis et des manières, comme d'autres nous le faisaient. Tranquille, il se recroquevillait à côté de nous. Je ne me souviens pas qu'il dérangeait quiconque. Envers ma famille, un respect religieux. Envers ma femme, obéissant comme un fils à sa mère. Envers ma nièce, les yeux baissés, protecteur, comme un frère avec sa sœur. Et une âme d'or. Une fois, il y a une mendiante qui est venue, en loques, esquintée, qui demandait de l'oseille. Ma femme était en train de la chasser, elle avait peur, car certaines mendiantes étaient voleuses. Elle : « Ne me chasse pas petite mère, aie pitié, que Dieu te garde ». Aristos laisse tomber le ménage, il envoie tout au diable, il bondit de l'intérieur : « Non, ma bonne tante », à ma femme. « Tiens, prends grand-mère », il lui a donné des fruits, du pain. Et du fric. Il avait son petit pécule de côté, c'était aussi un gamin qui faisait la fête. Son argent de poche, quand il avait terminé le boulot, il le bouffait, en partie. Au tir à la carabine, dans les manèges de la fête foraine. En sucreries, en souvlakis, en « barbes à papa ». Dans la machine qui mesure la force et où les gaillards à gros bras s'affrontaient pour savoir qui aurait le plus de points au compteur. Il buvait de la bière brune à la pression, au fût, dans les grands verres, les chopes. La seule chose c'est qu'il avait peur du sang. S'il voyait une plaie ensanglantée, il avait la chair de poule. Si quelqu'un se cognait le genou et qu'il saignait, il se tirait. Un jour, je me suis blessé dans la précipitation, je me suis cogné contre un morceau de fer tranchant et le sang a jailli comme une fontaine de la plaie. Il fallait voir Aristos à ce moment-là ! Il est devenu blanc comme un linge, il est tombé sur le matelas, raide pendant deux jours.

Je pense qu'il est aussi allé quelques fois voir les filles, Aris. Il allait leur rendre visite à Trikala. Il me l'avait dit une fois. Il me dit : « J'ai entendu dire qu'il y a des maisons par ici et de belles filles. » Je lui dis : « Vas-y, amuse-toi bien. » Je lui ai donné un congé, les gars me demandaient, s'ils devaient s'absenter. Et dans d'autres lieux où nous avons voyagé, là où il y avait des professionnelles, il y allait. Il y avait une dizaine de putains à Trikala, peut-être même plus. Nous avons travaillé là-bas en 1957, en 1958 et en 1959. Nous parcourions le monde entier, tout le pays. De Kastoria, Amyndaio, Velvendos, jusqu'à Rhodes, Halki, Symi. C'était en 1959, le 26 octobre, le même jour que la Saint-Dimitris, l'État a donné l'ordre de boucler tous les bordels. Ils le mijotaient depuis longtemps. L'ordre concernait toute la Grèce, pour les bordels officiels, légaux. C'est là que les clandestines et les filles de joie se sont jetées sur le racolage. Et quelques autres, qu'on ne reconnaît pas, cachées. Et à l'époque où elles travaillaient avec des papiers et légalement, jusqu'à la date que j'ai mentionnée, ça dépendait encore de la volonté et de l'humeur du métropolite, si elles allaient travailler. Ici, à Trikala, monseigneur semblait charitable, il l'autorisait, ailleurs, un coup on les ouvrait, un coup on les fermait. À Florina, à force d'abstinence, les fantassins vrillaient, la faute au métropolite. Et à Mytilène, ils les ont fermés, il y avait un quartier entier de bordels, dans le plus bel endroit, à Apano Skala, au Château. « Châtelaines », les appelait-on. Les samedis soirs, les hommes mariés montaient, après avoir fait la fête avec les copains. Ils sont bons vivants, les Mytiléniens. Leurs femmes, les bourgeoises, les épouses, pour finir, les ont fermés. Elles allaient se plaindre régulièrement à monseigneur et au préfet. Sur le vieux port de Mytilène, quelle vie ! Il y a eu de ces esclandres, les amants ont poignardé un jeune homme, les gens ont été bouleversés, le métropolite s'en est mêlé et on a fermé les maisons. Le meurtre était le prétexte. Le maire et ses notables mijotaient ça depuis des années. Ils les ont démolies. De très belles maisons. Il y avait une villa, comme un petit sérail, où était peint Éros, le dieu antique avec ses ailes, sur le plancher. Ils ont bouclé les bordels et quand les fantassins sont venus, ils ont perdu la boule à cause de l'abstinence et l'île était sens dessus dessous. Loin des métropolites. Les monseigneurs et les métropolites, si les préfets et les ministres leur lâchent du lest, pourraient ne plus nous laisser sortir de chez nous. Il travaillait en plus de cela à d'autres tâches, Aristos. Un monsieur est venu un jour, il cherchait un électricien. Volontaire. Il y est allé, il a bricolé, il a gagné son blé. Un autre jour est venu un autre, il cherchait un peintre. Il y est allé, il a peint, il s'est fait son pognon. Les jours de repos, où nous ne travaillions pas, il y allait. Ou les matins où nous nous reposions. Un gamin tourmenté, traumatisé, orphelin. Fermé, il ne s'ouvrait pas à n'importe qui. Il gardait facilement son humeur pour lui. Inquiet, tout le perturbait. Si je le grondais, il baissait la tête comme un chien battu. Geignard, il pleurait. Il avait fait quelque chose de travers à un moment, ça m'a énervé, je l'ai traité de vaurien et je l'ai regretté. Il avait fait une erreur et il l'avait compris. Mea culpa, me dit-il, je ne le ferai plus. J'ai retiré ce que j'avais dit. Il a pleuré quand même, pendant longtemps, avec des larmes brûlantes, des vraies. Puisque même moi, qui ne suis pas émotif, ça m'a chamboulé. Pauvre gosse, va !

Voilà qui était Aristos. Dans ses yeux, je lisais la douleur. La douleur profonde. L'insécurité. Et peut-être une certaine honte. Comme s'il faisait du funambulisme sur une autre corde, pas une vraie, comme celle de Stavrakis, sur une corde imaginaire, invisible, et il était à tout moment prêt à se fracasser. Une vie à pile ou face. Un gentil enfant, un tout petit enfant au fond, il payait les péchés de qui sait quel salaud.

Je ne pouvais pas imaginer que moins de dix ans plus tard, cet animal blessé avec ses yeux sombres et éveillés et son enfance tourmentée serait traîné par la Sûreté de Thessalonique au bout d'une chaîne d'interrogatoires, de pressions et de contraintes jusqu'à ce qu'il arrive à bout et qu'il avoue que soi-disant, c'était lui l'auteur des terribles crimes qui ébranlaient la vie des Thessaloniciens et obligeaient tout particulièrement les jeunes filles des quartiers les plus éloignés à dormir avec leurs volets verrouillés, barricadées avec un marteau sous l'oreiller et un couperet sous leur lit. « Rebut de la société » l'a-t-on appelé. « À quoi peut-on s'attendre, a dit l'accusateur, de la part d'un vagabond, inculte, chiffonnier, débardeur, donneur de sang professionnel, homosexuel passif prostitué, homosexuel actif, dipsomane, voyeur, et tant d'autres choses innommables ? Un individu particulièrement dangereux pour la sécurité publique », a-t-il ajouté. On l'a jeté sur une couverture humide dans le cachot. Et le martyre a commencé. Du pain dur sans eau. Et des poissons salés. Sans une seule goutte d'eau. Le martyre de la soif. Pour qui connaît. Et qui ne connaît pas n'a qu'à l'imaginer. Il léchait l'eau des tuyaux déglingués des toilettes et l'eau savonneuse de la lessive de la femme de ménage. « Ne sois pas idiot, si tu parles, tu vas te tirer d'affaire avec deux-trois ans dans les prisons rurales. À Kassandra, espèce de couillon, c'est comme un palace. Si tu n'avoues pas, on va tuer ta mère et ton frère et on va te balancer par la fenêtre. On va te suicider », l'a-t-on menacé. Il a avoué, il s'est rétracté, il a crié : « Je suis innocent ». Le pauvre Pagratis est accouru pour le sauver. « Avoue Aristos maintenant, on va boucler ton frère en prison », lui a-t-on dit. Le procureur a proposé la perpétuité. Mais les choses étaient, semble-t-il, décidées d'avance. Le tribunal a annoncé : « Quatre fois condamné à mort ». Ils l'ont emmené, ils l'ont exécuté. Ils n'ont prévenu aucun de ses proches. Ils l'ont enterré en douce. Et donc, ceux qui en avaient décidé ainsi ont tué celui qu'ils jugeaient être le meurtrier et ont supposément rendu justice. Nous cependant, l'opinion publique, nous sommes restés avec le doute. Et avec la hargne. Personne d'entre nous n'a jamais cru jusqu'à aujourd'hui que Pagratidis était le fameux « monstre de Seikh Sou ». Nous, qui tenions à lui, nous le pleurions en cachette, Aristos. Seuls et ensemble. Sa famille est allée sur le lieu de son exécution et lui a consacré un trisagion. « Je savais que le malheur allait survenir, hier soir ma veilleuse à huile s'est cassée en deux », a dit sa mère, madame Eleni.

À la bordure de la vie

Lolo parle du milieu[1]

Fauché, taré, pédé. Les trois maux de mon noir destin, de mon destin emmerdiable. Comment je me suis retrouvé, moi, enfant de bonne maison, avec ces imbâfrables ? J'étais un petit garçon avec de bonnes manières, premier de ma classe, un bath gadjo. Je n'étais pas un jazzomôme. Mon bon vigleur tiltait bien que je pigeais vite mes leçons. – Tu tiltes, monsieur l'instituteur ? – Et je tilte et je jacte. J'aimais bien le tournegosse. J'étais très demandeur, avec Kazantzakis et avant tout avec son *Zorba*, fallait voir ma passion. Des choses boutement avancées. Je suis né en 1941, « la génération de l'Occupation » nous appelle-t-on. La plupart des gamins de mon âge sont restés alors complètement

1 Une grande partie du vocabulaire utilisé dans ce chapitre est traduite du kaliarda. Il s'agit d'un sociolecte qui se développe dans les communautés homosexuelles et transsexuelles grecques à partir des années 1940. Pour ne pas alourdir ce chapitre avec d'innombrables notes de bas de page, en fin d'ouvrage, nous avons créé un lexique éclaircissant tous les termes issus du kaliarda et où les principales caractéristiques de ce parler sont détaillées. Se référer à la page 242.

illettrés. Ils ne finissaient même pas l'élémentaire. L'un finissait la deuxième classe, l'autre la troisième, certains n'y allaient pas du tout. On les dérouillait sévère pour qu'ils étudient, on les boumbamait pour qu'ils aient au moins leur certificat, tu n'imagines pas les raclées. D'autres parents, encore, ne pouvaient pas les y envoyer à cause de contraintes financières et les mettaient tout gosses au travail. J'étais un borgne parmi les aveugles.

Comment s'est retrouvée sur ma route cette raclure, cette pute d'enfoiré qui m'a amadoué. Il était cordonnier, le connard, le cordonnier du quartier. Marié, avec des enfants plus vieux que moi. Abus sur mineur. J'avais sept ans, blondinet, bouclé, comme les petits anges sur les décalcomanies. Güzelim, un bath mouflet. Adolescent aussi, j'étais mignon, un vrai gadjo. Ma mère m'avait envoyé chez lui pour qu'il me mette des semelles sur une paire de chaussures usée que j'avais depuis deux ans. J'y étais déjà allé. « Viens à l'intérieur. Tu veux un chocolat ? – Je veux bien », ai-je dit. Ils dupaient les mômes avec les gueulardises, les tapettes. À quel moment m'a-t-il assis sur ses genoux, caressé les cheveux et un peu la joue ? Je ne me suis rendu compte de rien. Il fait un geste comme ça, il déboutonne son pantalon et sort sa queue. Les pantalons n'avaient pas de fermeture éclair à l'époque, c'était rare. Moi je portais un pantalon court, quels gosses portaient des pantalons longs en ce temps-là, on n'avait pas assez d'argent pour le tissu. Quand tu commençais à avoir du poil aux pattes, on t'achetait un pantalon long. Son machin, maintenant que j'y pense, n'était pas dur, elle était comme à moitié fanée, mollette, la pine du tiltard. Il savait bien faire le taff par contre l'enviandé. Pourtant, ça me semblait être un gros zizi. Peut-être que je me trompais, tout ce qui vient des grands semble grand aux petits, leur imagination grossit tout. Il a pris ma petite main et l'a mise là, après m'avoir assis sur lui, il me l'a un peu appuyée sur les cuisses, le clure et il m'a taché avec son foutre. La gic. D'accord, c'était ça son truc, il voulait défoutrer. Il a ensuite pris un vieux torchon et a nettoyé. Il ne devait pas être humide car je me souviens d'avoir été irrité aux endroits où il avait giclé. Ce liquide, le foutre, doit être immédiatement bien nettoyé, c'est très corrosif, le foutre, c'est pour ça que si tu le laisses toute la journée à l'endroit où il est tombé, ça te démange et tu te grattes en permanence. Il s'est penché au-dessus de moi, son haleine puait. « Tu n'en parleras pas, ça restera notre secret. » Il m'a donné deux autres chocolats. Il avait des yeux écarquillés et une espèce de moustache en queue de rat, boutement karliados, que dire de plus. Il était répugnant. Je n'en ai jamais soufflé mot, à personne. Au fond de moi, j'y repensais cependant. Ce n'est pas une bonne chose, ça. D'un autre côté, quelque chose m'attirait, je me cherchais, est-ce que les jeunes, les plus âgés que moi, disons les gars de seize ans, ne seraient pas mieux que ce branquignol ? On dirait que j'avais une tendance, bouboule m'a touché, cet imbâfrable, et c'est devenu mon truc. Il m'a détruit, le salopard. Que Dieu le maudisse, le sale vieillard.

Je grandissais, je ne m'entendais pas avec les autres. Je ne faisais pas beaucoup d'efforts, j'avais pourtant bien tilté que moi je parlais une langue et eux une autre. J'avais compris très tôt que je serais d'un côté et les gens de l'autre. J'allais pas non plus me biler, « eh, tant que mon derche va bien », je me disais. Mes frères, plus vieux, deux garçons. Ayis, un grand gaillard, bathendiable, ouvrier en bâtiment, il allait en Allemagne, il se faisait un peu de toffe, il revenait au pays, il bouffait tout avec les filles, car il était boutement minard, boutement cavaleur, de nouveau il enfourchait le train et repartait, expat. Donne-lui du colochon et tu auras son âme. Un coup, il s'était fait pas mal de thunes et il est parti à minoutière, pour faire la fête, il a tout claqué en dondons et en grognasses et il s'est retrouvé à la fin fauché et détendu. Les super virilards adorent minoutière, alors que nous, les archilopettes c'est tiltillère, tantoland. Une créature bienveillante, notre Ayis, mais d'un caractère très brusque. Il n'était pas fait pour la couronne, il a vieilli et il est encore vieux garçon, seulâbre. Il était aussi mêlé à la Gauche, aux luttes du peuple. Le second a fait des études de mathématiques, Michalis, un môme tranquille, réservé, bondieusard. Dans la prière et dans le repentir. Il s'en est sorti, lui, il a été embauché, ça entre dans la caisse, ça sort en espèces, l'oseille tombe, il a eu une situation stable, il a fait une bath potence avec une minouïe pleine de toffe, ma belle-sœur, Garifalia. Ma belle-sœur est secourable, elle aussi du genre Seinieuraiepitié et elle plaint mon sort. Nous nous entendons bien, elle me soutient dans les galères. À la fin, il est devenu prêtre, le cul-béni. Trois frères, chacun son enseigne. Le premier coco, le second raclerc, le troisième archempaffé. Je n'ai pas terminé le collège, la dernière année, j'ai connu l'amore, un de mes petits voisins, je me suis archiamouraché. Un bath gosse. Nous ne faisions pas du tout attention, il m'avélait controssol dans les ruelles, nous nous prenions n'importe où, on nous a entendus, on a étalé nos crasses sur la place publique, à sa mère, archipontique, on le lui a soufflé, elle restait en plein milieu, dans le quartier, et blasphémait. La populace nous crachait dessus, ils tsitsitouillaient, les crétins. Nous avions aussi dans le quartier une loparde, une tantogaleuse imbâfrable, Takis, ou Takou, Takou l'épicière, boutement toxique, et qui jactait du tsitsi. J'étouffais. Damnée galère. C'était pas une vie. Des foutaises, des foutaises. Une nuit, j'ai réuni quelques vêtements dans une valise, j'ai chourave du toffe dans le portefeuille de ma mère, je lui ai laissé une lettre et je me suis tiré. Je pars et je volte taillaut. Arrivederci Roma.

Et maintenant, tu vas aller où, mon gars ? Qu'est-ce que tu veux en faire, ma bonne dame, de ces bigoudis ? Si tu as notre style à nous, ça saute aux yeux. Dans les boulots, on ne te prend pas, tu as beau faire l'adam, on ne te croit pas, parce que tu fais tache. Et quand on te prend, c'est pour vite t'avéler jazzard, ou avant qu'ils ne te jazzent, pour ne pas leur donner de satisfaction à ces imbâfrables, tu t'enjazzes toute seule par fierté. Jusqu'à quand tu vas continuer bouffer des noms d'oiseaux ? Et après, où est-ce que tu peux aller ? À la débâcle ou finir abbéser à la cambusabeille. Je m'en tirais à droite à gauche. La journée aux pissoirs, la nuit dans les parcs. Foutaises. *Pas d'arzent*. Naka toffe. Les enculés sont tous des êtres condamnés, leur vie se déroule accrochée à un mensonge, à un bobard. Elles sont louftingues, les malheureuses. C'est comme ça que moi aussi j'ai vécu dans un rêve maboul, en attendant le miracle, que le prince des contes de fées vienne me sauver.

Je me suis retrouvé hors de chez moi. Conneries. J'ai erré de partout, la lopette, j'ai trimardé ici et là. À l'époque, le super flammatique, Kazantzidis, chantait une chanson qui venait juste de sortir, douloureuse : « Je suis un pauvre corps perdu, un fils irrécupérable », un tube grandiose. Jour et nuit, elle ne quittait pas mes lèvres. On aurait dit qu'elle était écrite pour moi. Je la chantais et je pleurais.

De mon foyer, je suis exclu
de mon village, éloigné,
jour après jour, dans le fossé,
ma chute est inéluctable.

J'aime boutement la chanson populaire, j'adore vraiment la boîte à tourments. Et surtout Stelaras[1], qui était un môme flammatique, croquignolet.

J'avais dix-huit ans, proche de la majorité, je suis descendu au Pirée, j'ai obtenu un certificat de matelot, c'était facile, car j'avais déjà tout le matos. C'était en mars 1959, quand j'ai embarqué sur un bateau postal. On m'a mis dans l'équipage, je faisais partie de la masse. Il fallait voir comment on était traité là-bas. Boutement mal. Je faisais carrément scandale parce que j'étais une tata et on me prenait de haut. Heureusement, le lieutenant

1 Stelios Kazantzidis, chanteur populaire, aussi surnommé Stelaras, le grand Stelios.

m'a tilté et m'a pris sous son aile, le lascar, le Kalamiote. Bath, boutement bath. Je lui faisais les yeux doux mais je ne parlais pas. Motus. Un soir, il avait bu, il m'a fait du rentre-dedans. Pas besoin de rentre-dedans, je n'attendais que ça. Nous sommes devenus inséparables. Tout le temps que j'ai passé sur le bateau, un semestre, on se l'est coulée douce. Boukouradiable. Nous avons voyagé dans le monde entier, Thaïlande, Philippines, océan Indien, mer Méditerranée. Tu en veux du Suez et du Port-Saïd ! C'était comment à Port-Saïd ? Saleté et pestilence. Et homosexualité. Les Arabes, et surtout les Égyptiens, jouent les vertueux. Boutement couillons. Leur religion leur file des complexes, elle est censée tout leur interdire. Comme s'ils ne trouvaient pas des failles. Il suffit qu'ils en aient l'occasion, ils font des orgies, les chauds lapins. Ils culbutent d'une bath façon, les Moricauds. J'en ai eu fini avec les bateaux. Le flouze était épuisé. De nouveau naka toffe. Je suis devenu serveur dans un café, je faisais le trattari. Je me faisais exploiter par ce sale rapiat de patron de café. Il était raclotremolo. À la fin du service, il voulait me toucher. Comment lui en vouloir à ce brave ? Puisque j'étais moi aussi chargée d'aimantrique. J'ai jazzé de là aussi, de chez ce pantaclure. Foutaises par ci, foutaises par là.

Je devais me présenter à l'armée. Obligation pour tous les mâles du pays. Boutement couillon. You'r in zi armi naw[2]. Ces petits cons de fantassins ont commencé à me charrier de loin. Ils pouvaient bien me houspiller, au fond ils crevaient d'envie que je reste. De toute façon,

2 (*You're in the army now*) : Tu es à l'armée maintenant, d'après la fameuse chanson pop de 1981 des Bolland. (NdA)

ils avaient besoin de moi comme vide-couilles. Ah, ils pouvaient toujours courir ! Pour échapper aux férus de l'armée, soit tu jéhovases, soit tu te la joues jazz, soit tu te la joues folle. J'ai préféré ce qui m'allait le mieux. Je me la suis jouée folle pour jouer la fille de l'air. Je me suis présentée l'air de rien avec des bananes et des plumes sur la tête, comme Carmen Miranda, la chanteuse au style exotique qu'on voyait dans les films brésiliens. Le truc a pris. On m'a foutu dehors. Je suis une tantouze, on m'a craché dessus et on m'a jazzé à bon droit en tant que tantouze. Ça ne veut pas dire que je n'étais pas capable de servir. Molo ! L'État est bondé de lavettes et de feignasses ! Et d'empaffés cachés ! Et d'impuissants ! Il n'y a que les pigeons qui servent. Si vous trouvez un citoyen grec qui ne regrette pas d'avoir été fantassin, je veux bien devenir tambourineur.

J'avais beaucoup de succès physiquement. Pauvre cratoffée que j'étais, je suis sortie dans les parcs, j'étais anciennement connue là-bas. Un soir, tard, sur le présentoir, j'ai rencontré une taintain, elle avait l'air d'être à demi-trans, une lopette pas croyable. Une garce de tante chevronnée, elle était quasimoda, le cageot. « Tu es la plus bath des tantes, si tu t'habilles, tu vas te faire boutement de toffe, me dit-elle. – Comment ça ?, ai-je demandé, je suis toute nue peut-être ? » Moi je croyais qu'elle allait m'envoyer avéler le tain, me déguiser, me costumer. Je n'y étais pas. Elle me dit bof-bof. « Tu vas aller acheter des rouges à lèvres, du maquillage, tu vas te charger d'arlequineries, et tu vas sortir demain soir avec moi faire le tapin, à l'artiste. – Il faut peut-être que j'ajoute des balmines ? je lui demande. Parce que ça me plaît pas. » Elle, elle avait des seins gonflés grâce à la méthode bien connue et elle rameutait des clients. Vive la silicone !

Je suis tout de suite entrée dans la combine et j'ai très vite pris de l'assurance. Première soirée, dix clients, bonne recette. Boutement bath. Elle m'a emmenée dans un coin pas très connu, que fréquentaient, disons, les initiés. Le racolage avait lieu sur le terrain vague, en face du stade du PAOK. Dès le crépuscule, le décor changeait et se métamorphosait. Des camions de beaucoup de centimètres cubes se garaient là-bas, des poids lourds. Les camionneurs étaient très portés sur le zizi pan-pan. Et pas toujours actifs, beaucoup étaient des gourmets, ils faisaient de tout. Certains clients étaient de passage, d'autres travaillaient dans le quartier, rencardés, tous au parfum, des rusés, des tiltards. Quand un match se terminait au stade, après, certains supporters allaient prendre une soupe turque ou buvaient un ouzo en attendant que la nuit tombe. Nous faisions ça derrière les remorques ou sous les arbres. Les marlous ne traînaient pas là, c'était rare qu'il en passe un. Il n'y avait pas de hiboux non plus. Des tantes empotées faisaient le guet pour pouvoir donner l'alerte. Vanguelo, la pauvrette, qui était injactante, me faisait des signes de loin. Si elle percevait un danger, elle levait son foulard et l'agitait dans l'air. Si quelque bath gosse approchait, elle marchait en prenant des poses et elle mimait la signalétique. Joconda, la Gueularde, qui jactait très vil, était jazz mais secourable et fonctionnait comme un agent de circulation qui donnait à toutes les filles du tapin des instructions. « Toi, trace un peu par là. » « Par là-bas, y a un marlou qui vient de passer. » « Untel jacte du bobard. » S'il y avait un beau môme qui approchait, elle criait fort « bath, bath, archibath ». Si elle te viglait avec un client dangereux, elle chantait : « Vig, chérie, le gadjo chourave, il chourave boutement ». La taverne La Belle Mère se trouvait en face du stade. Je fréquentais ce QG, je ramenais de la clientèle de là-bas. On a déjà dit, tu sais, que j'étais quand même bandante. Je vivais du micheton, puisque je n'avais pas de travail et que personne ne me donnerait de travail. J'avais une peau de velours, je ressemblais à Gina Lollobrigida, j'ai ses yeux, ses yeux spagnols et mariols, c'est pour ça que toutes les autres m'ont surnommée Lolo. À Paris, BB et à Rome, Lolo.

La flicaille, quand elle venait semer la pagaille, devait coûte que coûte venir embrouiller un pauvre type ou mettre des dérouillées pour prendre son pied. Bim et jazz. Un coup, les condés déboulent, ils en embrouillent deux d'entre nous, ils nous foutent dans leur conderie et nous emmènent aux Mœurs pour un interrogatoire. Foutaises. Ils m'ont attrapée avec mon amie, l'imbâfrable, la Pontique au grand pif. Soumi, c'était son petit nom, qui venait de Soumela. Ils nous escortaient et elle, elle faisait sa scène, l'effrontée. « Maman, ils vont nous empaler, et qu'est-ce donc qu'ils sont beaucoup », elle avait lâché son proverbe. Je n'étais jamais allée dans un pullman, en plus je suis claustrophobe. Je pensais que j'allais clamser. Traquin-tracas. Ils n'ont pas foutu de bam, nous sommes tombées sur des gars sympas, avec de bonnes manières.

Nous avons terminé les formalités, j'allais partir, « tu es libre, fiston » me dit le garde, et « passe nous voir nous aussi ». Je le vigle, mignon, bathendiable. Je me mets avec lui, il me plaisait à fond, je m'éloigne un peu du milieu, il me nourrissait. Aussi viril qu'il était, mon flic, il était tout autant éperdu de ma gueule. Il n'était pas fan de la culbute. C'était un pur tiltard, il n'arrêtait pas avec la turlutte, lui qui me la faisait, pas moi. Des baisers sur la bouche, des controssols sauvages avec la langue comme un tire-bouchon, puis des turluttes en permanence, jusqu'à l'écœurement. Il n'aimait pas le culbutage. Nous faisions nos cochonneries dans le fourgon, il y avait un bébé qui nous regardait depuis une petite photo à côté du volant. Il terminait sa pipe, mon tendre, et il avélait en plus un controssol sur son gamin. Il était père, marié jeune. Qui sait quels bobards il jactait à sa femme.

Bon, ça ne dure pas longtemps tout ça. Je ne suis pas faite pour les relations. Et pas non plus pour avoir une protection, parce que je n'ai pas peur. Je suis très forte. Certains nous approchaient et nous jouaient les katelanos. Ou les davelakis. Je ne pouvais pas les saquer, ceux-là. Une fois, j'ai tabassé une espèce de costaud à Vardari, un sale gosse qui me cherchait dans l'intention de me taper. C'est une tante, se dit-il, elle a l'habitude d'en baver. Tiens, tu vas voir qui est la tante et qui est le caïd. Il a bouffé du bam, de l'archibam, le vaurien, le kaliardiable. Je me suis souvent bastonnée, mais cette nuit-là, les gens qui passaient se sont regroupés, ça a été un événement grandiose. Un désordre ! Imagine un jeune homme tout fringant, vêtu d'une robe de femme qui met à terre un bestiau de deux mètres. Et qui l'insulte en plus sans pitié. Boutement drôle.

Aristos m'a abordée de lui-même. Je faisais le tapin derrière les camions. C'était en 1959 ; l'hiver. Tard, vers minuit. Il avait dix-neuf ans, comme il me l'a dit, mais on pouvait lui en donner vingt-deux. Il était plus vieux que moi d'un an. Il était mince. Dernièrement, j'avais de bons clients dans ce coin, car je travaillais principalement toute seule, je n'avais pas de concurrence. Ça avait boumbamé du monde et les lopardes avaient à peu près disparu. Elles avaient changé de coin, elles descendaient du côté de Vardaris. C'était samedi soir. Il m'a accostée, ivre. « Salut. Tu veux de la compagnie ? – Ça dépend. Tu donnes combien ? – Je suis pas venu pour donner. – Alors quoi, le caïd ? Tu veux peut-être qu'on te paye, aussi ? – T'as compris. Moi je ne paye pas. Je me fais payer. – Dans ce cas, ça ne colle pas. – Pourquoi ? On ne peut pas se fréquenter sans mettre l'argent au milieu ? – On peut, mais je suis très fatiguée. – Ne t'inquiète pas, je vais te reposer, moi. – Comment ? – Tu vas voir. » Il était très mignon. Il n'était pas en manque, il ne cherchait pas à se faire du blé. Même s'il avait naka toffe. Il voulait de la compagnie, la compagnie d'un être humain. Il était bouffé, l'infortuné, par la solitude.

Il s'est agrippé, tu sais, à moi. Il m'a collée comme une sangsue. Je suis quelqu'un de chikoriental. Je mets une bonne ambiance, j'avèle du bath gringue, ça doit être à grâce ça que je les attire. C'est rare de réussir à créer une telle atmosphère. Et pas seulement dans notre rayon ; en général. C'est que je jacte bath, boutement bath. On faisait ça dehors, evry naït, de temps en temps dans un endroit abrité. C'est que j'ai l'habitude. Des années de tapin, avec les clients c'était dans les campagnes que nous prenions notre pied. Dans tous les herbages de Thessalonique, je les ai emmenés faire un tour. Il y avait de ces planques, à Salonique, sublimes. Derrière le Théâtre Royal, derrière le Troisième Corps d'Armée, à l'Agora Romaine, dans l'université, à Ladadika, à Xyladika, et beaucoup autour de Vardaris. C'est une belle chose, la verdure. C'est une belle chose que de le faire dans la nature. On se libère. Nous enfourchions notre mobylette, à l'époque, et nous courions nous déchaîner dans nos planques. Pas avec Aristos, d'où Aristos aurait eu une mobylette, avec d'autres. Ah, Salonique, Salonique ! Où sont donc les zigotos du bon vieux temps qui ne me laissaient pas une minute de repos ? Je les avélais cinq par cinq. Mon Aristos m'avait trouvé une bonne cachette sur le port, personne n'y mettait les pieds, c'était toujours là-bas que nous nous envoyions en l'air. C'était toujours défoncés que nous le faisions, défoncés à l'alcool, en général à la bière. Aristos, c'est vrai, était devenu un fumeur de kif, on l'avait initié au truc tout gamin. Mais moi aussi quelquefois, si j'avais l'occasion, je fumais, moi aussi je l'aimais, le kif, l'origan, comme on dit entre nous en langage codé.

Bon, un peu de temps est passé, il a commencé à me demander du toffe. Le toffe, ça coûte cher. Et si tu te le fais en plus sur le trottoir, ça te fait d'autant plus mal. J'avais un peu d'argent dans ma tirelire, c'était pas pour me le faire bouffer par les macs. Bon, Aristos, c'était pas un mac, des blagues. Il avait peur de son ombre. De l'oseille, il en avait pas, bien sûr. Naka toffe. Où l'aurait-il trouvé ? Ce qu'il se faisait en ce temps-là avec ses petits boulots et avec les fêtes de village, tout le pognon qu'il gagnait, il le bouffait vite. Il a travaillé un mois ou deux au Pirée, au Cycle de la mort, dans les manèges, qu'est-ce que j'en sais, il est revenu à Salonique, tout son argent est parti en fumée. Qui pouvait l'entretenir ? Qui pouvait subvenir à ses besoins ? Sa mère, qui était lavandière, la malheureuse ? Son beau-père ? Je lui donnais quelques billes de temps en temps pour qu'il s'arrange un peu. Puisque nous étions bien ensemble. Lui, c'était comme un fiancé, puisque c'était mon tourmentôme. Il fallait qu'il soit décent dans le milieu. Parce qu'on aime bien l'apparence. On veut être canons, que nos amis nous aiment, que nos ennemis nous envient. Bath !

Ça a duré cinq mois. Nous allions à La Belle Mère. C'était là notre QG. Beaucoup de couples d'hommes fréquentaient cette taverne. Quelques hommes mariés. Dans chaque couple, l'un des deux avec un nom de minouïe. Des noms à la con en général, de filles du peuple. Soula, Nitsa, Mary, Anneta. Et quelques-uns étrangers. Jessy, Lucy, Marylin, Greta. Et un tout petit peu, des noms kaliarda. Braquemarde, Ciselo, Afrodissia, Pédalo. Tout un Lopostan. La plupart, pendant la journée, allaient normalement travailler, jouaient aux hommes, et le soir changeaient complètement de style. « Pendant la journée lascar, le soir ça sort du placard. » Ou Docteur Jekyll et Mister Hyde. Selon comment tu le prends, dis-le comme tu veux. Sayonara, une de mes amies, kazablanka, avait autrefois voyagé à Tokyo car elle y avait une sœur mariée, et elle y est restée deux mois, c'est pour ça qu'on l'appelait Sayonara ou Japonaise. Elle, elle jactait très bath et disait la chose suivante, qui est devenue une citation : Tous les pédés sont des pédés. Tous pareil. Par contre, c'est une chose d'être un homme qui aime simplement les hommes, autre chose d'être un homme qui baise les hommes, ou d'être un homme qui se fait baiser par les hommes, c'est autre chose d'être une petite tantouze, d'être une tante, une architante, une vétérane. C'est une chose d'être un pédé renommé, autre chose d'être un pédé en chef, d'être un pédé fauché, un sale pédé, un méchant pédé. Et encore autre chose d'être variolée comme Falkonera. Et elle a fait un geste en direction de Lakis, c'est-à-dire de l'infortunée Falkonera, l'imbâfrable, l'archipédale. La fille en question était une tante riquiqui, laide et diablement bête, qui n'avait pas de partenaire. Couillonne, diablement couillonne. Et elle était en plus très méchante, c'était ça le pire. Et perpétuellement pucelle, inculbutée, celle-ci.

Les autres sont venues, les filles, de la taverne La Belle Mère, et elles m'ont tout balancé. Avant, Aristos avait fricoté avec d'autres tatas. L'une était jalouse de l'autre, elles se bouffaient la gueule pour rien du tout. Il sortait, dit-on, avec Aleka. Et puis ? Face à moi, elle ne fait pas le poids. Pas plus que les autres crétines d'enculées, aucune n'avait la bathetée que moi j'avais. Il s'était retrouvé avec cette jazz de Dimitroula, l'altituda. Et avec Salomi. Cette Salomi était très dégourdie, le genre qui sait ferrer les puces. Elle le convoitait. Il était très attirant, ce couillon.

Aristos avait une belle voix rauque. Les sons graves me font quelque chose, j'aime les voix graves, leur caractère rauque, leur pesanteur, elles m'en imposent. Les rébètes, les anciens, je les aime beaucoup, je restais des heures à les écouter. J'adore boutement les turcalades. Yannis Papaïoannou. C'était comme si l'instituteur me faisait une leçon. « Cinq Grecs dans l'Hadès », quand il chante ça, ça me tue. Ou Markos. Ça, ce sont les voix de nos pères. Les autres, les plus aiguës, me paraissaient artificielles. Peut-être parce que j'ai une voix stridente, de femmelette, je ne le fais pas exprès, je suis née comme ça. Merdique ! C'est le contraire de nous, ce qui nous manque, que nous admirons. C'était un doux parleur, Aristos, un vin doux. Je mettais ma main dans sa main, mon âme se réchauffait et je giclais. Je giclais, ça partait tout seul, tu sais. C'était mon âme qui se réjouissait. Ces yeux qu'il avait, ces yeux ! Une créature innocente. Il faisait beaucoup d'extravagances, beaucoup de jazzeries, comme font tous les enfants vifs mais innocents. Rapidement, il s'est éloigné. Pourquoi ? Parce qu'il était instable. Il portait seul sa croix. Il a fait toutes les professions, garçon, cuisinier, constructeur, peintre, cordonnier, savetier, électricien, ouvrier en bâtiment, débardeur, orfèvre, assistant du Cycle de la mort. Il n'est jamais resté longtemps nulle part. Aussi vite s'enflammait-il, aussi vite se lassait-il. On le poursuivait, de partout on le poursuivait. Jusqu'aux fantômes. Ah, la kaliarderie de l'époque ! Le meurtre de son père le torturait, la pauvreté le pourchassait, être orphelin le tyrannisait. Son voisinage le maltraitait. Ses amis l'enfonçaient. Les gens cancanaient sur son compte. Les fumeurs de kif l'utilisaient. Les flics le suivaient. Son âme le rongeait. L'imbâfrable Macnoir l'avait à l'œil. C'était bien au Cycle de la mort qu'il travaillait ? Eh ben, c'était ça, sa vie. C'était le Cycle de la mort.

Un jour de Tsiknopempti, j'ai failli y laisser ma peau. À La Belle Mère. Nous étions installés avec Aristos, tous les deux, à une table, et nous nous pelotions. Il y avait dans une autre bande un de mes anciens amoureux avec quelques amis. Il me soutirait un peu d'argent autrefois, quand j'étais môme, jazz. Il était jaloux de mon Aristos et il a « pété un câble ». Il s'est dit, on va perdre la poule aux œufs d'or. On aurait pu la récupérer. Mais moi, je l'avais jazzé récemment, il n'avait pas de droits sur moi. Brusquement, il a bondi sur Aristos, « tu veux me prendre ma femme, cette petite femme-là est à moi, vaurien ». Coups de poing, coups de pied, Aristos l'alignait, il s'en est pris lui aussi quelques-uns, ça a fait du chambard, ils s'y sont mis à plusieurs pour les séparer. Aristos le boumbamait violemment, on l'a maîtrisé, j'avais le cœur brisé, je ne voulais pas déclencher quoi que ce soit dans la taverne. Nous nous sommes finalement calmés, nous nous sommes rassis. Nous avons continué à nous amuser.

Il ne s'était pas passé un quart d'heure, je vois – j'étais assise face à l'entrée – quelqu'un d'échevelé, qui ressemblait à mon frère, à notre Ayis. D'après mon grand-père, le propriétaire terrien, qui s'appelait Ayissilaos. Mon grand frère, car c'était lui qui a déboulé dans la taverne, ivre, avec des intentions violentes, m'aurait étripée. Ça faisait des années que je ne l'avais pas vu.

Il était toujours un taureau envoûtant, un dieu enragé. Comment m'a-t-il trouvée ? Du tapin, je pense. Une des nôtres m'aura balancée, une couillonne. Une inculbultée ou une qui voltait son pascon. Avec les enculés, on ne s'en sort pas. Ça te suffit pas d'être devenu pédé, espèce de sale tante, il faut que tu fasses pire, que tu deviennes carrément mouchard ? Et maintenant, comment se tirer de ce trou, les bistrots populaires n'avaient pas à l'époque de sortie de secours en cas d'incendie et d'urgence. Il venait juste de se passer l'esclandre avec Aristos, nous nous étions calmés, nous étions assis côte à côte et nous buvions, je le caressais et je le dévorais des yeux. Je vivais dans un bath rêve. Nous avions prévu d'aller dans une planque pour prendre notre pied, j'avais mis de côté deux cigarettes que m'avait données une tante, fumeuse de kif. Kif ou Spaghetti faisait des aller-retours en prison. Spaghetti, car elle était mince et fine, une tige, celle-ci, et très grande, un mètre quatre-vingt-dix, et élancée, sèche. Je fais l'autruche et je tourne le dos, comme s'il ne se passait rien du tout. Je trace vers la cuisine, je me fourre dans la plonge, je fais semblant de faire la vaisselle, je le vigle, il me cherche, je vais pour me cacher dans le débarras. « Joue au con », je dis au cuisinier. Ayis m'avait pistée. Il m'attrape par les cheveux et il me traîne. Il me tire jusqu'au centre, au milieu des gens, devant les clients. « Non, Ayis, non, frérot », l'ai-je supplié d'un ton implorant. Qu'est-ce qu'ils avaient à voir là-dedans les clients pour qu'on vienne interrompre leur carnaval ? On le leur a bousillé une première fois, il faut qu'on le leur bousille une deuxième fois ? La famille, jusqu'à la fin, ne m'a pas absoute de mes péchés. Mon père, jamais, il a rendu l'âme et je suis allée pleurer en cachette sur sa tombe, dans l'aurore sauvage, pour que personne ne me voie. C'était une bonne personne au fond, avec toutes ces scènes que je leurs avais faites, toutes ces manigances ! « Espèce de gros pédé, hurlait Ayis, on est la risée de tout le monde à cause de toi. Notre mère a clamsé de honte. Deviens un homme, putain. Je vais t'étriper, sale pédé. » Je courais autour des tables pour lui échapper. « Dans la famille on est des hommes, des baiseurs à cent pour cent. Le grand-père niquait tout en Anatolie. Comment tu as fait, toi, pour devenir une pouffiasse ? » Les membres de ma famille étaient tous des bonhommes depuis le temps de nos grands-parents. Dans tous les sens du terme. Le père de mon père était polygame, il avait la tête à la culbute, il avait trois familles en Anatolie. Une famille avec ma grand-mère, officielle, et avec une veuve en cachette, en cachette tu parles, tout le monde le savait à Eskişehir. La veuve a laissé deux bâtards d'Ayissilaos. Il avait aussi une Turque, disaient les anciens au quartier, une catin, il lui en a fait un ou deux à elle aussi. C'était un caïd, je n'allais pas échapper à Ayis. À quelques tables, deux ou trois se sont levés. Un pédoque s'est approché, de ceux qui jouent l'amoureux, le chatonchéri, avec les tantes. Ils se faisaient des sous ici. Ils avaient tout intérêt à ce que le chahut s'arrête pour ne pas voir débouler les condés. Soumi lui est tombée dessus, la Pontique, ma pote, qui était bien baraquée. Les gros bras peuvent aller se rhabiller. « Attends, il va la massacriser çui-là, la Lolo, a-t-elle crié en bondissant sur lui, yé maboul l'taré. »

Aristos le maîtrisait aussi – ils étaient tous devant moi, ils faisaient bouclier et me cachaient –, les gens de la taverne ont traîné mon frère dehors avec des menaces et des intimidations et c'est comme ça que je m'en suis sortie.

Je ne suis pas faite, on l'a dit, pour les relations, mais une archiflamme comme j'ai eue avec Aristos, je n'en avais jamais vécu. Chez ces gamins-là, ces éclopés, que la vie jette sur le côté comme les moineaux dans la bourrasque et qui n'ont jamais de soleil sur leur destin, eh, chez ces gamins-là, il y a quelque chose à prendre. Pas chez les enfants gâtés, les gosses de salon, les chichiteux ! Comment a-t-il pu disparaître ? Comment vivre à présent sans ses yeux enflammés ? Se séparer, tu sais, c'est mourir à moitié. Je ne suis pas du genre à pleurnicher mais j'ai été chamboulée de lacrimes, pauvre de moi. Où a-t-il pu disparaître ? La terre s'est ouverte et l'a englouti.

Cinq, six ans plus tard, quand mes sentiments étaient désormais éteints, c'est alors que j'ai de nouveau entendu parler de lui. Et de son sort à la con. Où ça ? Dans les journaux. On l'a présenté comme un horrible monstre. Comme quoi il avait volé, violé et massacré. Ah, pff, pff, boutement de bobards. C'est la faute de l'un, c'est l'autre qui paye. Ça m'a fait de la peine. Je n'ai rien cru. Je l'avais connu de près, le garçon. C'était un gamin bousillé, un petit animal apeuré. Je l'aimais, je l'aimais profondément. Qu'est-ce que ce serait bien de nous retrouver ! Qu'on le libère et que nous soyons de nouveau ensemble. Qu'est-ce que ce serait bath ! Mais c'était déjà beaucoup trop tard. Pour moi et pour lui. Et surtout pour lui, que son destin a envoyé tout droit en enfer.

Un matin, je me suis réveillée brusquement. Des années après sa mort. Je l'avais vu dans mon sommeil. J'étais tout étourdie. Il était assis dans sa cellule la dernière nuit avant son exécution et il pensait : Mon père, on l'a abattu devant moi. Un certain kapetan Leonidas. Je ne veux pas me souvenir. Depuis ce moment, j'ai peur du sang. Il me suffit de voir une goutte, ça me soulève le cœur et je m'en vais. Qu'est-ce qu'ils vont me faire ? Comment vais-je affronter mon propre sang qui coulera comme un fleuve ? Ou peut-être qu'à ce moment-là on ne se rend compte de rien ? Boum et puis par terre ? Il est quatre heures. Dans deux heures… C'est l'hiver. Le vardaris souffle dehors. Qui est éveillé à cette heure-ci ? À quelle heure Dieu a-t-il créé le monde ? Les veilleurs de nuit, les gardiens de phare, les sentinelles de l'armée, de la marine, de l'armée de l'air. Aux frontières. Ceux qui gardent les usines, les tribunaux, les administrations. Ceux qui travaillent la nuit. Qui prennent leur service du soir. Les gardiens de phare. Ceux-là veillent comme moi, le condamné à mort.

Nous étions allés en balade au phare, à Anguelochori. Au cap du Grand Karabournou. Pas au petit Karabournaki à Aretsou. Là, sur la pointe, veillant sur le golfe du Thermaïkos, c'est là qu'il y a le phare, et à côté, les Allemands avaient construit des bunkers. Pour surveiller le lieu. Comme si c'était le leur. Dans le groupe, il y avait un voisin avec ses enfants, quelqu'un d'autre et nous, avec mes frère et sœur, et donc nous étions tous entassés sur la vespa, sur la selle. Nous avions emporté des keftedakias, du pain, de la citronnade. C'était le 1er mai et nous ramassions des marguerites, des coquelicots. Ma sœur tressait une couronne. Les adultes pêchaient sur la rive. Il y avait, je crois, une petite halle aux poissons en contrebas. L'endroit m'impressionnait car derrière les bunkers, il y avait des fortifications et nous, nous jouions à la guerre avec des morceaux de bois dont nous faisions des fusils. Les indiens et les cow-boys. Le soir tombait et le gardien de phare est venu, « partez, dit-il, la nuit tombe et c'est interdit de rester ici. » Il avait une barbe, il ressemblait au Père Noël. « Je travaille de nuit, a-t-il ajouté. Savez-vous ce que c'est que de monter la garde toute la nuit ? C'est une responsabilité. C'est coton, a-t-il dit. – Qu'est-ce que ça veut dire coton ? avons-nous demandé. – Coton, ça veut dire embrouille, embarras, galère. » Eux ils veillent, les phares sont ouverts la nuit. Les bordels sont fermés. Il y en a un ou deux qui restent ouverts pour les plus insatiables. En plus de ça, les femmes ont peur la nuit. Les tripiers sont ouverts, Konstantinoupolis, Leftheris, Ilias sur l'avenue Egnatia. À Vardaris, un vendeur de bougatsas, un kiosque. Et un kiosque dans le parc. Les camionneurs qui transportent des marchandises. Les routiers qui vont en Serbie. Les moines qui ont des insomnies. Les nonnes. Maintenant, je comprends le gardien du phare. Combien de temps me reste-t-il ? C'est coton. J'ai une blessure à la main qui me fait très mal. C'est à cause de la couronne. À cause de l'estafilade que je me suis faite avec la couronne royale que nous portions sur le béret quand j'étais fantassin, pour obtenir l'attestation des services accomplis. Je tremble. C'est coton. Tout s'arrête. Dans peu de temps, tout s'arrête. Ma mère, madame Eleni. Mes frère et sœur. Mes vieux amis. Mes compagnons de cellule. Je suis innocent. Je ferme les yeux pour ne plus penser à rien. S'il existe un Dieu, qu'il les punisse. Moi, il se trouve que je vais être descendu par une main humaine. Ça, ce n'est pas la main de Dieu.

Le péché a la couleur du peuple

Une chanteuse parle de sa rencontre avec Aristos

Ou peut-être, bref, que toutes les victimes expiatoires
depuis la nuit des temps l'ont accepté comme
quelqu'un à part dans leurs rangs ?
ZYRANNA ZATELI, *Son air à elle*

Je m'appelle Sylva. Mon nom d'artiste. Mon vrai nom, on n'en a pas besoin. Je suis Salonicienne, d'Eptalofos, de parents, de grands-parents anatoliens, réfugiés de Kars. Ils sont tous nés là-bas, au pays. Et « pays », quand ces gens-là le disaient, l'aminche, ils laissaient échapper un gémissement, qu'est-ce que tu veux que je te dis[1], on aurait dit qu'on leur arrachait l'âme. Ils avaient du sang russe, ils venaient de Russie. Mes cheveux, que tu vois blonds, sont réellement blonds, intégralement d'or, je ne les teins pas. Quelques-unes, qui m'envient, me rentrent dedans et me disent « c'est une couleur, on ne te croit pas ». C'est des vrais,

1 Cette expression, récurrente dans la bouche de Sylva, traduit une expression typique du parler de Thessalonique, qui imprègne tout ce chapitre.

faut dire. Eptalofos est un petit quartier de réfugiés, au-dessus et à l'ouest de la gare ferroviaire. La plupart sont venus de la Cité[2], c'est pour ça qu'on a donné à nos rues des noms identiques à celles d'Istanbul. Pour qu'ils s'en souviennent, l'aminche. Rue Peran, rue Tataoulon, rue Xirokrinis, etc. Des ruelles étroites, des maisonnettes basses avec des potagers, une ou deux épiceries, un primeur, quelques coiffeurs, tailleurs, cordonniers, voilà ce que c'était en gros le quartier. Il y avait une petite place avec deux ou trois rues qui y débouchaient. Nous, nous habitions en dessous de la place, juste à côté des trains, ils passaient régulièrement en sifflant et rompaient notre tranquillité. Mais ils avaient aussi leur charme, nous voyions tous les jours tant de voyageurs de tout poil et nous découvrions le monde. Notre maison était au bout de la rue recouverte de pierres, la seule rue pavée du coin. On l'avait appelée rue Yanni Chalkidi, on lui avait donné le nom de Yannakis[3], le héros. C'était un de mes petits voisins, Chalkidis, un garçon beau et correct, qu'est-ce que tu veux que je te dis. Avec un regard fougueux. Un gaillard, il était Pontique, il faisait partie d'un groupe de Résistants. Il luttait contre la junte avec ses amis, c'était en 1967, le 5 septembre, l'inauguration de la Foire internationale venait tout juste d'avoir lieu. Les cafards de la Sûreté les

2 Nom utilisé pour désigner Istanbul, encore aujourd'hui appelée Constantinople en grec.

3 Renvoie à Yannis Chalkidis, membre du Front Patriotique Antidictatorial et du Parti Communiste Grec, qui fut assassiné par les forces de l'ordre après une tentative de sabotage durant la Foire Internationale de Thessalonique de 1967, première année de la dictature des colonels.

ont retrouvés, ils les ont pourchassés et ils ont coincé Yannis dans une impasse et c'est là qu'ils l'ont abattu. Ils l'ont complètement démoli. C'est sa cousine qui me le racontait, mon aminche, jusqu'à ce qu'il rende l'âme, disait-elle, ils le torturaient là dans la cour, sous le petit bout d'auvent, les bêtes, les barbouzes. On lisait la nouvelle dans les journaux, bien entendu revue à leur sauce. Genre complot anarchocommuniste, organisé dans le but de renverser l'État. Je lisais beaucoup le journal, j'achetais surtout *Makedonia*. À quoi ça a servi d'aller à l'école, tiens, l'aminche ? À quoi ça a servi d'avoir le certificat ? On a monté de ces procès, des procès bidons, où on faisait passer les meurtriers pour de blanches colombes. La junte, tiens ! C'est comme ça qu'on vivait. Dans la peur. À part ça, qu'est-ce que tu veux que je te dis ! C'était une vie ça, l'aminche ? La dèche et la déveine ! Et beaucoup de ragots. Tu ne pouvais pas respirer, tu étouffais, qu'est-ce que tu veux que je te dis. Si tu avais le malheur d'être un peu trop généreux, on s'imaginait n'importe quoi. Si tu avais le malheur d'être une fille un peu trop vive, ton nom était flétri et toi étiquetée, estampillée, l'aminche, salie, comme on dit. Imagine si tu te laissais embobiner et que tu faisais quoi que ce soit avec quiconque ; le lendemain matin, un brave réunissait les autres au café et déballait tout. Et il racontait, et il racontait, et il surracontait, et il exagérait ! « Machine est une chienne, disait-on, elle est en chaleur, comme une chienne. » Ils lâchaient des insultes et des grossièretés et ils prenaient leur pied, les minables. En passant devant le café, on savait ce qui se passait à leurs ricanements. Et on entendait des sifflements et des injures. Les hommes ! C'est comme ça que sont les hommes, l'aminche ? Les hommes, les vrais, ne disent rien nulle part, et l'honneur de la fille, ils le protègent, et leur parole, ils la tiennent.

J'ai quitté la maison jeune, j'ai été bernée par un garçon, il était très chevronné, il devait avoir dix-sept ans, moi quatorze. Jeune, mais un gamin du milieu, une crapule. Il y avait beaucoup de petits lascars à l'époque dans le quartier. De la racaille. Il me cherchait, qu'est-ce que tu veux que je te dis. Il était d'un autre quartier, lui, il habitait à Charilaou, de l'autre côté de la ville, comment aurait-on pu nous repérer ! Il travaillait dans une quincaillerie, il m'entretenait, nous étions amoureux. Il était beau gosse. J'étais d'une nature fougueuse et d'un genre aventureux, j'ai perdu la tête moi aussi. Il me gardait chez sa mère, la canaille. Mineure, pas mineure, on m'acceptait chez lui. C'était un risque, on pouvait les mettre en taule. J'étais inquiète. « Ne t'en fais pas ma petite, je vais lui dire moi qu'il te marie », m'a dit sa mère. Dans ma famille, je n'ai plus jamais remis un pied, mon père m'aurait égorgée, et mon grand-père aussi, ils étaient sévères, tiens, et dévots. Des Anatoliens, je te rappelle. « Même cachée au fond d'une corne de bœuf, je te trouverai et je t'égorgerai sur le palier, tu seras sacrifiée », m'a envoyé comme message mon frère. Ils ne m'ont pas trouvée, des années plus tard je suis réapparue, ils se sont adoucis, ils ont cédé. Le gamin, il était rongé par le virus de la jalousie, pourtant c'est pas que je faisais quoi que ce soit. Il suffisait que je jette un œil en face, « tu lui fais les yeux doux à ce nigaud », me disait-il. T'entends ça, l'aminche ? Quand nous sortions faire un tour, en rentrant à la maison, le temps d'arriver, sur la route, il me frappait sans pitié. On parle de torgnoles, l'aminche, de coups de pied ! Et je te passe l'interrogatoire. Qu'est-ce que je devais faire, tiens ? Je suis pas du genre à rester et à encaisser, une fois, deux fois, à la troisième je suis partie. J'avais raison, faut dire. Je me suis fait la malle de chez ce tortionnaire. J'avais lu deux-trois bons livres, l'aminche. J'étais descendue une fois dans le centre, rue Tsimiski et je les avais achetés. En cachette de ma famille. Ce sont ces livres célèbres qui m'ont ouvert l'esprit. *Nana* de Zola et *L'Amant de lady Chatterley*, si tu en as entendu parler. Ils décrivaient des situations très avancées et ils m'ont éveillée. C'est là que j'ai compris que la femme avait certains besoins qui lui étaient complètement propres et qu'elle devait les assouvir. Et certains droits. J'avais aussi vu dans une encyclopédie comment vivaient les hétaïres de l'Antiquité. Les orgies des orgies, qu'est-ce que tu veux que je te dis. J'avais désormais dix-huit ans. C'est pour ça que je me suis tirée et que je suis partie tenter ma chance. Quoi, est-ce que celles de l'Antiquité étaient meilleures, l'aminche ? Ou peut-être que les Françaises et les Anglaises étaient plus malignes ? Il m'a poursuivie, le sale vaurien, il me menaçait. Au moment critique, j'ai trouvé protection auprès d'un père de famille, il m'ont prise avec eux, ils ont été bons, ces gens, ils m'ont sauvée.

Je chantais bien, j'étais vive, d'un contact facile et très tolérante. Je plaisais vachement, qu'est-ce que tu veux que je te dis ! Où que je sois, on me draguait, il suffisait que je monte dans le bus, ça les excitait, ils s'appuyaient contre moi. Ils se collaient là, sur mes fesses, au milieu de la foule, ils se frottaient une fois ou deux et ils giclaient. Ils me tachaient, je m'en rendais compte mais je ne disais rien, ça me plaisait. Je descendais du bus et je regardais ma jupe, tachée, pleine de marques. Je courais derrière la chanson. Je me suis retrouvée dans les boîtes, sur les pistes, toujours en second rôle, pas parmi les célébrités, jamais en tête d'affiche, jamais dans la discographie. Mais jamais figurante non plus. Dans les boîtes où je chantais par contre, j'étais une reine. Sylva, Sylva, on me connaissait sous ce nom, on va voir Sylva, Sylvana. Il y avait une chanson, « Sylvana », qu'Anguelopoulos avait sortie, l'adorable Tsigane. Pendant un temps, l'aminche, à l'époque où on passait au cinéma ces films larmoyants indiens et turcs, tous les compositeurs et les chanteurs ont été pris d'une toquade et ils ne sortaient que des chansons avec des noms de femmes exotiques. Maritana, Elvira, Aziza, Nariman, Marabou, Emiré, Soraya, Amina, Aïda, Madanini, Mojica, Topazia, Flora, Maddalena, Maharani. C'était la mode. La plupart des disques, je les avais, je les gardais tous, je les faisais jouer sur mon petit tourne-disques, ça me rendait dingue, la chanson populaire. Surtout les orientales. Beaucoup voulaient ressembler à Narguis, qui était une femme sublime et passionnelle, la star des Indiens, pour qui les Grecs s'étaient pris d'adoration et dont ils ne rataient aucun film. Ils venaient les voir en masse, des queues interminables. Combien de brunes l'imitaient en se faisant un faux grain de beauté sur le front ! Et avant ça, avec « Missirlou », que chantait à l'époque Vembo, ça avait été de la folie. Je sais même pas combien il y avait de différentes Missirlou en circulation sur la planète. Qu'est-ce que tu veux que je te dis ! Et par qui n'avait-elle pas été chantée !

Je suis chanteuse, une pure chanteuse populaire, ça fait des années que je pratique ce métier. Dans des bars sympas, d'ambiance, festifs, certains un peu mal famés. Pas des bars avec des filles, ils ne travaillaient pas avec les filles, mais de temps en temps, il y avait quand même du barouf. Pour une femme, bien sûr, pour qui d'autre y aurait-il du grabuge, pour une cliente accompagnée ou pour une artiste. Depuis 1950, je travaille, seulement à Thessalonique et quelquefois aux alentours, en extra, à Kilkis, Edessa, Katerini. Je n'ai jamais bossé à Athènes, je n'y suis allée qu'une fois à cette époque-là pour faire du tourisme, à Plaka, à l'Acropole, et pour écouter gratter Hiotis, parce que Manolis, mon aminche, avec ses doigts magiques, me fait toujours planer.

On venait nombreux dans les boîtes, toutes sortes de gens. De la bonne société, comme on dit, de Thessalonique. Grossistes, marchands de tissus, boutiquiers, indépendants, épiciers prospères, avocats, médecins, députés, plutôt du parti de droite, du Rassemblement – plus tard ERE. Tous les samedis, le témoin de Tsitsanis, le commissaire Mouschoundis, il n'en ratait pas une. Mais aussi en semaine. À l'improviste. Sans prévenir, il pouvait, vers le final du spectacle, pointer son nez. Dans toutes les boîtes populaires, il était là. Il avait une grande passion, pas une passion, c'était une maladie qu'il avait avec les bouzoukis et les chanteurs, les chanteurs populaires et les rébètes. Il en était complètement dingue, qu'est-ce que tu veux que je te dis ! Il nous faisait beaucoup de faveurs. Des verres, des tournées, des politesses, des galanteries. D'autres gendarmes venaient nous rendre visite, de grades inférieurs, pour faire des contrôles. Certains nous faisaient les yeux doux. C'était, mon aminche, un trentenaire, enjoué, Stathis de son prénom, marié, père d'une famille nombreuse, un vrai derviche. C'est là qu'il passait la nuit. Il me faisait un rentre-dedans hardi. Je jouais avec lui, bien sûr, mais je ne me laissais pas prendre, même s'il me plaisait beaucoup. Si je devais sortir avec quelqu'un, je serais sortie avec un célibataire, j'avais des principes, l'honneur de son mariage, il faut bien le respecter, s'il ne le défend pas lui-même, c'est à nous de le lui apprendre. Il n'y a plus de gaillards libres et je vais aller voler la couronne d'une autre, mon aminche ? Ah, non ! Nous avions peur aussi, à l'époque. Gendarme égale État. L'État, nous le haïssions et nous le craignions, nous en avions tellement vu dans le quartier, il n'y a pas eu que Chalkidis qui s'est fait buter plus tard. Combien d'autres avant ça, l'aminche, qu'est-ce que tu veux que je te dis ! Moi, depuis l'estrade, j'étais sur le qui-vive, les yeux partout, histoire qu'il n'y ait pas d'embrouille. L'un était chef de la police, l'autre agent, nom de Dieu, je dois leur faire confiance, moi ? Je dois me faire embobiner ? Ils me fichent les jetons bien plus que la voyouserie ceux-là. Si tu te fais avoir et que tu commences à fricoter avec eux, qui sait ce qu'ils vont venir te demander demain ! Ça reste des agents de l'État, l'aminche. Moi j'ai entendu de ces choses à leur sujet, qu'est-ce que tu veux que je te dis ! Des vertes et des pas mûres !

J'ai travaillé dans beaucoup de boîtes. Pendant un temps, j'ai travaillé à Farinda, à Menemeni, qui n'y était pas allé, à l'époque nous avions Mingos avec nous, qui avait collaboré par le passé avec Tsitsanis, quand le Valaque était à Thessalonique, une grande figure de la scène. Tsitsanis, quel dommage, je l'ai manqué. Mais si quelqu'un m'importunait, j'étais capable de descendre à Athènes lui demander d'intercéder auprès de Mouschoundis pour qu'il s'en occupe. C'était son témoin, tiens ! Maintenant, tu vas me dire, qu'est-ce qu'il cherchait le Valaque à prendre pour témoin et à s'acoquiner au chef des flics ! Va savoir ! Qu'est-ce qu'il cherchait ! Grand mystère que celui-ci. Même s'il existe une réponse à tout. Maintenant, tu vas me dire, et pourquoi tu n'allais pas voir Mouschoundis lui-même ? Je t'ai dit, l'aminche, j'avais peur. Malgré les tournées et les cajoleries. Je vivais dans la nuit, je ne me faisais pas entourlouper. Mon petit doigt m'a dit qu'il torturait les prisonniers, j'ai entendu parler de tisonniers ardents, il les leur mettait, aïe aïe aië, tu vois où ! Si cela était vrai, pourquoi me serais-je ouverte à Mouschondis ? Je gardais donc mes distances.

Qu'est-ce qu'il est allé fabriquer ce Mouschoundis ? Dans sa hargne de trouver le monstre, il a craqué. C'est sûr qu'il était malade, cardiaque, affaibli ! Oui, mais il s'était mis ça en tête, il disait : « Moi, il ne m'échappe pas, moi je vais le débusquer. Il se tire pas, avec moi, l'assassin. Et j'aurai les honneurs avec. » Je me demande comment il ne flippait pas, une demi-portion comme ça. Et tous les soirs, comme je te disais l'aminche, dès qu'il terminait son service, il arpentait avec la jeep de la police le coin de Seikh Sou et les alentours. Et va et vient et va et vient. Laisse-moi te dire, en soi, celui qui a sorti la théorie du monstre, c'était Mouschoundis. Avec les journaux. Avant ça, personne ne parlait à Thessalonique de monstres. Dès qu'a eu lieu l'agression du couple en 1958, c'est à ce moment-là que ça l'a pris, mon aminche, sa monstromanie. Jusqu'à ce qu'un soir, à cause du stress et de la fatigue, et de sa rage d'attraper le monstre, alors qu'il faisait sa ronde dans le bois, le fort et vaillant Mouschoundis, la peur et la terreur des communistes et des malfaiteurs et le protecteur des rébètes, a cassé sa pipe, là, dans le bois de Seikh Sou, en pourchassant son monstre.

En tout cas, il se passait des histoires dans cette boîte, à Farinda, où j'ai travaillé. Là-haut à Chortatzidès j'y ai travaillé, dans les boîtes de Salamina, j'y ai travaillé. Au Kalamaki mais aussi à Kalamitsa, qui se trouvaient l'une en face de l'autre à Karabournaki et qui étaient vaguement en concurrence. Bien entendu, celles-là comptaient, celles-là étaient les meilleures, l'aminche. Nous, nous terminions une saison et nous comblions les vides, jusqu'à ce qu'arrivent d'Athènes les vedettes de la chanson populaire, qui passaient toutes, mais toutes, par ces deux boîtes-là. Et dernièrement je suis allée à Aretsou, à l'Arigato, et dans d'autres, des établissements de quartier qui ont ouvert plus tard.

Je m'étais fait une belle garde-robe. Non, je ne copiais pas les magazines, je ne courais pas non plus chez l'une et chez l'autre pour avoir des conseils. J'avais l'œil, je faisais attention à ce que portaient les plus chics, surtout les étrangères, et je les dessinais. Les tailleurs de Grace Kelly, ces tailleurs que portait Grace Kelly ! J'ai fréquenté une ancienne couturière, qui était un as, et c'est elle qui m'a appris la couture et m'a offert une machine à coudre. Une Singer. La meilleure marque. Je les cousais toute seule. J'allais sur le marché et j'achetais des chutes, du taffetas, de la mousseline, il y avait généralement des promos rue Egnatia et rue Dragoumi, les meilleurs tissus de l'étranger. Je n'acceptais pas de me vêtir de nippes. Une petite voisine me fournissait des pièces sublimes. Elle travaillait dans une filiale de l'UNRRA, ma perle. L'Amérique nous aidait à l'époque, avec une contrepartie, bien entendu. Nous étions un pays pauvre, mon aminche, nous rapiécions les trous de la guerre, nous soignions les plaies de l'Occupation. Hier encore, dans la montagne, les Résistants se battaient. Nous n'avions pas eu le temps de nous redresser. Et aujourd'hui encore, est-ce que nous nous sommes remis ? Je n'en sais rien, l'aminche. Tout ce qui lui restait, à l'Américain, il nous l'envoyait. Alors qu'il l'aurait jeté à la poubelle ! Nous, nous le délestions. Et nous lui devions par-dessus le marché, soi-disant, une faveur ! Ils envoyaient des conserves, du corned-beef et du fromage. Quelques caisses gigantesques nous sont arrivées, remplies de chaussures et de vêtements d'occasion. C'étaient des bagatelles, qu'est-ce que tu veux que je te dis. Cette petite voisine – je lui souhaite bien du bonheur – m'aidait même avec des robes d'une pièce, des toilettes ayant appartenu à des Américaines immenses, des grandes gigues, de couleurs très vives, impressionnant. C'est donc comme ça, mon aminche, que je les ai retouchées à mon tour et que j'ai fabriqué ma garde-robe pour mes apparitions nocturnes. Il fallait que je brille sur la piste, que je crève les yeux.

En 1959 et en 1960, nous jouions ensemble avec la Houppette, le joueur de bouzouki, dans un bar, à Salamina, là où la rue Botsari rejoint les côtes du golfe du Thermaïkos. Le front de mer ne s'était pas encore étendu, la mer arrivait devant les premières maisons, les immeubles. Elle s'appelle la rue Antheon, la rue des Fleurs, l'aminche, est-ce que tu sais pourquoi ? Peut-être parce qu'il y avait beaucoup de maisons avec des jardins bien entretenus, des maisons individuelles ou à deux étages, de petites villas où vivaient de vieilles familles de Thessalonique. Nous, nous ne connaissions même pas tout ça, nous étions des réfugiés, tout ce que nous connaissions, c'étaient nos petites bicoques et nos petites gargotes. On aurait dit que la société était séparée, mon vieux, en deux. Qu'est-ce que tu veux que je te dis ! D'un côté, les illettrés, les pauvres, les réfugiés et les ouvriers, qui en général étaient les mêmes, la totale, c'étaient nos familles à nous, et nous vivions pour la plupart dans les banlieues ouest, à Neapoli, Stavroupoli, Polichni, Eptalofos, Ambelokipous, Evosmos, Menemeni, etc. Et puis dans les hauteurs, dans le coin de l'Acropole d'Eptapyrgio, bien sûr, où les réfugiés sont arrivés et ont construit, à côté de la citadelle byzantine, des baraquements dont ils ont fait leur citadelle. Ils étaient sans cesse traqués, les infortunés ! Mais aussi dans la partie est de la ville, à Toumba, Saranda Ekklissiès, Triandria, Charilaou, etc. Et les Pontiques d'Aretsou, l'aminche, n'avaient pas vraiment un sort plus enviable, si ce n'est qu'ils ont pris les meilleurs endroits, près de la mer – Kalamaria, on l'appelait Kali Meria, le Bon Côté, autrefois –, bien que leurs pères aient été dévorés par la maladie en 1923, quand on les a déchargés ici, échangeables selon le traité de Lausanne. En quarantaine, en raison du paludisme, pour ne pas contaminer toute la population. Échangeables, tu parles, c'est clair qu'on voulait les liquider. Eh oui, mon aminche. Mais c'étaient des têtes, les préfets et les maires ! Qu'est-ce que tu veux que je te dis ! Ils sont allés construire l'aéroport à Mikra, alors que le lieu était considéré comme inapproprié à cause du brouillard. Puisque les spécialistes sont venus de l'étranger et leur ont dit : « on ne peut pas faire un aéroport à cet endroit. » Pourquoi ils n'écoutent pas, tiens ! Pourquoi ? Il y avait du fric, c'est pour ça, c'est clair et net. Le coin de Kalamaria – Mikra n'était que marais et bourbiers et à cause du brouillard, l'hiver on ne pouvait pas distinguer quelqu'un deux pas plus loin. Voilà donc ce que nous étions, nous, les misérables. Et de l'autre côté, ceux qui avaient de l'instruction, qui roulaient sur l'or, qui étaient toujours bien habillés, qui n'étaient pas des ouvriers. Et qui ne fréquentaient pas non plus les boîtes populaires. Quand bien même beaucoup d'entre eux étaient des réfugiés comme nous. Le seul point commun, l'aminche, c'est que nous étions des réfugiés, tous renvoyés du pays – pas nous, nos grands-parents et nos parents, mais c'est la même chose –, rien d'autre, rien du tout.

Bref, après 1970, ils l'ont remblayée, la plage. La meilleure boîte de Salamina appartenait à un ancien cador. C'était un tavernier réputé, toutes les vedettes passaient par là pour bouffer ou pour faire la fête. Plus tard, ils furent nombreux à monter sur son estrade, Mitsakis avec Chryssafi et Anna Bela, Stratos la Feignasse[1] avec Prodromos Tsaoussakis, qui était de chez nous, de la citadelle, Mingos et Tsanakas, Sevas Hanoum, Suzana Dakar. Ah, mon aminche ! Suzana, l'aminche, quelle femme de brio c'était, née pour la scène, jusqu'à ce que la boîte ferme, dans les années 1980, c'est là qu'elle travaillait, bichette. Elle habitait à Salonique. Comme Sevas Hanoum, qui était Salonicienne, Pontique, et qui a tenu grâce à ce boulot – c'était une femme de la vie, elle a travaillé à l'étranger, en tournée, invitée dans des contrées où dominaient les immigrants du pays, en Allemagne, en Australie, que sais-je, avec Bebis, le grand joueur de bouzouki, et avec d'autres, elle a mis de côté et une fois sur le déclin, elle est revenue à Thessalonique. Elle est tombée malade elle aussi, elle n'a pas eu une belle fin. C'est là qu'elle a laissé ses pauvres os, à Neapoli. La Houppette aussi était un musicien renommé, un artiste des boîtes de nuit. C'était mon collaborateur régulier, sympa, un gars du peuple. Dans cette boîte, nous sommes restés trois hivers en permanence. Nous jouions, nous étions un groupe de cinq, moi, la chanteuse, avec le tambourin,

1 Surnom du chanteur de rebetiko Stratos Payoumtzis.

et les instruments principaux, la guitare, l'accordéon, le violon et la Houppette au bouzouki. Notre violoniste vendait du rêve, qu'est-ce que tu veux que je te dis ! Il était instruit, il travaillait même au conservatoire, mais très vantard, les autres n'arrêtaient pas de le chambrer. Il lui ont donné le surnom Alistar. Il disait : « Koros[1] n'est pas mauvais, mais moi je joue comme Alistar. » Cet Alistar, il nous l'a expliqué plus tard, était un violoniste légendaire, il n'avait pas sorti de disques mais c'était un mythe célèbre de la steppe moldave. Comment avait-il pu apprendre d'Alistar, l'aminche, puisqu'il ne l'avait jamais entendu jouer ? Comment, tiens ?

Un samedi soir, début janvier, par un froid glacial, c'était en 1960, la veille de la Théophanie, vers neuf heures, neuf heures et demie, nous n'étions pas encore complètement installés sur l'estrade, il y avait deux-trois groupes tout au plus, trois hommes sont apparus, des jeunes, ils n'avaient pas vingt ans, des gosses. Je dis des gosses parce que moi j'étais à ce moment-là une femme mûre, dans les trente ans. Mais j'étais généreuse, j'étais une gonzesse plantureuse, avec mes belles lèvres charnues, mes beaux yeux noisette, de longues jambes, les cheveux, tout blonds comme je l'ai dit, toujours une coupe à la mode, le chef très soigné. La mode alors était la banane, le chignon banane, les coiffeuses faisaient, mon aminche, un travail en or. Je faisais le poids en tant que femme, qu'est-ce que tu veux que je te dis ! Je m'habillais, comme j'ai dit, d'ailleurs très bien, de façon osée, avec mes décolletés, avec ma jupe fendue, avec tous mes

1 Yorgos Koros, grand violoniste populaire grec.

colliers, tous mes bracelets, ceinture, talons à la mode, je faisais de l'effet. Les ongles toujours peints avec un vernis d'un rouge éclatant, à peine manucurés.

« Tu es ravissante, gare au mauvais œil », me disaient mes voisins. Soi-disant, ils croyaient au mauvais œil. Le samedi, je descendais à Modiano pour faire mon marché, les bouchers me dévoraient des yeux. On entendait toutes les langues là-dedans, qu'est-ce que tu veux que je te dis. De l'hébreu au français. L'hébreu était parlé par les marchands depuis longtemps, car nous avions beaucoup de Juifs dans la ville et au marché quelques-uns causaient dans cette langue étrange. Je connaissais un petit Juif, joueur, Alberto, il était boulanger et quand je le saluais, il me chantait d'un ton enjôleur :

Yo amo a ti sola
y a ti t'alcanzaré
dame una parola
sino me mataré[2].

L'hébreu, je ne le connaissais pas, le français par contre je le pigeais, que des « merci », « allô meussieu », et « pardon, madam » et « madmoizel sil vou plé ». L'anglais, presque personne ne le parlait. Ce n'était pas tellement à la mode, plus tard ça a pris dans le monde entier et maintenant même les chats le parlent. Quand je passais devant les cafés, quelques brutasses, de vrais hommes toutefois, se levaient d'un coup et me fixaient jusqu'à ce qu'ils perdent ma silhouette des yeux. À Kapani, j'y allais

2 Tu es la seule que j'aime / et c'est pour toi que je chante / donne-moi une parole / sinon je me tuerai. (NdA).

pour les légumes et les fruits. Quand je marchais là-bas, c'était un vrai ramdam, l'aminche. Ça parlait le jargon, ça parlait le turc. « Ah, şekerim[1] », « ah, yavrum[2] », « ah, aman canım[3] » et « arkadan gel[4] ». C'était roublard. On entendait siffler de loin. De plus près, « psst, viens là chérie », « salut, beauté », « ah, quel beau morceau », « tu vas nous tuer, toi », « laisse que je te tâte, mistonne », « je vais te croquer toute crue, je vais te croquer ». Je ne me faisais pas avoir par ce genre d'approche. Tout d'abord, j'avais horreur des grossièretés. Une fois, un serveur, joli garçon, m'a arrêtée et m'a dit en face : – Eh, petite bombe, si seulement je pouvais sucer la bite qui te baise ! T'entends ça, l'aminche ? Je l'ai dépassé en souriant. Eh, un compliment pareil ! Sur le marché, ils savaient que je chantais. Beaucoup d'entre eux, mon aminche, sont devenus mes clients dans les bars et me suivaient pendant toutes ces années, partout où je chantais. J'ai vite appris comment les attirer. C'est mon travail, faut dire. Les putes font pareil. Tout le monde fait la même chose. Ils veulent tous que tu leur vendes un conte de fées, pour s'oublier. Pour les putes, je sais pas. J'ai jamais travaillé dans ce genre de plan… Mais j'ai une question. Elles non plus, hein mon aminche, elles ne sont pas heureuses. On dirait que le problème est ailleurs. Elles, mon gars, elles essayent tout. Les jeunes comme les vieux. Les beaux comme les moches. Les sages comme les fous. Les riches comme les pauvres. Ceux de droite comme ceux

1 Ma douce, en turc (NdA).
2 Ma biche, ma bichette, en turc (NdA).
3 Mon âme, en turc (NdA).
4 Viens là derrière, en turc (NdA).

de gauche. Elles, elles traficotent avec tout le monde, elles savent tout. Elles connaissent tous les mâles. Et elles prennent toutes les tailles. Les dures comme les molles. Les barres à mine et les anchois. Les droites et les tordues. Les trimardeuses et les paresseuses. Elles, au moins, elles devraient être heureuses. Et pourtant tu les entends qui passent leur temps à se plaindre.

Moi, je le cherche l'amour, je le savoure, l'aminche. Quoi, tu crois que je serais dans la fleur de ma jeunesse, de ma fougue, et que je jouerais la belle au bois dormant ? Je suis une femme ardente, je crache du feu. Je ne leur demandais même pas, aux hommes, s'ils voulaient ou s'ils ne voulaient pas. Je faisais en sorte qu'ils veuillent. Et quand ils quittaient mon lit, je faisais en sorte qu'ils me réclament, qu'ils me désirent de nouveau. J'ai pas fait semblant, l'aminche ! Faut pas déconner ! Qu'est-ce que j'aurais pu faire, tiens ? J'avais capté comment ça marchait. Un jour, tu dis au revoir à tout, à toutes les beautés de ce monde trompeur, et les autres te souhaitent un « repos éternel ». Éternel, tu parles, qu'est-ce que tu veux que je te dis ! Si tu dis ciao vieux monde, tant que respire encore quelqu'un qui t'a vraiment aimée, il peut encore verser une larme quand il se souvient de toi. Sinon, c'est la poussière qui t'engloutit ! C'est pour ça, je te dis, que moi j'ai mis les gaz. Quand quelqu'un me plaisait, il fallait que je le jette dans mes filets. Je luttais jusqu'à ce qu'il tombe. Il n'en fallait pas non plus beaucoup, l'aminche. Il y en avait aussi quelques coincés fadasses. Ceux-là, impossible de les faire tomber. Tant qu'ils sont jeunes et frais et qu'on languit après eux, ils font les difficiles. Quand ils commencent à rouiller et que plus personne n'en veut, là ils te regardent comme une friandise. « Quand je te suppliais, tu ne pensais qu'à charmer, charmeur ! » Reste dans ta merde, maintenant. Ah, quelle idée j'aurais eu de traverser ma jeunesse sans ces gâteries ! Si tu n'apprécies pas l'amour quand tu es jeune, l'aminche, dès que tu vieillis un peu, tu passes ton temps à roucouler et c'est là que tu deviens ridicule. Les amours de vieux ! « Un vieux qui fait des faveurs ressemble aux épinards vapeur. » Je dis pas, il a aussi le droit le petit vieux d'avoir un bon mézé. Mais qu'il n'aille pas se frotter aux mineurs et qu'on en parle dans les journaux ! J'avais une technique pour le flirt. Je faisais de l'œil. Je te le plantais, mon œil, l'aminche, et je te déshabillais. Mon œil allait tout droit à ton âme et à ta trique, qu'est-ce que tu veux que je te dis !

C'est comme ça que j'ai eu le diacre. En un coup d'œil. Nous nous sommes croisés au marché aux poissons. J'ai tourné hors de Kapani. À l'angle des rues Menexè et Ermou et j'ai fait comme si j'allais en face, à Modiano. Je tremblais. Il portait la soutane, tiens ! J'avais en tête de finir par acheter du café chez les frères Kanakis. Kanakis était la meilleure marque de café – elle était en concurrence avec Loumidis pendant un moment – et les clients faisaient la queue dans la boutique. Entre-temps, j'ai jeté un coup d'œil rapide derrière moi, l'air de rien. Et voilà. Il suivait. Je suis entrée à Modiano et j'ai avancé lentement. Pouf ! Il m'avait rattrapée. – Excusez-moi, mademoiselle. Je me retourne, je le dévisage, de ces yeux, l'aminche, gris-vert, qu'est-ce que tu veux que je te dis !

Voilà. La vie a besoin de fête. C'est pour ça que je lui ai chanté au diacre, un vieux chant oriental que j'ai imité d'un disque de gramophone :

Pourquoi protéger ta jeunesse
à Charon tu vas l'offrir
allons donc la fêter ensemble
car tu vas t'en repentir.

Le diacre était à croquer. C'est devenu mon mec. Il était juste torride, qu'est-ce que tu veux que je te dis. Il travaillait à Evaguelistria, dans les cimetières. Avant ça, il avait été marin. Il a débarqué, il s'est dit qu'il allait devenir prêtre. La chose la plus facile à l'époque, c'était de devenir gendarme ou curé. Pour se faire gendarme, il n'y avait même pas besoin d'être allé à l'université. Pour devenir curé, ça ne servait non plus à rien d'être exempt de tout péché. Je ne ressentais aucune honte, aucune culpabilité tout le temps où j'étais avec lui. Et c'était quelque chose au pieu, tiens-toi bien, mon aminche ! Qu'est-ce que c'était que ces trucs qu'il me faisait ! Où est-ce qu'il les avait appris ? Marin, tiens. Pendant toute une année, j'ai été avec lui.

Tu sais ce que ça veut dire bander, mon aminche, tu sais ce que ça veut dire bandant ? Viens, que je te le dis. Si tu ne sais pas ça, tu ne sais rien. Voilà ce qu'il était mon diacre. Le plus bandant des bandants. Il avait une habitude, ah, comment te dire, je ne pouvais pas y croire qu'un homme me demanderait ça. Dès que nous terminions les préliminaires, il se penchait et m'embrassait sur mon machin. J'avais entendu qu'il existait tant de trucs mais à l'étranger, pas ici chez nous. Quel Grec faisait une chose pareille en ces années-là et quelle Grecque aurait osé le demander à son partenaire ? Il l'aurait traitée de pute et il l'aurait cognée, l'aminche. Et encore plus dans le temps, il l'aurait peut-être même abattue. Il descendait et se prosternait devant mon machin, et il me le léchait jusqu'à l'assécher de tout son liquide. Il me l'astiquait merveilleusement, l'aminche, comme la vache avec son petit veau. Je te le dis et je rougis. Quand il giclait, il mugissait. Il mugissait fort, tellement que le voisinage nous a grillés. « Vous avez encore abattu le cochon hier soir dans la piaule ? », me rabâchait la voisine du dessous. Ils ont même appelé la police une fois. Les flics croyaient que nous étions en train de tuer quelqu'un. Et dès qu'il giclait et me tachait tout entière et qu'il débandait complètement, tu sais ce qu'il me disait l'autre, mon aminche ? « Maintenant, ma Sylva, nous sommes tout près de Dieu, ma Sylvana », me murmurait-il. Il me scandalisait, tu sais. Et si on n'avait pas balancé à son évêque qu'il avait une nana qui était chanteuse, on ne l'aurait pas appelé pour qu'il s'explique et on ne lui aurait pas imposé de pénitence. Et il n'aurait pas non plus été muté à Rhodes et, de là, envoyé en exil dans le village d'Asfendiou, à Kos. Autant dire au diable, le pauvre, comment moi j'aurais pu aller jusque là-bas. Et si la métropole ne s'en était pas mêlé à nous bousiller notre affaire, peut-être qu'on ne se serait jamais séparés. Il se passait de ces choses dans le milieu, mon aminche, de ces aventures !

Je ramenais beaucoup de clientèle, beaucoup d'applaudissements. Il faut dire que j'avais du brio, beaucoup de brio sur la piste, en dessous, on faisait un barouf pas possible. Ils ont donc pris la première table, ceux-là, le groupe de trois, ils ont commandé du vin brusco[1], des côtes de veau, des salades. Ils étaient de bonne humeur. Un de ces entrains, mon aminche, qu'est-ce que tu veux que je te dis ! Qui sait ce qu'ils s'étaient déjà descendu, sans doute des bières ou du vermouth. Le vermouth était à la mode alors et il tapait sur le crâne. Il valait mieux se soûler au cognac qu'au vermouth. L'un était déjà torché, les deux autres à moitié. Après avoir mangé, ils étaient requinqués, l'ivresse était partie. L'un, le torché, était grand, rougeaud, un peu distant. Le deuxième, brun, mignon, un grand gars, de fin gabarit, avec un beau sourire, des cheveux de jais. L'autre – il était au milieu – petit, pas terrible, un peu tapette sur les bords, il faisait des sortes de simagrées, mais sympathique. Lui, il n'était pas du tout bourré. Ils étaient tous sympathiques. Leurs habits, normaux, sans doute pauvres, rien de valeur. Des vestons, pas de cravates. Bien entendu, cet établissement n'avait pas une clientèle d'aristocrates. Bon, et eux, donc, un coup ils se regardent entre eux, un coup ils me fixent et ils disent un truc. Les deux autres, pas le petit, l'empapaouté. Moi, je les capte, je tourne le regard ailleurs, je ne fais pas attention. Nous avions des ordres du patron, pas trop de fricotage avec les clients, attention que ceux avec qui nous allions nous asseoir soient de vrais messieurs. Il ne voulait pas d'esclandre, parce que

1 Par « brusco », on entend en grec un vin rouge plutôt fort, tannique, avec un taux d'alcool important.

dans beaucoup de bars où il y avait du grabuge, la police se pointait et les faisait fermer. Quand ça leur chantait, l'aminche, sauf si on leur graissait la patte. Là, le brun ne me lâche pas une seconde, mais de temps en temps, je vois à côté l'efféminé qui a l'air de le coller, il lui faisait des espèces de signes. Le grand, le rougeaud, plus grave.

Nous, nous commençons, nous jouons notre spectacle. Kaldaras, Hiotis, Tsitsanis, Mitsakis, les premiers morceaux de Kazantzidis. Tsitsanis avait sorti « Douces Fellahines », c'était un succès de l'année d'avant, une chanson exotique, elle envoûtait les gens.

Douces Fellahines
vous, peintures sublimes,
qui semez partout de l'amour
je me suis soûlé un jour
contre vos bouches pécheresses
et j'en sens encore la tendresse.

Difficile comme chanson, je l'ai répétée et répétée encore jusqu'à l'épuisement, je restais des heures à l'écouter sur le gramophone et j'étudiais les interprétations, les affectations de la voix et les respirations, le Valaque avait alors sorti deux disques, deux versions, l'une meilleure que l'autre, une de Grey et une de Poly, j'ai fini par la maîtriser au poil. Il a sorti plus tard le « Navire », avec Laoura, je triomphais avec cette chanson tous les soirs, on pleurait, qu'est-ce que tu veux que je te dis ! Elle touchait tous les pleurnicheurs. « Je ne suis moi aussi rien qu'un navire en détresse et venant de toi je n'attends qu'un peu de tendresse. » Il y avait « La Montagne », interprétée par Ninou, que je chantais, mais aussi tous les succès de l'époque. Nous préparions le programme pendant très longtemps. Tous ensemble, les musiciens, les chanteurs, le patron, même les serveurs avaient un avis, parce qu'ils avaient l'oreille, ils étaient rompus à l'écoute. Même une remarque de la plongeuse était respectée dans le répertoire. Elle nous disait ce qui plaisait aux gens, à son voisinage. Nous choisissions donc des chansons qui prenaient, des morceaux populaires de l'époque, quelque archondorebetiko[1], comme ceux que chantaient Gounaris, Belinda, Melaya, et quelques-uns plus anciens, des classiques, des reconnus. Nous finissions avec un cocktail. Des larmoyants, des coquets, tour à tour, pour accrocher, l'aminche, tous les goûts et les humeurs des clients.

Il devait être tard. Nous faisons une pause vers minuit, eux ils m'avaient déjà fait parvenir un verre, cadeau. Je descends de l'estrade – d'ailleurs, ceux-là, la Houppette les connaissait, c'étaient des voisins à lui, a-t-il dit –, les présentations ont lieu. Le joueur de bouzouki, la Houppette, mettait une bonne ambiance, il était du genre marrant, on a brisé la glace, il s'est levé, il est parti, il est allé voir un autre groupe, des connaissances à lui. Je suis restée avec les garçons, j'aimais bien leur compagnie, l'atmosphère. Mais préservons les apparences, l'aminche. Les hommes, pour peu qu'ils soient deux ou trois ensemble, si ton regard s'attarde un peu

1 Littéralement rebetiko noble, type de rebetiko modernisé, avec des influences occidentales et un ton plus léger, né dans les années 1950.

trop sur eux, ils s'imaginent des choses, ils te prennent pour une crève-la-dalle et ils te considèrent mal. Ils jouent au caïd, qu'est-ce que tu veux que je te dis. Le brun dit : « Comment tu t'appelles ? » Tu crois qu'il ne savait pas ? Je dis : « Sylva ». « Quelle femme !, me dit-il, je n'en ai jamais vu de plus belle. Tu en jettes. Tu as une voix de miel, tu m'as subjugué. » J'avais une voix tendre, on me comparait avec Yiota Lydia, qui était alors la meilleure et la plus commerciale des chanteuses en Grèce. Poly, et Grey, et Hatzopoulou, et Linda étaient bien aussi. Moi, je préférais Lydia, elle avait cette espèce de sanglot dans la gorge, elle chantait comme si elle pleurait. Tout le monde reconnaissait ma qualité en tant qu'artiste et mon tempérament enflammé sur scène. Ça n'a rien à voir si je n'ai pas fait de disque. Mes amis et les gens du milieu me disaient : « Descends à Athènes, tu vas trouver ta bonne étoile, c'est là que ça va marcher pour toi, c'est là que tout se passe, tu vas te remplir les fouilles, tu vas bâtir des palais. » Je lui ai demandé moi aussi son nom, il me dit Aristidis, Aristos. Les autres, je ne me souviens même pas comment ils s'appelaient, d'ailleurs ça n'a aucune importance. Mais lui, par contre, l'aminche, je l'ai vraiment bien aimé. Il me fait du rentre-dedans sans trop de manières, il était assez nerveux, mais il était mignon, très mignon, qu'est-ce que tu veux que je te dis ! Tu vas terminer ta représentation, me dit-il, et je vais t'attendre pour qu'on aille, si tu as envie, tous les deux quelque part, je te paierai un verre, je vais m'occuper de me débarrasser des autres. Il était très poli. Je lui dis d'accord. Entre temps, l'autre, la tante, la petite grosse, la demi-portion, ne le lâche pas d'une semelle. Je me dis, comment va-t-on faire pour se retrouver seuls, j'avais accroché avec le petit. J'ai fait encore une demi-heure de spectacle, la drague se poursuit, il me déshabille du regard le gamin, j'ai terminé, je descends. Il m'avait chauffée, l'aminche, qu'est-ce que tu veux que je te dis ! Mais je devais couvrir une partie de la représentation après minuit, il fallait que je garde des forces. Oui, mais je ne tenais plus. Je simule un mal de tête, un vertige, qu'il me faut un médicament. Je plisse les yeux, je fais l'évanouie, le patron arrive, « Sylva, tu es en vrac, me dit-il, je vais appeler la doublure, ma petite, si tu veux, tu es libre. » Il m'avait à la bonne. Nous gardions une fille au chant, une remplaçante, pour les week-ends. On aurait dit que nous étions des professionnelles, l'aminche. Est-ce que les maquerelles n'avaient pas leur occasionnelle, une qui travaillait au bordel à la place d'une autre qui était absente ? On les appelait les occasionnelles. Nous avions nous aussi la doublure qui était entraînée, la chanteuse auxiliaire, pour ces moments-là, pour que l'établissement ne perde pas ses clients. Les deux autres envoient tant bien que mal la tapette me chercher un Kalmol, une aspirine ou quoi. Ils s'en étaient débarrassés, c'en est fini de lui, disparu. Entre-temps, moi, je m'étais carrément toquée d'Aristos. Une de ces toquades, qu'est-ce que tu veux que je te dis ! L'autre ne partait pas.

Nous sortons, nous trouvons un taxi, tous les trois, nous allons chez moi. Moi, fatiguée, certes, mais subjuguée, détendue, toquée très tendrement. Nous mettons des disques sur le lecteur, des quarante-cinq tours, pas Kazandzidis, ni Gavalas, pas ces morceaux populaires là, mais des tangos italiens qui étaient à la mode, des morceaux doux, des petites valses. « A casa d'Irene », « Manuela esta la bella, piu bella di Barcelona ». Des chansonnettes excitantes, pour nous chauffer. Ils me prennent dans leurs bras, l'un par là, l'autre par ici, sur le canapé du salon. Nous ouvrons un vermouth, nous buvons tous un peu. Ils commencent à me caresser de façon splendide, terrible, ils me mordent tendrement les tétons, l'un à droite, l'autre à gauche, un de ces plaisirs, qu'est-ce que tu veux que je te dis, je ne sais pas combien de temps ils me les ont tétés, j'ai craqué, je me suis laissée aller. Je n'ai même pas compris, l'aminche, toute la nuit, ce qui se passait. Lorsque je me lève, c'est déjà l'après-midi, il est une heure et demie. Aristos, là, à côté de moi, dormait, l'autre s'était tiré. Je m'approche de lui, je lui parle à l'oreille, Aristos, lève-toi, on va boire un café, il est tard. À force, en lui pinçant le bras, il se lève. Je prépare du café turc, il m'a demandé une cigarette. Il n'avait rien sur lui, il n'avait pas de cigarettes, pas un rond, l'aminche, en poche. J'avais fouillé son pantalon plus tôt, pendant qu'il dormait. Je lui donne une cigarette, j'avais les meilleures de l'époque, parce que les clients m'offraient différentes marques et que je les gardais en réserve. Je faisais de l'effet auprès des copines quand je leur proposais des cigarettes étrangères avec le café. Des marques américaines et les Gitanes, les françaises, les fortes. Nous commençons à papoter avec Aristos, comme si nous étions en couple depuis dix ans. J'aimais bien sa compagnie.

J'ai deux-trois copines vite fait, mais la compagnie masculine est autre chose. J'ai aussi essayé le broutibrouta. Pourquoi pas ? Une dame est venue dans la boîte en tant que cliente et elle m'a draguée, elle était pianiste, musicienne au conservatoire. Nous avons fricoté toute la nuit. Si nous avons pris notre pied ? Un peu, nous l'avons pris ! La solitude, mon vieux, qu'est-ce que tu veux que je te dis, ça passe pas. Quelquefois, je trimballais quelqu'un à la maison le soir sans qu'il me plaise vraiment. Pas pour la culbute. Plus pour la compagnie. Histoire de pas discuter en permanence avec les murs, mon aminche. Combien sont-ils à vivre en compagnie d'autres qui ne leur correspondent pas vraiment pour ne pas être seuls ! Je suis d'une nature indépendante. Je les voulais pour deux-trois heures. Le matin, je les virais. J'en avais marre. C'était rare de tomber sur quelqu'un qui avait de la carrure. La plupart étaient pleins de problèmes psychologiques, d'hésitations, de chichis. Ou ils te parlaient de leur mère, qui est leur Dieu. Pour te démonter en fait. Pour te rabaisser. C'est comme ça qu'ils se sentent mieux, on dirait. Les hommes, voilà, qu'est-ce que tu veux que je te dis ! D'abord leur mère et ensuite Dieu.

Mais ne nous mentons pas. J'aime les hommes. Maintenant, va savoir comment je ne me suis jamais retrouvée à faire des passes, à devenir, je sais pas, une cocotte, c'est une autre affaire. J'étais une grande gueule, ils ne faisaient pas ce qu'ils voulaient. J'ai eu des liaisons. Trois ou quatre. Je t'ai raconté avec le diacre. Et avec le diacre, c'était passionnel. Mais mon plus grand amour était un footballeur du PAOK. Une beauté, qu'est-ce que tu veux que je te dis ! Splendide. Il y en avait tellement qui le voulaient ! Je lui étais fidèle, très fidèle, à un moment, il a fait un écart, je l'ai engueulé. Il n'avait pas fait un crime non plus, ce garçon. Nous nous sommes brouillés. Il venait au milieu de la nuit, il frappait aux volets, implorant. Moi, furax et la rancune tenace, je ne lui ouvrais pas. Par la suite, l'aminche, je l'ai regretté. Je ne m'en suis jamais remise. Chaque fois que je tombais amoureuse de quelqu'un, je faisais fatalement la comparaison. Mon ancien amant avait un dix. Les autres, qu'est-ce que tu veux que je te dis, tout au plus sept ou huit.

Avoir une liaison est une chose, avoir un mec en est une autre. Une passion est une chose, un amant en est une autre. Mes passions, les grandes, les mortelles, furent le footballeur, le diacre et avant tout, le dernier, Aristos, mon amour. Tous les autres étaient des amants. Et surtout le joueur de bouzouki. J'ai oublié le joueur de bouzouki, qui était bien brave et me faisait toutes les faveurs. Il était épatant, qu'est-ce que tu veux que je te dis. Lui, je l'avais pour quand je restais en carafe, l'aminche. Il me suppliait, le caïd. Tu veux que je te dis un truc ? J'ai eu dans le temps un jeune, un gosse de riches. J'ai voulu changer un peu de saveur. Il était très délicat, très gentleman. Champion de volley-ball, tiens. Un de mes admirateurs. Le football était le sport des gamins de banlieue, le volley et le basket, des gamins de la ville. Un beau personnage, un style raffiné. Avec ses petits cadeaux, avec ses manières chics, avec son « vous » et son « votre ». Mais ça n'a pas duré longtemps, nos personnalités ne collaient pas. Les autres étaient plus mufles, plus inrabotables, mais c'était mon genre. Ils étaient tous plus jeunes, de cinq à quinze ans, de mec de mon âge ou quasi, je n'en ai jamais eu. Quant aux plus vieux, je dis pas. Si j'avais eu des plus vieux, j'aurais pu les taxer. Mais je ne suis pas de ce genre-là. Ils passaient par la boîte, ils me suppliaient, en veux-tu des bracelets, en veux-tu des breloques, en veux-tu des cadeaux. Mais ils ne m'attiraient pas, l'aminche. Maintenant, on nous appelle des cougars. Ils peuvent bien m'appeler comme ils veulent, j'ai moi aussi un proverbe pour eux mon aminche : « Parle si tu veux parler, j'ai des étrons pour trinquer. » Les jeunots me plaisaient. Mais les jeunots sont en général fauchés et c'est de ta part qu'ils attendent un peu de ronds. Le plus jeunet était mon petit primeur. Lui, quand moi j'avais trente-deux ans, il devait en avoir seize. C'est-à-dire la moitié de mon âge. Je sortais sur le balcon, je lui faisais un clin d'œil, en face, à la boutique, et il montait. Soi-disant pour m'apporter une commande de légumes et de pommes de terre. Il était fortiche. J'ai aussi eu un chanteur tsigane de Dendropotamos. Belles cordes vocales, beau garçon. Lui aussi c'était un gosse. Mais bandant, hein, tiens-toi bien, l'aminche. Je ne pouvais pas me décoller de lui, qu'est-ce que tu veux que je te dis. On dirait que comme je n'ai pas fait d'enfants, c'est peut-être pour ça que j'aimais bien les jeunes, j'avais des sentiments confus pour eux. À la fois amoureux, à la fois maternels. J'en ai eu pas mal. Non, plus que pas mal, beaucoup. J'ai eu un petit chauffeur du KTEL de Serrès qui possédait sa voiture particulière et avec qui j'ai sillonné, à force d'excursions, toute la Grèce du nord, j'ai eu un tourneur, cousin au deuxième degré, avec qui nous nous envoyions en l'air en douce, pour que personne ne nous repère, j'ai eu Katsamangas, l'haltérophile qui, quand il était à côté de moi, me donnait l'impression d'être accompagnée par dix hommes tous ensemble, j'ai aussi eu un projectionniste qui travaillait au Ciné Dionyssia et me faisait rentrer gratos, l'aminche, aux premières. Ce genre de choses pour les passions et les mecs. J'en ai eu d'autres. Et encore d'autres. Si je continue, mon aminche, la liste n'aura pas de fin.

Aristos avait un petit air de mon amore. Il était très viril. Et il avait des yeux chaleureux. Un regard larmoyant, qui accentuait sa situation d'orphelin. Et quand quelqu'un laisse voir dans ses yeux qu'il est orphelin et qu'il souffre, tu veux le prendre dans tes bras. Faire de ton étreinte un nid, mon aminche, le protéger. D'un autre côté, c'était un garçon énergique, c'était un petit taureau, qu'est-ce que tu veux que je te dis ! Il dégageait quelque chose d'agressif, d'érotiquement agressif, il dégageait un appétit de scandales érotiques, de folies. C'est pas que ça me dérangeait. Nous étions très compatibles au lit. Et quand ça colle pour l'amour et que tu prends ton pied et qu'il te fait toutes les faveurs, eh, pour tout le reste, on peut s'arranger. Si ça ne colle pas de ce côté-là, mon aminche, qu'est-ce que tu veux faire du reste ? Quand nous étions tranquilles et que nous restions chez moi, nous mettions doucement la radio – nous n'avions pas encore la télévision – et je me souvenais de vieilles histoires. Je les lui racontais comme des contes de fées, l'aminche, et tu sais comment il restait là à m'écouter ? Qu'est-ce que tu veux que je te dis ! Il était bouche bée, le gamin ! Il restait là comme j'imagine que les lions apprivoisés restaient aux pieds de Haïlé Sélassié, l'empereur, comme on le lisait à l'époque dans *Thissavros.* Ce qu'on n'apprenait pas dans les magazines ! Haïe Sélassié, Addis-Abeba ! C'était là que nous nous instruisions. Si ça se passait bien, l'aminche ? Qu'est-ce que tu veux que je te dis ! Comme dans un rêve ça se passait, il n'y avait pas un nuage pour faire de l'ombre à notre amour.

Mais avec le temps, j'ai commencé à me poser des questions. Par-ci par-là, j'ai compris que ce garçon était très embrouillé au fond de lui, très instable psychologiquement et profondément désespéré. Indigent, orphelin, malheureux, il n'avait pas de travail stable et il ne semblait pas qu'il existait d'espoir en lui. Je tenais tant à lui ! Moi aussi, j'étais une âme en peine, toute seule, sans parents ni vrais amis. « Je vais te garder, je lui dis, reste ici, chez moi, Aristos, et demain, après-demain, on te trouve un travail stable à toi aussi. Si ça marche entre nous, on peut même se fiancer. » Il a écarquillé les yeux, il me regardait comme ça avec surprise, avec méfiance et avec un air plaintif de chien battu. À ce moment-là, mon cœur s'est fendu, mon aminche, qu'est-ce que tu veux que je te dis ! Je vais le garder, je me dis, et advienne que pourra. Mais lui, il n'avait pas donné de réponse. Il n'était pas fait pour les fiançailles, bien sûr, pas plus que pour la couronne. Ces choses-là demandent du sérieux, de ne pas être dans un entre-deux, de ne pas avoir la tête ailleurs. C'est pour ça qu'il y en a beaucoup qui se marient, qui pondent et qui finissent par tout foutre en l'air. Parce qu'ils ne sont pas prêts. Il n'était pas fait pour ça, le gaillard, c'était un petit voyou et un bohème. La même après-midi, le dimanche de la Théophanie, jour de la bénédiction des eaux, nous sommes allés ensemble au match. « J'ai travaillé de nombreux dimanches ici, m'a-t-il dit, j'allais chez Billias, la filiale de l'usine et nous mettions sur un triporteur un chariot avec des rafraîchissements que nous vendions aux spectateurs. » Il connaissait beaucoup de monde là-bas, au stade du PAOK, et il les saluait chaleureusement. Aristos était aussi pour le PAOK, et moi aussi j'étais pour le PAOK, depuis toute petite. Quand bien même je n'étais pas de Toumba. Parce que lui, c'était clairement son quartier, c'était là qu'il avait grandi. Si l'autre n'était pas pour le PAOK, l'aminche, on ne s'entendait pas. « PAOK, Toumba et EDA » et du pain sec. Rien d'autre. C'était ça, le slogan. Il était politique, clairement politique, il n'était pas footballistique. Comment ça, tiens ? Est-ce que les autres ne criaient pas « l'olive, le pain et le roi Constantin »[1] ? Eh, nous avions nous aussi nos propres convictions. Nous avions le PAOK, le « bizim PAOK »[2]. Les républicains, les gens de gauche, les ouvriers, les réfugiés, nous soutenions surtout le PAOK, c'était l'équipe la plus proche du peuple, les gens de droite et les professions libérales étaient supporters de l'ARIS et les pauvres joueurs d'Iraklis, qu'on appelait aussi les « mamies », étaient la plus vieille équipe de la ville et c'étaient les vieux Saloniciens qui la suivaient, les bayatidès. À quoi bon, qu'est-ce qu'il en sort de toutes ces prises de bec entre les équipes ? C'est pour ça, pour qu'elles ne se tuent pas entre elles, qu'un slogan a commencé à circuler, que nous disions en riant : « PAOK,

1 Slogan royaliste en faveur du retour du roi Constantin 1er mis en question lors du référendum de 1920.

2 *Bizim* est un pronom possessif turc, ici « notre PAOK ».

ARIS, IRAKLIS, tous les trois, qu'on vous maudisse. » Je l'ai eu avec moi quelques mois. Pendant la journée, il traînait dans les rues, avec des potes, tout seul, il ne me donnait ni prétexte ni explication. Je ne me souviens pas qu'il ait été particulièrement emballé par le travail, qu'est-ce que tu veux que je te dis ! Pendant un temps, il a été occupé, il a gagné un peu d'argent, « j'ai trouvé du travail au marché à légumes », m'a-t-il dit. Pendant une semaine, il s'est occupé du Cycle de la mort qui donnait une représentation tous les soirs là-haut à la citadelle. À l'endroit qui forme une place devant l'église Ayi Anargyri, dès qu'on a passé le premier porche. Il m'a invitée, j'y suis allée. Quelle chair de poule, ce spectacle monstrueux. Une plongée dans les éblouissements du vertige. Il faisait le présentateur. Il s'en sortait bien. « Aujourd'hui, venez tous voir la représentation bien vivante du Cycle de la mort. Vous allez voir de vos propres yeux, à deux pas de la piste, les acrobates les plus rapides jouer leur vie à la roulette de la mort, se faire raser par la faux de Charon. Venez nombreux ce soir dans la cuve de la mort du vétéran Chaleplis. » Pendant un temps, il travaillait à la douane. Un jour, « faut que je te dis un truc, me dit-il, ce soir, on va sortir et s'éclater, c'est Aristos qui invite. » Et nous sommes allés chez Alis, le bar vicelard, où ça foutait le bordel, depuis les petits couples illégitimes, jusqu'à la consommation d'alcool, aux danses et à la biture. « Tu l'as trouvé où, l'argent ?, lui ai-je demandé. – J'en avais de côté du travail à la douane et ce matin je suis allé donner mon sang. » Ça, je n'étais pas au courant. Il allait régulièrement implorer de donner son sang, transgressant toutes les règles au sujet du don du sang. Depuis tout petit, il avait ce truc. Pourquoi ? Pour pouvoir manger de temps en temps un feuilleté au fromage. Tu en connais beaucoup, toi, mon aminche, qui vendent leur sang pour survivre ? Il voulait lui aussi, comme nous tous, s'en sortir. Mais la survie est une chose et la vie en est une autre. Il fallait qu'il vive. Et c'était pour vivre lui aussi qu'il employait tous ses talents et toute sa rouerie.

Quant à son sommeil, il fallait voir comme il dormait profondément, il oubliait de se réveiller. Quand il ne travaillait pas, je le laissais jusqu'à ce qu'il en ait assez. Qu'est-ce que je pouvais faire tiens, l'aminche, qu'est-ce que je pouvais faire ? Il en avait manqué, semblait-il, de sommeil. Qui sait sur quels bancs il avait bien pu se traîner ! « Quand le malheureux sommeille, que personne ne l'éveille, dit la chanson, il oublie tout le pauvre vieux, dès lors qu'il ferme les yeux ». Je lui donnais des conseils, l'aminche. Je lui disais de faire attention à ses fréquentations, de ne pas se laisser entraîner. De ne pas gaspiller ses sous à droite à gauche. La nuit, quand j'étais de repos, nous la passions à la maison ou nous sortions. Quand j'avais une représentation, il venait à la boîte. Discret, il buvait des verres au bar, le patron l'invitait, il m'attendait, il m'accompagnait à la sortie. Et il dansait très bien le zeïbekiko, l'aminche, quand il était d'humeur. Pourtant ce gosse n'était pas dans le présent. Son esprit voguait ailleurs, sa pensée flânait ailleurs.

Quelquefois, il m'a avoué deux-trois trucs, vérité, mensonges, aucune idée. J'ai eu peur, j'ai eu peur, qu'est-ce que tu veux que je te dis ! Quelle vie c'était ça, hein l'aminche ! Il disait qu'on avait abattu son père sous ses yeux, c'étaient les gars de l'ELAS, paraît-il un certain kapetan Leonidas. Qu'il avait grandi orphelin, sans protection, dans les ruelles, à se traîner dans la boue et à fouiller les poubelles pour trouver des restes de nourriture et que tout le monde l'appelait « Cochon ». Tu entends, « Cochon ». C'était un surnom, ça ? Comment pouvait-il se sentir, le gamin ? Qu'on avait emmené ses frère et sœur, paraît-il, loin de lui, mais qu'eux avaient trouvé leur voie tandis que lui continuait à rôder à droite à gauche. Qu'il faisait des petits larcins avec ses potes. Qu'ils avaient commencé, avec son meilleur pote, à aller à Athènes à vélo mais qu'ils l'avaient rendu et qu'on les avait bouclés dans le centre de redressement de Corfou. J'entendais ça et j'avais la frousse qu'est-ce que tu veux que je te dis ! Qu'il avait travaillé plus d'une fois à la « mailloche », où les garçons mesurent leur force, dans les manèges et avant tout au Cycle de la mort, pendant les fêtes de village. Qu'il avait eu des nanas gitanes et d'autres mariées ! Il n'a rien dit, et comment l'aurait-il dit – j'étais une femme –, sur le fait qu'à treize ans, mon aminche, des sales crevards lui avaient fait son affaire pour un plat de haricots. Sur le fait que ce salaud d'Apostolis, le chimiste, l'avait « souillé », ce corrupteur de mineurs, comme il l'a lui-même avoué au tribunal, et qui – si nous avions des lois – aurait dû pourrir en prison. Il n'a pas dit non plus un mot sur le fait qu'il soit devenu un amoureux des efféminés – c'était donc une pédale –, sur La Belle Mère, la taverne louche qu'il fréquentait, qu'il fumait du kif, rien du tout. Sur le fait qu'il était fiché à la Sûreté et que les condés l'avaient à l'œil. Rien du tout, mon aminche, rien du tout !

C'est plus tard, qu'on a entendu tout ça. Amplifié, bien sûr. Avec le procès. En 1968. Et beaucoup d'autres choses détaillées. C'était dans les journaux, bien entendu, que nous les apprenions. Je les lisais moi aussi et je perdais la boule, qu'est-ce que tu veux que je te dis. On a voulu lui faire porter les crimes les plus ignobles. On l'a mis sur le banc des accusés. À cette pensée, l'aminche, je mourrais. Comment cette créature tourmentée et sans défense pourrait-elle échapper à la fureur des juges ? Tu as beau être innocent, avec des preuves inébranlables et des avocats balèzes, mais tout ton petit cœur tremble quand même devant eux. Comment, tiens ? Est-ce que tu connais quelqu'un qui peut s'en remettre à eux ? Nous tremblons devant leur pouvoir, devant leur fourberie, qu'est-ce que tu veux que je te dis ! Il n'y a que quand on fait des déclarations qu'on dit tous : « J'ai confiance en la justice grecque. » De qui se moque-t-on, l'aminche ? On ment. Mais eux, on n'ose pas les insulter ouvertement. Les gendarmes, oui, les députés, les ministres, oui. Même les curetons. Les militaires, un peu moins, les brigadiers, les généraux et toute la clique. Pourquoi ? Parce que, soi-disant, s'ils ne gèrent pas bien les choses de leur côté, l'aminche, la patrie est menacée par l'ennemi. Et les juges, alors ? Mais eux, on ne les reconnaît même pas à l'extérieur. On les voit seulement au tribunal. Si ce n'est pas comme accusé, au moins comme témoin. Ou comme public. Mais même comme témoin, on a peur. Et comme public, on a peur. On peut être l'accusateur, on a peur quand même. Imagine donc, assis sur le banc, Aristos. Comme si ce petit agneau divin pouvait être le monstre de Seikh Sou ! Est-ce que la police pouvait à cette époque trouver le vrai monstre ? Avec quelles ressources, l'aminche ? Ceux-là, ils ne savaient faire qu'une chose, et ils savaient le faire bien, qu'est-ce que tu veux que je te dis, parce qu'il n'y a que là qu'ils avaient eu un bon entraînement, c'était de terroriser et d'arrêter des Grecs de gauche. Avec les crimes du monstre, un régime de terreur avait régné, les gens dormaient mal, barricadés, avec un couperet sous leur lit, ils ne laissaient pas leurs filles circuler après le crépuscule. Dans la dépendance de l'hôpital, cette fille superbe avait été assassinée, Melpomeni Patrikiou, qui boitait d'une jambe – sur les photos où nous l'avons vue, c'était, l'aminche, un ange –, ce qui avait fait, à l'époque, forte impression. Elle était morte injustement, elle aussi, il fallait que sa mémoire soit lavée. Après l'attaque à l'hôpital et l'assassinat de Melpomeni le 3 avril 1959, c'est là que la grande panique s'est abattue sur la ville, l'aminche. Les Thessaloniciens ont commencé à se soupçonner les uns les autres. Beaucoup de choses se sont dites. À propos de Sklavounos, un médecin déséquilibré, le fils de l'Allemande dont la villa donnait, par le biais d'un sous-terrain, sur Seikh Sou, à propos d'un industriel et de son chauffeur, qui lui faisait commettre les crimes tandis que lui-même y assistait et qui se seraient tous les deux tirés en Amérique, à propos du fils d'un manufacturier connu dont tout le monde parle encore, à propos de quelques gamins misérables du coin qui avaient jadis éveillé les soupçons. Des mateurs, il y en a en pagaille. Si tous les voyeurs s'étaient révélés être des criminels, la ville aurait été remplie de monstres. Indignation et panique, mon aminche, dans toute la ville, ils ont commencé à faire des interrogatoires interminables et des recherches frénétiques. Ils ont attrapé et ont assailli de questions je ne sais combien de types sveltes, des sportifs connus et des gars du milieu. « Le félin », l'aminche, « le félin ». Tout le monde cherchait un jeune homme très svelte. La fille qui avait été agressée dans l'orphelinat avait insisté sur le fait qu'il s'agissait d'un félin. Ensuite, ils ont cherché parmi ceux qui portaient un col roulé. C'était un col roulé que portait celui qui avait commis l'agression, avait dit la fille à laquelle s'était attaqué l'« agresseur ». La police, pour ne pas complètement se ridiculiser, devait attraper quelqu'un. Il fallait trouver un agneau pour jouer Iphigénie. Et il a fallu qu'Aristos fasse une connerie, à vouloir mater en fait, grossièrement, et qu'il tombe dans leur piège. Il a sauté par-dessus le mur d'enceinte de la fondation, ce crétin, pour voir les filles toutes nues, allez, tout au plus pour caresser les cuisses de l'une d'entre elles, l'aminche. C'était cette occasion qu'ils cherchaient depuis tout ce temps, après s'être crevés avec la jeep à bouffer leurs nuits en rondes pour attraper un monstre. C'est lui qu'ils ont attrapé. Le félin pervers qui portait souvent un col roulé, qui a fourni, comme un criminel assumé – tu peux y croire, l'aminche –, de lui-même son identité et son adresse à un chauffeur de l'OASTH. Est-ce que tu connais quelqu'un d'assez con pour aller se livrer tout seul dès qu'il a fait une bêtise ? Qu'est-ce que tu veux que je te dis ! L'arrestation d'Aristos leur allait comme un gant. Ils ont fabriqué un monstre sur-mesure et l'ont jugé à une mise en scène de procès, qui même, admettons, même si c'était lui le monstre, était un procès tellement bidon, tellement monté de toutes pièces, que n'importe quel honnête homme l'aurait reconnu, mon aminche, innocent, l'accusé. C'était joué d'avance. Une embuscade, une arnaque, sous nos yeux, qu'est-ce que tu veux que je te dis. Même le procureur à un moment y a pensé, il ne devait pas être dans le secret ou alors c'était un homme juste, l'aminche, et il a dit : « Les indices ne me convainquent pas, qu'il prenne perpète, il y aura peut-être une révision du procès plus tard qui remettra tout en cause. » Les avocats qui le défendaient, on les a combattus, on les a découragés, on les a terrorisés. Il s'est retrouvé complètement isolé. Le pauvre Pagratis bataillait pour le sauver, à rameuter des avocats et à remuer ciel et terre. Et les jurés ? Les gens du peuple, soi-disant ? Va savoir quelles pourritures c'étaient ! On a entendu parler d'opinions de jurés bidouillées et bien payées. On leur a peut-être mis le couteau sous la gorge, qu'est-ce que tu veux que je te dis ! Est-ce que c'était cet inqualifiable médecin, l'autre taré de Diakoyannis, qui l'a caractérisé de « dipsomane » et de la pire horreur de la société grecque ? Ah, et l'autre, le magistrat, le substitut du procureur, qui le combattait et qui soutenait sa culpabilité avec rage, comment il s'appelait, tiens, qui est devenu ensuite ministre du gouvernement soi-disant socialiste ? C'est lui et les autres de son espèce qui ont causé sa perte. Est-ce qu'eux, ils n'auraient pas dû payer, l'aminche ? Comment ça se fait, tiens ? Il en a vu de dures, Aristos, et à la fin, il a lui-même envoyé ses empreintes digitales aux journaux, je les ai vues et j'ai été bouleversée tout entière, mon aminche, et au-dessus, il était écrit de sa propre main : « Je suis innocent – innocent. La justice trouvera le COUPABLE ». Et j'ai découpé le passage, je l'ai serré dans mes bras toute la nuit et je l'ai déchiqueté avec mes larmes. Il était tout seul pour se défendre, mon aminche, tout seul. Il n'a rien dit. Il a seulement dit « je suis innocent. » Et on l'a envoyé, le cœur léger, au peloton d'exécution. On lui a fait un truc, on lui a fait de la magie, c'était le diable qui le poursuivait, qu'est-ce que tu veux que je te dis ! En 1977, l'aminche, j'ai fait par hasard la connaissance d'un prisonnier politique. Sous la junte, on l'avait attrapé avec ses camarades et on l'avait enfermé au Yedi Kule. Cet homme-là m'a avoué combien ils l'aimaient, en prison, Aristos. Ils lui tenaient compagnie, ils le prenaient dans l'équipe de basket, ils l'ont serré dans leurs bras. Quand on est venu, me dit-il, le prendre, mon aminche, à cinq heures du matin – pendant trois jours, on l'avait gardé isolé –, les matons ont donné l'alerte et tous les prisonniers se sont levés et ils frappaient les barreaux de leurs cellules avec des clefs, avec des cuillères, avec tous les objets métalliques qu'ils avaient. Ça a été, dit-il, un bastringue d'enfer au Yedi Kule, au moment où on venait le chercher. C'est juste là, dit-on, qu'a eu lieu l'exécution d'Aristidis, dans la partie nord-est, à l'extérieur des remparts du Yedi, sur le terrain vague, là où il y a aujourd'hui des concerts et des pièces de théâtre, pour l'amour de Dieu, mon aminche.

Ah, il ne m'avait pas dit un mot de ses tourments, l'aminche. Cette affaire-là ne pouvait plus continuer. Voilà ce que le sort me réservait, tiens. C'était mon destin, ah, l'aminche ! Je ne me suis jamais installée. Il est parti, il a disparu un jour, Aristos, et je ne l'ai plus revu depuis. Il a fulguré comme la foudre, il m'a brûlée et ensuite s'est éteint. « Tu m'laisses en souvenir le poison et le poignard, le poison et le poignard. » C'était ce genre de chansons que je chantais à cette époque. Au fond, c'était une lamentation, je chantais bouleversée. Je l'avais réellement aimé, j'avais profondément tenu à lui. J'avais vraiment besoin de lui, mon aminche. Je l'ai cherché, j'ai couru chez les devineresses, j'ai même appelé une cartomancienne de Menidi, qui s'était installée à la citadelle, pour qu'elle me tire les cartes ; introuvable. Si je ne devais plus le revoir, qu'il ait au moins une protection dans sa vie, qu'il trouve, ce garçon, quelqu'un pour le tirer sur le droit chemin, il était à un pas du ravin, le malheureux. Chaque année, le 17 février, jour de son exécution, je lui allume sa petite bougie. Et ses dernières paroles, ses paroles empoisonnées, me reviennent à l'esprit, mon aminche, et ça me fend le cœur, qu'est-ce que tu veux que je te dis. « Les gars, s'il vous plaît, visez-moi bien, pour que je ne souffre pas. » Il a imploré les hommes du peloton. C'était ça sa dernière requête. Qu'est-ce que tu veux que je te dis ! Mon homme ! On aurait dit qu'il lui était resté quelque chose de son travail, oui, c'est de là que ça lui était resté, lui, la vie le poursuivait, mon aminche, comme les motocyclettes poursuivaient le danger dans cet insensé Cycle de la mort.

***

LEXIQUE KALIARDA

Ce lexique répertorie tous les termes issus du kaliarda utilisés dans le chapitre « À LA BORDURE DE LA VIE – Lolo parle du milieu », même ceux qui semblent transparents. Le kaliarda est un parler argotique, considéré comme un sociolecte, et qui se développe dans les milieux homosexuels et transsexuels grecs des années 1940, d'abord utilisé comme un langage crypté. La structure du kaliarda suit celle de la langue grecque mais son vocabulaire est autonome. Il comprend beaucoup de mots empruntés à des langues étrangères (français, italien, turc, rromani, etc.) et grécisés mais aussi des mots grecs qui ont été détournés de leur sens ou des mots empruntés à l'argot grec commun. Il existe également beaucoup de termes dont l'origine est inconnue. Parmi les autres processus courants dans la fabrication des termes kaliarda, on peut citer les mots-valises et l'usage de préfixes récurrents (on retrouve beaucoup de mots construits avec le préfixe *kara-*, traduit par archi – en français, qui marque l'exagération). Ce lexique, en plus de donner le sens des termes kaliarda, donne quand c'est possible l'étymologie du mot afin de rendre plus compréhensible le cheminement de la traduction française. Il se fonde en grande partie sur le dictionnaire de kaliarda d'Ilias Petropoulos (Ilias Petropoulos, *Kaliarda*, éditions Nefeli), principale référence en la matière, quoique lacunaire.

Adam
< Αντάμης *(adamis)*
Caïd, dur. Emprunté à l'argot des rébètes. Peut-être du turc *adam*, homme.

Aimantrique
< καυλομαγνήτης *(kavlomagnitis)*
Désir sexuel. Du grec commun καύλα, excitation sexuelle, et μαγνήτης, aimant.

Altituda
< υψομετρού *(ypsométrou)*
Homosexuel qui vient de la campagne. Du grec commun υψόμετρο, altitude, féminisé.

Archempaffé
< καραλούγκρα *(karalougra)*
Complètement homosexuel. Construit sur le préfixe καρα-, qui marque l'exagération, et l'adjectif λούγκρα, homosexuel en argot commun, très méchante en kaliarda.

Archibath
< καραλάτσα (*karalatsa*)
Superbe. Construit sur le préfixe καρα-, qui marque l'exagération, et sur l'adjectif du kaliarda λάτσος, beau. Vr. *bath*.

Archilopette
< καραλουμπίνα (*karaloubina*)
Complètement homosexuel. Construit sur le préfixe καρα-, qui marque l'exagération, et le substantif kaliarda et argotique λουμπίνα, homosexuel.

Arlequinerie
< αρλεκίνι (*arlekini*)
Bijoux, décorations de peu de valeur, en toc. D'après l'italien *arlecchino*.

Avéler controssol
< αβέλω κοντροσόλ *(avelo kontrossol)*
Embrasser. Du kaliarda αβέλω, variante de βουέλω (donner, prendre, mettre, faire, sortir, vouloir, etc.) et κοντροσόλ, le baiser, composé du préfixe kaliarda κοντρο-, contre ou beaucoup, et σολ, douceur, plaisir. Étymologie inconnue. Vr. *avéler jazzard, avéler le tain.*

Avéler jazzard
< αβέλω τζαστικό (*avelo tzastiko*)
Renvoyer, virer. Du kaliarda αβέλω, variante de βουέλω (donner, prendre, mettre, faire, sortir, vouloir, etc.) et τζαστικό, issu du kaliarda τζας, départ, renvoi. Pour jazzard, vr. *bim et jazz, jazz, jazzer, jazzomôme, s'enjazzer* ; pour avéler, vr. *avéler controssol, avéler le tain.*

Avéler le tain
< αβέλω ντανιές (*avelo daniès)*
Faire des coquetteries. Du kaliarda αβέλω, variante de βουέλω (donner, prendre, mettre, faire, sortir, vouloir, etc.) et ντάνια (*dania*), comportement d'une putain, de ντάνα (*dana*), putain. Vr. *Taintain* et

avéler jazzard, avéler controssol.

Balmines
< μουτζαντίβαρα (*moutzandivara*)
Seins. Du kaliarda μούτζο, sexe féminin, et du grec commun αντίβαρο, contrepoids. En français, construit sur balance + minou. D'après Petropoulos, le kaliarda μούτζο vient probablement du grec μούτζα, geste d'insulte qui consiste à présenter la paume de sa main ouverte. Vr. *minar minouïe, minoutière.*

Bam
< ντουπ (*doup*)
Coup, passage à tabac. Par rapprochement avec le bruit d'un coup. Vr. *boumbamer.*

Bath
< λάτσος (*latsos*)
Beau, bien. D'après Petropoulos, le terme kaliarda grec λάτσος pourrait provenir d'un terme rromani. Bath, en français, est emprunté à de l'argot ancien dont l'origine est discutée.

Bathendiable
< θεολάτσα (*theolatsa*)
Terriblement beau. Du grec θεός, dieu, utilisé communément en grec à la manière d'un préfixe, et du kaliarda λάτσος, bath. Pour *bath-*, vr. *bath, batheté* ; pour *diable*, vr. *boukoura-diable, emmerdiable, kaliardiable.*

Batheté
< λατσοσύνη (*latsossyni*)
Beauté. Du kaliarda λάτσος, bath, avec le suffixe commun grec -συνη, utilisé pour les concepts abstraits. Vr. *bath.*

Bim et jazz
< μπιζ και τζαζ (*biz kai tzaz*)
Police de Secours. D'après Petropoulos, possiblement du kaliarda μπίζι, coup, et τζας, fuite. Vr. *jazz, jazzer, jazzomôme, s'enjazzer, avéler jazzard.* Il faut noter que dans tous ces termes, le composant *jazz* (τζας) peut renvoyer soit à la notion de fuite, soit à la notion de folie. On n'explique pas bien comment ces deux notions se sont croisées.

Boîte à tourments
< καημόκουτο (*kaïmokouto*)
Bouzouki (instrument de musique). Du grec commun καημός, douleur, tourment, chagrin et κουτί, boîte.

Bouboule
< μπαλός (*balos*)
Gros. De l'italien *balla*, balle.

Boukouradiable
< θεομπούκουρα (*theoboukoura*)
Superbement, brillamment. Du grec θεός, dieu, utilisé communément en grec à la manière d'un préfixe, et du kaliarda μπούκουρα, bien, bon, emprunté à l'albanais *bukura,*

du même sens. Vr. *bathendiable, emmerdiable, kaliardiable*.

Boumbamer < ντουπάρω (*douparo*)
Frapper. Vr. *bam*.

Boutement < μπουτ (*bout*)
Beaucoup, très. Calque du kaliarda μπουτ. Étymologie inconnue. Emprunt possible à l'anglais *butt*, au turc *buut* ou au rromani *but*.

Cambusabeille < κηφηνότσαρδο (*kifinotsardo*)
Monastère. Du kaliarda κηφήνας, moine, calque du grec commun, abeille mâle, selon Petropoulos sans doute par rapprochement avec le mode de vie de l'insecte ; et de l'argot τσαρδί, maison, cabane, baraque.

Chatonchéri < πιπιλογατούλης (*pipilogatoulis*)
Tendre amant. Du kaliarda πιπίλας, amoureux, issu du grec commun πιπιλίζω, téter, et γατούλης, petit chat, chaton.

Chikoriental < με σικ οριενταλ (*me sik oriental*)
Bien élevé, poli. Du français chic et oriental.

Chouraver < τζουρνεύω (*tzournevo*)
Voler. Petropoulos donne une étymologie inconnue. Tout comme le français *chouraver* est indubitablement un emprunt au rromani *tchurav*, le kaliarda τζουρνευω, également τσουρνευω (*tsournevo*), pourrait avoir la même origine.

Clure < Πουρός (*pouros*)
Vieux. Selon Petropoulos, possiblement du grec commun πουρί, *pouri*, le tartre. La traduction française est forgée sur *raclure*. Vr. *raclerc, pantaclure, raclotremolo*.

Colochon < καυλομαξίλαρο (*kavlomaxilaro*)
Sexe féminin. Du grec commun καύλα, excitation sexuelle et μαξιλάρι, l'oreiller. La traduction française est construite sur cul + polochon.

Condé < ρούνα (*rouna*)
Policier. Étymologie inconnue d'après Petropoulos. Terme également utilisé en argot grec. Vr. *conderie*.

Conderie < ρουνικό (*rouniko*)
Voiture de police. Du kaliarda ρούνα, policier. Terme également utilisé en argot grec. Vr. *condé*.

Cratoffé < λιγδομπερντές (*ligdoberdès*)
Désargenté, pauvre. Du grec commun λίγδα, tache de graisse et du kaliarda μπερντε, l'argent. Vr. *toffe*.

Davelakis
< νταβελάκης (*davelakis*)
Malfaiteur. Du nom de famille Νταβέλης, Davelis, célèbre brigand.

Défoutrer
< ξεφλοκάρω (*xéflokaro)*
Éjaculer. Vr. *foutre*.

Dondon
< σαρμούτα (*sarmouta)*
Prostituée. De l'argot σαρμούτα, grosse femme.

Emmerdiable
< θεόκουλης (theokoulis)
Horrible, dégueulasse. Du grec θεός, dieu, utilisé communément en grec à la manière d'un préfixe, et du kaliarda κουλό, merdique, sans doute du grec commun κουλός, manchot. Vr. *bathendiable*, *boukouradiable*, *kaliardiable*.

Enviandé
< μπαλαμό (*balamo*)
Homosexuel d'âge mûr qui rémunère son partenaire. Étymologie non attestée. En rromani de Grèce, μπαλαμός désigne le non Rrom, le Blanc. La traduction française appartient à l'argot commun.

Flammatique
< σεβντοκατές (*sevdokatès*)
Chanteur populaire. Du turc *sevda*, passion.

Foutre
< φλόκι (floki)
Sperme. Étymologie inconnue. À rapprocher peut-être du grec dialectal φλόκα, adolescent, qui rappelle la φλοκάτη, couverture de laine, du latin *floccus*, nuage. Utilisé également en argot commun, comme la traduction française.

Gadjo
< μπιστεκάκι (*bistekaki*)
Garçon. Selon Petropoulos, peut provenir du grec commun μπισκότο, biscuit. Traduction française de l'argot commun issu du rromani.

Gic
< μπουλκουμέ (*boulkoumé*)
Sperme. Étymologie inconnue. Traduction française à partir du verbe gicler.

Gueulardise
< μπινελίκι (*bineliki*)
Sucrerie ou insulte, selon le contexte. De l'argot de même sens. On trouve aussi l'argot μπινές (*binès*), homosexuel, que l'on peut faire remonter au turc *binmek*, chevaucher ou *ibne*, homosexuel.

Hibou
< κουκουβάγια (*koukouvaya*)
Agent de police infiltré. Sens littéral du terme κουκουβάγια, hibou.

Imbâfrable
< άχαλος (*achalos*)
Répugnant, dégueulasse. Formé du α – privatif et du kaliarda χάλω, manger, d'étymologie inconnue.

Inculbuté
< ακουράβελτος (*akouraveltos*)
Sans relations sexuelles, chaste. Formé du α – privatif et du kaliarda κουράβελτα, copulation, d'étymologie inconnue.

Injactant
< αμπενάβωτος (*abenavotos*)
Muet. Formé du α – privatif et du kaliarda μπενάβω. Vr. *jacter, jacter du tsitsi, jacter vil.*

Jacter
< μπενάβω (*benavo*)
Parler. Terme clé du kaliarda d'origine rromani. Vr. *injactant, jacter du tsitsi, jacter vil.*

Jacter du tsitsi
< μπενάβω κουσέλες (*benavo kousselès*)
Raconter des ragots, des potins. Du kaliarda μπενάβω et κουσέλια, trahison, du kaliarda κουσέλι, potin. Étymologie inconnue, peut-être à rapprocher de κουσκουσεύω Vr. *tsitsitouiller* et *jacter, jacter vil.*

Jacter vil
< μπενάβω ανθυγιεινά (*benavo anthygina*)
Raconter des ragots, des potins. Du kaliarda μπενάβω et du grec commun ανθυγιεινός, insalubre. Vr. *jacter.*

Jazz
< τζασλοσύνη (*tzalsossyni*)
Fou. Peut-être de l'anglais jazz, baratin, ou du rromani džal, partir. Vr. *avéler jazzard, bim et jazz, jazzer, jazzomôme, s'enjazzer.*

Jazzer
< τζάω (*tzao*)
Partir, se casser, virer. Peut-être de l'anglais jazz, baratin, ou du rromani džal, partir. Vr. *avéler jazzard, bim et jazz, jazz, jazzomôme, s'enjazzer.*

Jazzomôme
< τζασλότεκνο (*tzaslotekno*)
Fou, turbulent. Du kaliarda τζας, fou, et τεκνό, garçon. Vr. *avéler jazzard, bim et jazz, jazz, jazzer, s'enjazzer.*

Jéhovaser
< ιεχωβιάζω (*yéhoviazo*)
Jeter son arme. Du nom Jéhovah et des pratiques des témoins de Jéhovah, qui refusent d'accomplir leur service militaire.

Kaliardiable
< θεοκάλιαρντος (*theokaliardos*)
Très mauvais. Du grec θεός, dieu, utilisé communément en grec à la manière d'un préfixe, et du kaliarda καλιαρντά, mauvais. Vr. *bathendiable, boukouradiable, emmerdiable.*

Kaliardos
< καλιαρντός (*kaliardos*)
Mauvais.

Katelanos
< κατελάνος (*katelanos*)
Homme dur, viril. D'après le nom de la famille Katelanos, célèbres caïds des années 1950.

Kazablanka
< καζαμπλάνκα (*kazablanka*)
Opérée. Étymologie inconnue.

Lacrime
< λάκριμο (*lakrimo*)
Larme. Du latin *lacrimus*.

Loparde
< λουμπουνιά (*loubounia*)
Homosexuel.

Louftingue
< ζούρλα (*zourla*)
Fou. Du grec commun ζούρλα, folie, manie.

Macnoir
< μαυρονταβάς (*mavrodavas*)
Charon, la mort. Du grec commun μαύρος, noir, et νταβατζής ou νταβάς, maquereau.

Minard
< μουτζοτός (*moutzotos*)
Homme à femmes. Du kaliarda μούτζο, sexe féminin. Vr. *balmines*, *minouïe*, *minoutière*.

Minouïe
< μούτζα (*moutza*)
Femme. Du kaliarda μούτζο, sexe féminin. Vr. *balmines*, *minard*, *minoutière*.

Minoutière
< μουτζότοπος (*moutzotopos*)
Paris, car on considérait qu'il y avait beaucoup de belles filles et de prostituées. Du kaliarda μούτζο, sexe féminin et du grec commun τόπος, le lieu. Vr. *Balmines*, *minard*, *minouïe*.

Naka
< νάκα (*naka*)
Pas, non. Terme de négation. Étymologie inconnue. Traduction française calque du kaliarda grec.

Pantaclure
< πουρομαριονέτα (*pouromarioneta*)
Vieillard dégénéré. Du kaliarda πουρός, vieux, et du grec commun μαριονέτα, marionnette. Vr. *clure*, *raclerc*, *raclotremolo*.

Pédoque
< κολόμβος (*kolomvos*)
Homosexuel actif. Déformation de l'argot κολομπαράς (*kolobaras*) du même sens, issu du turc *kulampara*.

Pine
< μαλαπέρδα (*malaperda*)
Sexe masculin. De l'argot grec commun.

Potence
< κρεμάλα (*kremala*)
Mariage. Potence est la traduction littérale du grec κρεμάλα, qui s'utilise aussi dans le sens de mariage dans le langage populaire.

Présentoir
< πρεζαντέ
(*prezanté*)
Place, trottoir, lieu où l'on se montre. Du français présenter.

Pullman
< πούλμαν
(*poulman*)
Cellule du département des mœurs. Emprunt à l'anglais utilisé en grec commun pour désigner un autocar. Sans doute par rapprochement avec l'idée d'enfermement.

Quasimoda
< κουασιμόντα
(*kouasimoda*)
Bossue. De Quasimodo.

Raclerc
< βακουλοπουρός
(*vakoulopouros*)
Prêtre. Du kaliarda βάκουλο, église, homme d'Église, issu selon Petropoulos du français abée et du turc *kule*, tour ; et de πουρός, vieux. Vr. *clure, pantaclure, raclotremolo.*

Raclotremolo
< πουροζελέ
(*pourozelé*)
Vieillard gâteux. Du kaliarda πουρός, vieux, et du français gelée. Vr. *clure, raclerc, pantaclure.*

Seulâbre
< σολότεκνο
(*solotekno*)
Célibataire. De l'argot commun.

S'enjazzer
< βουέλω τζα
(*vouelo tza*)
Prendre la route. De βουέλω, variante du kaliarda αβέλω qui, suivi d'un second terme, peut revêtir une pluralité de sens (donner, prendre, mettre, faire, sortir, vouloir, etc.) et τζα, du kaliarda τζας, départ, renvoi. Variante de αβέλω τζαστικό, avéler jazzard. Pour αβέλω, vr. dérivés de *avéler*. Pour τζα, vr. *avéler jazzard, bim et jazz, jazz, jazzer, jazzomôme.*

Signalétrique
< καυλοκούνημα
(*kavlokounima*)
Mouvements répétitifs durant l'acte sexuel. Du grec commun καύλα, excitation sexuelle, et κούνημα, mouvement.

Soupe turque
< τουρκόσουπα
(*tourkossoupa*)
Café.

Taintain
< ντάνα (*dana*)
Putain. Dernières syllabes de πουτάνα (*poutana*), putain.

Tambourineur
< τουρλολιγούρης
(*tourloligouris)*
Homosexuel actif. De τούρλα, bombé, sphérique, rond, et λιγούρης, avide. Celui qui adore ce qui est bombé.

Tantogaleuse
< ψωραδερφή
(*psoradelfi*)
Homosexuel du peuple. De ψώρα, gale, et αδελφή, tante, homosexuel.

Tantoland
< αδερφοχώρι (*adelfochori*)
Londres. De αδελφή, tante, homosexuel et χώρα, pays.

Tiltard
< τζιναβωτός (*tzinavotos*)
Rusé, celui qui est dans les bons coups. Du kaliarda τζινάβω, comprendre. Vr. *tilter*.

Tilter
< τζινάβω (*tzinavo*)
Comprendre. Verbe clé du kaliarda, peut-être d'origine rromani. Vr. *tiltard, tiltillère*.

Tiltillère
< τζιναβότοπος (*tzinavotopos*)
Londres. Du kaliarda τζινάβω, comprendre et τόπος, le lieu. Vr. *tiltard, tilter*.

Toffe
< μπερντέ (*berdè*)
Argent. En grec commun, μπερντές, emprunté au turc *perde*, signifie *rideau*. Petropoulos donne une version possible de l'étymologie : comme un rideau, l'argent recouvre et cache toutes les saletés et tous les déshonneurs. La traduction française vient du terme étoffe.

Tourmentôme
< νταλκαρέτεκνο (*dalkaretekno*)
Amant permanent. De l'argot νταλκάς, tourment, douleur, emprunté au turc *dalga*, la vague, et du kaliarda τεκνό, garçon.

Tournegosse
< τεκνοζαλίστρα (*teknozalistra*)
Enseignement. Du kaliarda τεκνό, garçon et du grec commun ζάλη, vertige, tournis, car l'enseignement donne le tournis aux enfants.

Toxique
< φόλα (*fola*)
Très laid. Du grec commun φόλα, boulette empoisonnée donnée aux chiens.

Traquin-tracas
< ταραγμάν-ταραχάν (*taragman-tarahan*)
D'une manière désagréable. Les deux termes qui composent le mot sont tous deux dérivés de ταραχή, le trouble.

Trattari
< τρατάρης (*trataris*)
Serveur. Du grec commun τρατάρω, offrir, inviter, emprunté à l'italien *trattare*, traiter.

Tsitsitouiller
< κουσκουσεύω (*kouskoussevo*)
Raconter des ragots, des potins. De κουσκούσι, couscous, ou par rapprochement avec le son *kous-kous*, qui ressemblerait à un chuchotement. Petropoulos ne fait pas de lien avec μπενάβω κουσέλες, jacter du tsitsi, dont l'étymologie est inconnue.

Turcalade
< τουρκοσουσούμι (*tourkossoussoumi*)
Chansons de rebetiko. Du grec commun τούρκος, turc, et σουσούμι, signe distinctif.

Vig
< ντικ (*dik*)
Attention ! Regarde ! Vr. *Vigler, vigleur*.

Vigler
< δικέλλω (*dikello*)
Voir, regarder. Étymologie inconnue selon Petropoulos. Probablement à rapprocher du chypriote δικλώ, regarder, tourner le regard, qui serait lui-même issu du latin *vigilare*, monter la garde, faire le guet, après interversion des sons [v] et [ð]. Vr. *Vigleur, vig*.

Vigleur
< ντικοστός (*dikostos*)
Instituteur. Du kaliarda δικέλλω, voir. Vr. *Vigler, vig*.

Virilard
< αντρουά (*androua*)
Masculin, viril. De άντρας, homme.

Volter son pascon
< βουέλω μουνόπασχα (*vouelo monopascha*)
Avoir ses règles. Du kaliarda βουέλω, variante de αβέλω (donner, prendre, mettre, faire, sortir, vouloir, etc.), et du grec populaire, μουνί, sexe féminin et Πάσχα, Pâques. On peut supposer que c'est une référence à la tradition orthodoxe qui consiste à peindre les œufs en rouge le jour de Pâques. Vr. *volter taillaut*.

Volter taillaut
< βουέλω σπασίμπες (*vouelo spassibès*)
Dire ciao, partir. Du kaliarda βουέλω, variante de αβέλω (donner, prendre, mettre, faire, sortir, vouloir, etc.), et de l'argot commun σπάσε, casse-toi, du verbe σπάω, casser. Vr. *volter son pascon*.

Corrigé par les fabuleuses Hania Jalkh et Hélène Boudinot.

Composé par la talentueuse Chloé Madeline.

Merci l'open source pour les typographies :
Gesine Todt, la créatrice de la typo Amaranth ;
Łukasz Dziedzic, le créateur de la typo Lato ;
Steve Matteson, le créateur de la typo Open Sans ;
Et Robert Slimbach, le créateur de la typo Adobe Garamond.

MAIS AUSSI CHEZ BELLEVILLE ÉDITIONS

ZAHRA ABDI
La complainte de la limace

SOCORRO ACIOLI
Sainte Caboche

HAMDI AL-GAZZAR
Aux femmes

OSSAMA ALAYSSA
Les fous de Bethléem

IULIAN CIOCAN
Le royaume de Sasha Kozak
L'empire de Nistor Polobok

LEYLA ERBIL
Une drôle de femme

MARCIAL GALA
La cathédrale des noirs

FILIP GRBIC
Errance

DAMIR KARAKAŠ
Blue Moon

MONIKA KOMPANIKOVA
Le cinquième bateau

FUTHI NTSHINGILA
Enrage contre la mort de la lumière

OLUMIDE POPOOLA & ANNIE HOLMES
Brèches

JEAN-CHAT TEKGYOZYAN
La ville en fuite
Troisième sexe

LATIFE TEKIN
Dérives

AGATA TOMAŽIČ
Ce que l'on ne peut confier à sa coiffeuse

CORINA SABAU
Et on entendait les grillons

SERAY ŞAHINER
Ne tournez pas la page
La coiffure de la mariée

EMRAH SERBES
Taksim Moonwalk

ET...

ADINA ROSETTI – VICTORIA PATRASCU – IULIA IORDAN – LAURA GRÜNBERG – CRISTINA ANDONE
Désobéissantes

Imprimé en France en décembre 2021
Dépôt légal : janvier 2022
N° d'impression : 167962